LES NOCES DE PIERRETTE

PAR HENRI DE LACRETELLE

I

C'était dans les premiers jours de l'hiver de 1850. Il faisait froid. La mare obscure qui est à l'extrémité du village de Pont-l'Abbé roulait sous la bise des glaçons qui s'étaient fendus au soleil de la journée. On l'appelait ainsi dans le pays, parce que les saules qui étaient sur ses bords s'étaient rapprochés la recouvraient presque entièrement dans l'ombre, et c'était à peine si dans les plus longs jours quelques rayons venaient briller sur la tête des joncs qui formaient une espèce d'île, au milieu de l'eau vaseuse. Le visage était triste et l'horizon fermé.

Sur une des rives de la mare obscure s'élevait la maison de Savinien l'instituteur. Son petit jardin carré, encadré par quatre murs, montait sur la première pente de la colline, qui se continuait par un taillis qui bornait la vue au couchant.

De l'autre côté de la mare, à cinquante pieds plus loin, se penchait la masure d'une vieille mendiante qui se nommait la mère Sèche.

Cette masure, qui n'était habitée que la nuit, était animée et muette comme une tombe. La porte ne s'ouvrait que le matin et le soir, quand la Sèche commençait et finissait sa tournée. Il y avait des années qu'on n'avait vu sortir un flocon de fumée par la cheminée, qui ne servait plus qu'à faire entrer l'eau du ciel. Une chèvre qui suivait tous les pas de la Sèche, et qui s'attardait quelquefois à brouter les herbes aquatiques de la mare, avant de se laisser enfermer par la vieille femme dont elle partageait l'habitation; quelques guenilles hâtivement trempées dans l'eau, et qui séchaient sur des broussailles, témoignaient seules qu'une créature humaine parvenait à vivre dans une misère sordide.

Le fond du tableau était un commencement de vallée au milieu de laquelle passait la route conduisant à la ville voisine. Cette route, suivant la pente du terrain pour arriver à un autre plateau, échappait bientôt au regard.

Pont-l'Abbé n'était qu'à une portée de fusil de la mare obscure. On y arrivait par une prairie traversée par un sentier. Le pont, bâti autrefois par le titulaire d'un prieuré qui avait laissé son titre pour désignation au vieux bourg, n'enjambait le plus souvent à l'autre frontière de la commune que le lit souvent inoccupé de la rivière la Gélize; Pont-l'Abbé avait trois cents feux, un ancien château, une église, une maison de ville et une école dont Savinien était l'instituteur. Comme nous entrerons souvent dans la rue et dans les ruelles du village, comme nous entrerons au château, comme nous monterons dans les vignes, après avoir longtemps erré dans les prés, dans les blés et dans les trèfles, nous ne nous arrêterons pas davantage à décrire le cadre de ces scènes toutes chaudes encore dans la mémoire et dans les cœurs. Les fleurs que nos héros ont respirées pendent encore aux buissons, et en remontant leurs sentiers on trouverait la trace non effacée de leurs pas. Cela est né il y a quelques mois, et cela a fini hier.

La classe était fermée depuis une demi-heure. Les enfants s'en allaient à tous les points de l'horizon, traînant leurs petits sabots dans les sentiers gelés qui conduisaient aux hameaux. Quand Savinien eut traversé la prairie qui conduisait à sa maison, il s'arrêta aux bords de la mare obscure, et malgré le froid il s'assit. Le miroir un peu trouble de l'eau qui était à ses pieds le reflétait ainsi. Son front était haut, ses yeux bleus; ses cheveux tombaient en boucles blondes sur le collet de sa blouse. Le caractère principal de sa figure et de son attitude était la force contenue, la douceur native, la confiance robuste, la reconnaissance prompte et durable. Il semblait avoir une intelligence qui débordait hors de ses modestes fonctions. Si noblesse de l'œil, la franchise de la bouche, la netteté et la pure coloration du trait, font la beauté, Savinien était beau.

C'était la beauté de l'homme du peuple, un peu attristée par celle de l'homme d'étude. L'école normale avait rafraîchi l'ardeur d'une jeunesse faite pour se dépenser dans les rudes travaux des champs. Quoique sa condition fût humble, on n'aurait jamais pensé à le plaindre en le voyant. On respirait en passant près de lui comme un air de bonheur et de liberté. Il avait vingt-cinq ans.

Ainsi courbé sur l'herbe durcie, il attendait avec une certaine inquiétude. Son regard interrogeait toutes les ruelles de Pont-l'Abbé, déjà noyé dans la brume du soir. Il avait déplié sur ses genoux un livre qu'il lisait pas, ce livre étant un abécédaire. Vingt fois il retournait la tête, puis il revenait à son livre, craignant d'être surpris par un autre côté, et ne voulant pas que sa préoccupation fût visible. Il était là à un rendez-vous. De seconde en seconde il regardait le soleil qui déclinait, et il lui reprochait d'aller trop vite et de mesurer un peu de hâte les instants qu'il avait sans doute destinés à un cher emploi.

Le spectacle qui était devant lui quand il tournait les yeux était celui de tous les soirs d'hiver et ne pouvait le distraire aucunement. La diligence arrivait du chef-lieu de canton et descendait la route avec ses grelots; les maigres troupeaux de moutons rentraient, léchant les buissons; les poêles allumés pour préparer le repas empanachaient le ciel au-dessus des toits. Quelques forges rouges détachaient, dans l'embrasure des portes, la silhouette et le marteau des maréchaux; les oies et les canards montaient la rue en famille; des meutes de porcs, fouillant le sol du naseau, arrivaient des foires voisines : c'était le village avec tous ses aspects de saison et d'heure.

Savinien était ainsi inoccupé et inquiet. Tout d'un coup il se leva, laissa tomber son livre et poussa une exclamation de bonheur, car, à côté de son image, qui se reflétait dans la mare, il avait vu celle d'une jeune fille, arrivée sans bruit sur le gazon, penchant la tête au-dessus de son épaule, et regardant curieusement dans son abécédaire.

Pierrette avait seize ans. Cet âge est doux et harmonieux partout, mais davantage encore au village où les fraîches saisons des jeunes filles n'ont pas eu le temps de se flétrir au soleil et aux travaux des champs. C'est le seul printemps de leur vie, la seule aurore de leur beauté. Pierrette était rose comme la fleur de pêcher. Son grand chapeau de paille qu'elle portait même en hiver, avait préservé son teint, et laissait déborder par dessous ses oreilles les boucles épaisses de ses cheveux châtains. Ses yeux bleus étaient d'une limpidité transparente, pour qui s'y regardait, et leur profondeur humide et douce arrêtait longtemps le rêve. Sa beauté était d'autant plus captivante qu'elle était irrégulière : ainsi son nez et sa bouche d'un dessein grec, au lieu de se profiler dans le long ovale de sa tête, étaient entourés par des joues un

peu trop rondes et se terminaient par un menton un peu court. Le cou reprenait la forme antique : singulièrement allongé, il donnait la flexibilité et la grâce à chacun des mouvements de sa tête. Elle était grande déjà pour ses seize ans, mais on devinait que son développement n'était pas complet. Quand la mante de laine noire qu'elle avait revêtue ce jour-là, s'écartait de ses bras croisés, sa taille se laissait voir mince et souple. Le bout de ses doigts rougis par le froid sortait de ses mitaines grises, et ses pieds étaient finement chaussés.

Au milieu des autres jeunes filles de Pont-l'Abbé, Pierrette se distinguait par une sorte d'aristocratie campagnarde dans sa mise, qui indiquait qu'elle appartenait à une famille aisée qui n'avait pas exploité ses forces encore un peu enfantines, et, en même temps, qu'elle avait elle-même un certain respect de sa beauté, peut-être parce qu'elle l'avait consacrée en secret à un amour déjà éprouvé.

Elle transportait autour d'elle une si sensible atmosphère de dignité et de pudeur que, malgré son innocence et la douceur de son accès, jamais au milieu des danses champêtres les jeunes garçons n'avaient songé à insulter à son innocence par les paroles ou par les gestes. La place où elle dansait, heureuse et gaie, devenait sainte par la candeur même de sa beauté; la main qui prenait la sienne se sentait chaste dès qu'elle l'avait touchée. Ce que les moins délicats respiraient eux-mêmes autour d'elle, c'était la fraîcheur de sa jeunesse, et en même temps le parfum de sa vertu et de son bonheur. Aussi Pierrette était inviolable pour les pensées les plus téméraires; et, si Pont-l'Abbé était fier d'une beauté qui lui faisait honneur, il était aussi reconnaissant d'avoir vu naître une pareille fleur de grâce et de réserve dont la bonne odeur se répandait dans le pays ainsi qu'une bénédiction.

La jeune fille était enjouée et naïvement avenante. Elle n'avait jamais fait deux ans encore dans le cercle de ces tristesses rêveuses qui devaient plus tard modifier si entièrement sa nature. Elle offrait un mélange d'intelligence instinctive et d'ignorance absolue qui accusaient chez ses parents une profonde incurie. Mais son ignorance même, combinée avec ce sens natif de la vérité des choses et avec cette transparence d'une imagination vierge, lui faisait trouver des tournures de phrases si douces et si imprévues, qu'on aurait été tenté de ne point déflorer par l'étude cette originalité sainte comme celle de l'enfance. Pendant longtemps, Pierrette ne soupçonna pas qu'on pût parler autrement qu'elle; maintenant elle était honteuse de son ignorance.

Savinien avait rougi de plaisir en la voyant, et laissé tomber son livre. Elle le ramassa, le lui rendit tout ouvert, en le lui présentant à l'envers, la pauvre innocente! Mais Savinien n'y prit pas garde, la contempla longtemps, comme pour rassasier ses yeux et compenser les heures où il ne la voyait pas, et lui dit avec une tendre expression de reproche :

— Comme tu viens tard, ma petite Pierrette!

Il la tutoyait : car six ans auparavant, on l'avait envoyée dans sa classe; mais l'enfant s'était ennuyée au bout de deux jours, et n'avait pas reparu.

— Oh! monsieur Savinien, dit-elle de sa voix claire, j'ai eu bien des maux pour venir, allez! D'abord, j'ai grande honte à me cacher ainsi pour venir au bien, ni plus ni moins que si j'allais au mal. Je serais trépassée avant d'arriver, si j'avais entendu dire dans une grange : Voyez-vous Pierrette qui va trouver son amoureux! tandis que vous n'êtes pas sans savoir, monsieur Savinien, que je vais trouver mon maître.

— Oh! chère fille! ils n'auraient pas menti ceux qui auraient parlé ainsi.

— Ils n'auraient pas menti peut-être pour la vérité de la chose qui m'amène, mais ils auraient erré pour vous. Est-ce qu'un monsieur savant peut être amoureux d'une pauvre fille qui n'en sait pas plus qu'une chèvre? Je ne croirai un peu que je ne vous déplais pas que quand vous m'aurez appris. Dépêchez-vous de m'apprendre, M. Savinien!

Et elle prit de nouveau l'abécédaire, s'assit sur l'herbe et fit signe à Savinien de commencer la leçon.

— Tu veux donc mettre tes beaux yeux là-dedans? dit-il.

— Je veux que mon œil puisse lire un jour la parole qui aura été écrite pour mon cœur!

— Et écrite par qui?

— Par mon maître! répondit-elle en souriant.

Savinien résista à sa reconnaissance et ne se rapprocha pas davantage de Pierrette pour la remercier par une caresse. Il avait peur de son entraînement et la respectait tant qu'il ne lui exprimait pas la moitié de ce qu'il sentait. Cependant il ne put s'empêcher de glisser un peu sur la pente où elle avait candidement fait tomber l'entretien.

— Ainsi, reprit-il, je dois donc bien le croire, que tu m'aimes?

— Oui, répondit-elle, comme vous croyez qu'avril va venir quand mars est fini.

— Et comment ce bonheur est-il arrivé pour moi?

— Je n'en sais rien : cette amitié-là est descendue dans moi comme la pluie descend sur les blés. Ou plutôt, continua-t-elle, après un silence, je le sais bien, mais je n'ose vous le dire, de crainte de vous mortifier.

— Dis-le moi, Pierrette : mon âme boira chacune de ces paroles-là.

— Eh bien! j'ai fait des remarques. Quand c'était la vogue aux environs, tous les jeunes gens avaient des habits neufs et reluisants : il y en avait un qui était toujours en noir comme un curé, mais qui me paraissait plus beau que tous, avec son habit triste. Les autres s'approchaient et m'invitaient à danser, me disant des choses qui offensaient la vérité de Dieu, car c'était toujours la même chanson de flatterie, et il en était bien quelques-uns qui mentaient : lui, se tenait loin; il ne me parlait pas, mais il me fixait de son regard, et ce regard était plein de paroles vraies, car l'œil est plus franc que la bouche. Quand ce fut la Saint-Pierre, l'an passé, les autres vinrent en procession me souhaiter ma fête avec des bijoux et des coups de fusil qui me faisaient saigner les oreilles; lui n'arriva que la nuit, mit sur ma fenêtre un bouquet de simples roses. Les roses ont laissé dans ma chambre une odeur d'amitié qui y est toujours restée, et qui me rend à moitié folle, comme la senteur des fleurs de fève. Celui qui m'a donné les roses, et la folie de la tête et du cœur, vous n'ignorez pas que c'est vous, monsieur Savinien! Mais tout cela n'avance en rien mon éducation. Je ne suis pas ici pour vous conter ces balivernes, mais pour apprendre, et être moins indigne que vous me rendiez un jour ce que j'ai là pour vous. Donnez-moi ma leçon, monsieur Savinien.

— Chère Pierrette, répondit-il en faisant un autre effort pour se contenir, garde toujours ton ignorance, qui te rend si douce et si adorée! D'ailleurs, regarde! le soleil est couché; tu n'y verrais pas pour lire.

— C'est vrai! reprit-elle : le soleil n'aime pas qu'on perde les heures qu'il donne la clairvoyance.

— Hélas! il fait trop froid pour que je te dise de rester à causer encore.

— Moi j'ai chaud sur cette herbe, pareillement à ceux qui s'y assoieront au moment des foins.

— Je n'ose pas te prier d'entrer dans ma maison...

— J'y entrerais tout de même : mais j'ai fait un vœu.

— Lequel?

— C'est de n'y mettre le pied que lorsque je serai votre promise.

— Et pourquoi, chère enfant?

— C'est que quand j'y serai entrée une fois, je n'aurai plus l'âme d'en sortir jamais!

— Tiens, Pierrette, tu es bonne! ne me dis plus de ces choses qui me feront maudire les longs jours pendant lesquels nous devrons attendre. Ma vie est tout entière à toi, et de cette vie, il faut que je retranche des siècles d'heures qui nous sépareront encore.

— Je travaillerai bien, monsieur Savinien! je saurai écrire et chiffrer plus vite que vous ne pensez; je ne ferai pas trop d'étourderies dans le ménage, allez!

— Ce n'est pas cela! Je sais bien que tu as mûri ta raison par ton amour, mais ton père est riche, il lui faudra des mois de réflexion pour se décider.

— Quant à ce que mon père est riche, je ne dis pas; mais vous êtes savant, vous lui ferez bien autant d'honneur en me recherchant qu'il vous en procurera en m'accordant.

— Va! je n'ai qu'une crainte, c'est que la patience te manque à m'attendre.

— Je ne mérite pas cette remontrance, répondit-elle en essuyant une larme qui avait jailli de la source vive de son émotion. Est-ce que la patience manque à une fauvette pour couver son fruit? Mon amitié pour vous, c'est le fruit de mon cœur. Je la couverai jusqu'à ce qu'elle éclose.

— Merci, dit Savinien en lui prenant la main. Nous n'avons point perdu notre temps. C'est toi qui venais prendre une leçon, c'est moi qui l'ai reçue! une chère leçon d'amour, de vertu et d'espoir!

— Ne vous défiez plus de moi, repartit-elle encore un peu émue. Ne vous ai-je pas fourni toutes les preuves d'amitié qui peuvent vous mettre du baume dans le sang? Aucune ne soupçonne que je suis auprès de vous à présent. Je n'offense pas beaucoup Dieu en y étant, elle employant, puisque vous voulez bien permettre que je devienne votre femme. Mais, si on savait que je reste là à vous écouter, et qu'il n'y a pas de choses que nous nous soyons dites, j'en serais tout de même honteuse. On croit que je suis libre, de même qu'un lièvre dans la bruyère, et que je suis encore trop petite pour songer aux réflexions sérieuses, et que je reste tous les soirs pour tremper la soupe à la maison, tandis que je fraude pour venir apprendre et vous mériter.

Si quelqu'un m'apercevait, je ne saurais plus où me cacher, car de ce qui est court et simple comme un bonjour entre nous, on ferait des histoires longues comme un chapelet. Mais voyons, monsieur Savinien, il y a trop de derniers rayons rasant le pré pour que je rentre; avez-vous encore quelque chose à me dire? Faudra-t-il revenir demain s'il fait froid? J'ai peur que vous vous enrhumiez pour votre classe. Moi, j'ai seize ans pour avoir chaud. Je sais déjà toutes mes lettres et André m'a acheté une ardoise. Je voudrais tant vous faire honneur de toute manière, monsieur Savinien, et dire de belles choses comme vous!

Et la conversation continuait entre eux, amoureuse, intime, confidentielle. Ils passeraient encore quelques saisons ainsi, ne se donnant que leurs cœurs. Le père Jérôme se laisserait peut-être persuader, quand il verrait que les différentes fonctions de Savinien lui rapporteraient mille francs par an. A la dernière rigueur, lorsque Pierrette aurait atteint sa majorité, elle emploierait les sommations. Le temps ne les épouvanterait plus, puisqu'ils étaient sûrs d'être l'un pour l'autre. L'essentiel était que le mystère de leur promesse mutuelle et de leurs entrevues ne fût pénétré par personne. Pierrette se sentait la force de tout braver, excepté le scandale.

La nuit était presque close. Au moment de partir, la jeune fille laissa Savinien se pencher vers elle et mettre un baiser sur son front. Tout d'un coup elle poussa un grand cri et serait tombée par terre de frayeur, sans le bras de son amant. Elle n'eut plus la faculté de rien dire et indiqua du geste à Savinien la cause de sa frayeur.

De l'autre côté de la mare, une lumière brillait dans la masure. La Sèche était sur sa porte. Quand elle ne les aurait pas reconnus, elle eût certainement entendu les voix et le cri poussé, car la mare était si étroite que les paroles la traversaient. Il leur sembla même distinguer le bruit d'un rire ironique.

— Mon Dieu! reprit tout bas Pierrette après une minute de stupeur, je suis perdue! Notre secret est tombé dans les pires oreilles de Pont-l'Abbé!

— N'exagère rien, ma Pierrette. Que nous importe que les oreilles aient entendu, si la langue ne parle pas?

— Elle jasera méchamment, et demain, de porte en porte, on déshonorera celle que vous avez embrassée au clair des étoiles. Et mon père ne pardonnera pas, et il m'éloignera du bourg, et il vous jouera quelque mauvais tour! Nous sommes à la merci du sort, je vous le dis, monsieur Savinien!

Pierrette tremblait si fort, qu'après avoir essayé de faire quelques pas pour se dérober instinctivement, elle sentit que ses jambes ne la porteraient pas et s'arrêta.

— Je sais les moyens de gagner la Sèche, reprit Savinien. Ne t'inquiète pas au delà de toute mesure.

— Eh bien! quand elle ne dirait rien, m'est avis que les amours qui auront été vues par les yeux de cette femme ne seront jamais bénies par les yeux de Dieu. Oubliez qu'il y a eu un avenir pour nous, Savinien! Notre bonheur s'est noyé dans la mare.

— Regarde, reprit-il, la lumière s'est éteinte, la Sèche est rentrée. Elle n'aura rien vu, elle sera sortie pour rappeler sa chèvre. D'ailleurs tu oublies qu'elle est à moitié sourde et aveugle! Ne t'alarme pas, au contraire!

— Au contraire, répéta-t-elle en reprenant un peu d'espoir.

— Oui! nous étions résignés à attendre une époque encore bien éloignée. Il est possible que la circonstance de ce soir la rapproche.

— Ah! monsieur Savinien! quand on est savant comme vous, on voit plus loin que les autres, c'est bien sûr! Moi, je ne comprends rien.

— Ecoute! j'ai un ami là, reprit-il avec une intonation de fierté franche et modeste à la fois, en désignant la petite colline que surplombait le vieux château de Pont-l'Abbé.

— M. Gaétan! fit-elle. C'est un brave monsieur, mais il est bien haut pour nous tendre la main!

— Adieu! Pierrette; tu découvriras bientôt que je ne suis pas trompé dans mon espérance.

— Adieu! Vous me dites donc que demain il ne pleuvra pas de larmes sur mes joues?

— Je te dis, ô sainte fille! que ma seule félicité, tu l'emportes quand tu pars, mais que tu me la rapporteras longtemps encore, et que notre mesure n'est pas comble! Laisse-moi t'accompagner dans le sentier jusqu'au bourg.

— Non! répondit-elle, c'est assez que d'avoir tenté une fois ce soir la malveillance. J'ai moins peur de mon ombre qui me suit toute seule que du regard caché qui nous verrait tous les deux. Adieu! M. Savinien. Faites un joli rêve cette nuit!

— Et toi!

— Oh! moi, je n'aurai pas tant seulement les paupières l'une sur l'autre, que je vous apercevrai distinctement.

Et, pleine d'un nouvel espoir, elle retrouva tout son courage et traversa en courant la prairie, légère comme une sylphide, et soulevée par l'amour aussi harmonieusement que la reine Mab par les colibris.

II

Le soir même, une nouvelle circonstance vint jeter encore plus entièrement l'un dans l'autre les cœurs des deux jeunes gens.

Pierrette était remontée dans sa chambre sans que son retour eût été remarqué. Quelques instants après, son père se rendit auprès d'elle.

— Pourquoi que tu n'es pas venue souper? lui dit-il.

C'est mauvais signe quand les filles de ton âge n'ont pas faim.

Elle rougit un peu, car elle avait peur d'un soupçon.

— Le froid m'a toute saisie, répondit-elle. La bise souffle dans le bourg et vous entre dans l'estomac de façon à en chasser l'appétit.

— Et bien! je vais te donner un moyen de retrouver le chaud, reprit le père Jérôme. Il faut aller veiller chez Mathurin.

Pierrette aurait mieux aimé rester seule avec les pensées qu'elle rapportait.

— Pourquoi faire veiller, dit-elle, quand les yeux se ferment quasiment d'eux-mêmes?

— Pourquoi faire veiller? parce que l'ouvrage n'avance pas, que je vais avoir besoin de mes chemises pour la Saint-Jean, et que tout ton chanvre est encore sur ta quenouille. Je sais ce que c'est que les femmes. Quand leur langue ne remue pas, leurs doigts ne bougent guère. Tu t'endormirais sur ton fuseau, si tu restais ici, et la nuit est encore bien assez grasse dans cette saison, en la commençant à neuf heures. Et puis, si tu ne vas jamais avec les autres, on dira que tu es fière, à cause que je suis riche, et ce sont des mensonges qui nous feraient tort.

J'irai là-bas, mon père, répondit-elle. Mais, quant à être fière, de quoi le serais-je? On ne sait pas tout, ajouta-t-elle tout bas en songeant à Savinien.

Elle rattacha sa mante, prit sa quenouille, descendit dans la grande chambre pour allumer un fallot et partit bravement toute seule, sous le vent aigre qui faisait trembler sa lanterne dans sa main et marbrait de froids baisers ses joues roses.

Elle arriva bientôt chez Mathurin. C'était un fermier peu riche, et qui mettait à bon droit toutes ses espérances d'avenir sur la tête de son fils André, qui doit jouer un rôle dans cette histoire, et que nous connaîtrons mieux plus tard. Il avait quinze ans, mais il s'était placé au-dessus de son âge par le caractère sérieux de son esprit et par l'instruction assez complète qu'il avait reçue chez Savinien. Enfant par la taille et par l'innocence de ses mœurs, il se sentait homme déjà par le dévouement et les connaissances acquises.

La veillée se passait dans l'étable.

Une lampe pendue au plafond éclairait faiblement la scène partagée en deux.

Sur le plan éloigné, le long du ratelier, les bœufs, les vaches et les élèves, rangés tous par ordre de taille, semblaient écouter, avec la gravité mélancolique de leurs physionomies, la conversation qui murmurait auprès d'eux. De temps en temps ils se levaient et ruminaient pendant des heures; puis ils retombaient sur la litière grasse, et le rayon de la lampe glissait sur leur croupe fauve ou blanche. Ces pauvres animaux comprenaient sans doute l'honneur que leur faisait la visite de l'homme, car pendant ces veillées prises sur leur repos, ils ne mangeaient pas, ils ne dormaient pas; ils avaient la contenance d'un hôte qui reçoit un supérieur. Quelquefois leur bel œil noir ouvert renvoyait comme une chambre obscure le tableau diminué qui était devant eux. Celui qui aurait sondé ce regard profond aurait été bien hardi, s'il avait assuré qu'il n'exprimait pas un sentiment de bienveillance et d'hospitalité. Ils nous donnent leur force, leur lait, leur sang, leur chair. Pourquoi ne donneraient-ils pas aussi à ce maître aimé encore plus que craint, leur pensée, dont Dieu trahit l'existence en eux par tant de signes!

Le second plan se formait des figures humaines. A quelques pas de la litière, des chaises pour les vieillards et des escabeaux pour les plus jeunes s'arrondissaient en cercle. Les femmes filaient, les hommes, plus fatigués des travaux du jour, *teillaient* nonchalamment le chanvre, et laissaient parfois deviner aux ondulations du bout de leurs bonnets de coton que leur tête fléchissait sous le sommeil. Ils ne buvaient pas et ils ne fumaient pas. La forte haleine sortant des chaudes poitrines des bœufs et des génisses suffisaient à imbiber le température d'une chaleur meilleure que celle d'un poêle.

Le foin sur les greniers envoyait, par les ouvertures, son parfum balsamique.

La veillée était triste et la conversation ne courait pas, ce soir-là, gaie et bruyante comme à l'ordinaire, lorsque Pierrette entra. Les garçons n'osaient même pas s'occuper des jeunes filles et détournaient les yeux.

Il y avait trois escabeaux vides. Pierrette fit un mouvement pour s'asseoir sur celui du milieu. Mais elle se détourna sans intention, et se laissa légèrement tomber sur l'escabeau qui était à droite. On l'avait suivie des yeux avec plus d'intérêt qu'à l'ordinaire. Elle remarqua cette attention et en demanda le motif.

— C'est le siége du mort! lui répondit-on. Ne sais-tu pas ce qui attend celui qui le prendra?

— Non, dit-elle, et je suis aussi sans savoir qu'il est mort quelqu'un.

— C'est une remarque faite parmi les anciens. Quiconque s'asseoira par ignorance, dans la veillée, sur l'escabeau du dernier mort, rencontrera un malheur dans l'année. Quiconque l'évitera de lui-même trouvera au contraire un grand bonheur.

— Et vous ne me disiez rien.

— Si nous avions dit quelque chose, nous aurions détruit le sort. Tu seras heureuse, Pierrette : le Destin le veut!

Oh! reprit Pierrette en s'écartant avec effroi, je suis toute mortifiée d'avoir été si près de mon malheur! Et qui est-ce qui était donc assis là dernièrement?

— C'est Jean! sa place devait être encore chaude sur cette planche, comme elle l'était ce matin dans son lit. Dire qu'hier il était là avec nous, et que voilà pourtant la neige qu'il a apportée avec ses sabots, et qui s'est fondue en eau!

— Il était gai comme un carillon de Noël, et il disait mêmement que l'hiver était la bonne saison pour vivre.

— C'était un homme qui ne se faisait pas de souci et qui s'arrachait une peine du cœur aussi facilement qu'on s'ôte un cheveu blanc de l'oreille.

— Je ne peux pas me sortir sa voix de la tête.

— Regardez au mur pour voir si son ombre n'y est pas encore.

— Et on l'a trouvé ce matin raide dans son lit!

— C'était le plus joyeux de nous tous, quoi!

— Et demain il sera en terre!

Pierrette écoutait avec effroi toutes ces réflexions qui la frappaient. Le bon André voulut la distraire.

— Pour vous, mademoiselle Pierrette, dit-il, c'est un grand contentement qui va vous venir, à ce qu'ils prétendent.

— Tout de même, André, je ne puis me consoler d'avoir quasiment mis mes pas sur ceux d'un mort. M'est avis qu'il faudrait brûler cette chaise pour qu'elle ne tombe pas à un autre.

— Oh! on le connaît dans le pays. Mais voyons donc quel bonheur pourrait bien vous arriver, mademoiselle, reprit André.

— Une belle chaine avec une montre, quand le père Jérôme reviendra de la foire, dit Mathurin.

— Le père Jérôme n'est pas généreux, reprit une vieille femme. À l'âge de Pierrette, ce n'est pas de lui que viendra le contentement.

— De qui donc?

— Dam! d'un amoureux!

Pierrette prit peur de nouveau. Avait-elle été vue par d'autres yeux encore, et faisait-on allusion à Savinien?

André comprit qu'elle était embarrassée et il vint ainsi à son secours, ignorant complètement qu'il pourrait bien ne pas dire la vérité.

Ne vous trompez pas sur le compte de mademoiselle Pierrette. Quoiqu'elle soit grande, elle n'a guère plus que mon âge, et ce n'est pas encore l'heure pour nous de songer aux amours.

— Tu as raison, mon ami André! répondit Pierrette en souriant et en faisant un joli mouvement avec ses bras qui suivaient sa tête, et son fuseau qui suivait ses bras. Mes bonheurs sont si petits, qu'ils feraient rire les grandes personnes. Nous autres enfants, nous en trouvons sur tous les chemins, comme les papillons trouvent les fleurs. Il est vrai que je suis ignorante et que je m'amuse de tout.

— Mais il ne s'ensuit pas, reprit André en retournant à son idée, que quand le moment sera venu, mademoiselle Pierrette ne sera pas sérieusement capable d'aimer. Elle descendra tout entière dans son amour, comme une rivière descend dans son lit : elle lui donnera toutes ses minutes, de même que la rivière donne à son courant toutes ses gouttes. Et ce bon cœur sera déjà depuis longtemps livré à quelqu'un de bien heureux, que nous ne nous en douterons pas, et que nous la croirons encore un enfant avec ses lèvres roses. Je me fie à elle pour faire l'amour; sa plus grande vertu et le meilleur de tous ses vœux.

Pierrette regardait André avec reconnaissance et surprise. Elle n'avait jamais soupçonné qu'il pût être si finement analysateur, et lire si bien dans l'âme du monde. Elle s'était tournée vers lui pour l'écouter. Elle reprit ensuite sa première position et revint à son fuseau.

Alors ses yeux virent quelqu'un, ce qui fit que sa bouche poussa un cri.

C'était Savinien, qui s'était assis sur l'escabeau du milieu.

Il était entré dans l'étable par hasard, ne sachant que faire de son cœur trop plein de joie, et ne voulant pas rester seul pour s'abandonner à ses rêves, qui pourraient le décevoir. Du reste, il avait pour habitude de se montrer de temps en temps dans quelques veillées, afin de causer avec les parents de ses élèves.

Savinien ignorait la superstition qui s'attachait à l'escabeau du mort. Il s'y était placé sans avoir été vu de personne. Quand il eut découvert que Pierrette était là, il ne fit plus aucun mouvement. Toute sa vie se concentra dans le regard qu'il attacha sur elle. Pierrette ne fut pas maitresse de sa première impression. Elle avait une entière confiance dans la tradition qu'on venait de lui raconter. Elle poussa donc un cri involontaire en voyant que Savinien se désignait lui-même pour un malheur prochain. Puis, dans toute l'irréflexion de ses alarmes, elle saisit fortement le bras du jeune homme, et, l'attirant à elle, elle le fit asseoir sur sa place, et avant qu'il eût eu le temps de comprendre, elle s'élança sur celle qu'elle lui avait fait quitter en s'écriant :

— Comme ça, le sort nous frappera également tous les deux! Je lui donne ma part et je prends la sienne. N'est-ce pas vrai que nous aurons ainsi le même avenir? ajouta-t-elle, en interrogeant les assistants pour se confirmer dans son espérance.

Mais elle s'aperçut bientôt, à l'étonnement de toutes les figures, qu'elle avait trahi son secret, et que cette imprudence allait la compromettre plus que n'aurait pu le faire la découverte de ce qui s'était passé entre elle et Savinien au bord de la mare obscure. Alors la honte de s'être dévoilée ainsi, et l'habitude de la réserve dont elle enveloppait sa vie, mirent sur sa joue l'incarnat de la pudeur, et elle se hasarda à dire, espérant tout réparer :

— Ce monsieur savant est plus utile au pays que moi! Si la médisance doit tomber sur quelqu'un, il vaut mieux qu'elle tombe sur moi que sur lui.

Médisance voulait dire malheur dans son langage inexpérimenté.

— Que signifie tout cela? demanda Savinien bas à André.

Quoiqu'il sût que son maitre avait l'esprit robuste, celui-ci ne voulut pas lui apprendre ce dont le menaçait la superstition publique, et il lui répondit aussi à voix basse :

— Cela se rapporte à une histoire absurde qu'on venait

de dire, et cela signifie que le cœur de mademoiselle Pierrette parle une langue que vous ne m'avez pas apprise, monsieur.

André avait accompagné ces mots d'un sourire heureux : cependant Savinien déplorait que tant d'allusions à leur bonheur si longtemps mystérieux fussent désormais possibles.

La surprise avait été très-grande chez tous, lorsque Pierrette avoua si clairement qu'elle aimait et qui elle aimait : pourtant on n'osa pas la laisser voir plus longtemps, et l'intérêt réel qu'on portait à Savinien domina seul la conversation.

— Monsieur l'instituteur, lui dit un vieux paysan, regardez bien si toutes les maîtresses poutres tiennent à votre toit, et abattez le grand arbre qui est à côté de votre maison, rapport au feu ciel.

— Gardez-vous de rentrer tard la nuit, dit une femme, et donnez attention où vous mettrez le pied.

— Et observez bien les oiseaux de nuit qui volent autour de la mare obscure et qui peuvent éborgner les passants.

— En vérité, dit Savinien à André, je ne comprends pas ce luxe de recommandations.

— Comprenez seulement, monsieur, que chacun vous affectionne et vous le témoigne à sa manière.

— Mais je suis donc menacé quelque part? les augures sont donc contre moi?

Pierrette ne put pas s'empêcher de détourner son regard de sa quenouille pour l'arrêter un instant, humide et doux, sur Savinien.

— Il n'y a pas d'augures contre ces yeux-là, dit faiblement André.

Pierrette entendit et remercia André, imperceptiblement pour tous.

Elle voulut ensuite mettre l'entretien sur un autre sujet, pour ne pas assombrir Savinien.

— Père Mathurin, reprit-elle, à quelle remarque avez-vous vu que les bêtes ont de l'esprit, comme je vous l'ai vu dire plusieurs fois? Je voudrais savoir si la Roussette, qui me regarde à cette heure, me comprend.

— Elle vous comprend, ma fille, et m'est avis que le bon Dieu donne un peu d'intelligence à toutes les créatures qu'il fait.

— Comment êtes-vous sûr de cela?

— Oh! je ne suis pas le seul à l'avoir vu! Tous les fermiers l'on bien observé aussi! Voici la chose : les matins de la semaine, on remplit le ratelier de bonne heure. Les bêtes, qui n'oublient pas qu'il faut aller labourer, se dépêchent de manger et ne perdent point un coup de dents. Les matins des dimanches, on a beau leur apporter leur nourriture, les bœufs restent sur la litière, et vous ne les feriez pas se lever à coups de gaules. Ils savent que c'est un jour de repos et du Seigneur, et ils demeurent immobiles, pensant à lui, bien sûr! C'est une marque qu'ils réfléchissent, ça.

— Oui! répondit Pierrette. Et aussi bien qu'ils pensent, ils sentent aussi et ils ont comme nous, les pauvres animaux, des amitiés qu'on ne sais pas dans le cœur.

Pierrette venait de se trahir encore. Dès lors il n'y eut plus de doute pour personne. La Pierrette aimait le jeune maître d'école.

— Et tenez! continua Mathurin, voilà une preuve de plus qu'ils ont meilleure mémoire que nous.

La Roussette ferme les yeux, elle qui est si respectueuse à l'homme! Ça veut dire qu'il est neuf heures et que c'est le moment d'aller dormir.

— Oh bien! pas encore, reprit Pierrette, qui avait son idée en prolongeant la séance. Je n'ai pas tant seulement filé une aune de chanvre : mon père marronnera par rapport à ça! Et d'ailleurs il n'y a pas une bonne veillée sans histoire, et personne n'en a dit.

— Tu en sais donc une, ma fille? interrompit Mathurin.

— J'en sais une qui ne m'a pas été racontée par des lèvres d'hommes ou de femmes, mais qui est véritablement arrivée dans le pays.

— Comment cela?

— Un jour de cet été, qu'il faisait si chaud qu'on ne pouvait pas s'imaginer où il fallait se mettre, je m'étais endormie en gardant mes vaches, dans le pâquis, sous les murs de la ruine.

— Près de la vigne à Christophe?

— Justement. Or, c'est une chose étonnante! Peut-être les images de ce qui a été autrefois passent-elles dans l'air de temps en temps, peut-être qu'il y a des spectres de maisons, de tours, de jardins pareillement aux revenants qui se laissent apparaître dans certaines nuits! Dieu sais ça : moi je l'ignore... Je n'ai jamais ouï parler de la ruine de ses habitants.

Eh bien, dans ce demi-sommeil, sur lequel bourdonnaient les grosses mouches des bois, je vis distinctement le vieux château, le mur d'enceinte, et ce grand puits dont on n'ose pas s'approcher, parce qu'on y entend, dit-on, gémir des voix, semblablement à celles des malades qui agonisent, et dont la margelle tourne seule comme si on la tirait d'en bas. Je revis tout, la trace des pas dans la cour, les pigeons sur le toit, l'ombre qui penchait de la haute tour, la pierre sur laquelle les dames posaient le pied quand elles montaient à cheval, et près de la fenêtre de la grande salle ouverte, une demoiselle, belle comme il ne s'en fait plus, et que j'entendis appeler Amaranthe.

— C'est vrai! interrompit Mathurin, il y a encore à la mairie un registre où l'on parle de demoiselle Amaranthe de Pont-l'Abbé, morte à seize ans...

— Ah! elle est donc morte si tôt? reprit Pierrette d'une voix émue. Elle ne songeait guère à mourir quand je l'ai vue. Un beau cavalier avec des éprons d'or qui sonnaient sur le pavé, un manteau rouge et un chapeau gris, traversa la cour et se mit dévotement à genoux devant la fenêtre. La demoiselle de Pont-l'Abbé lui tendit les deux mains; il y appuya son front, et il resta longtemps en extase comme on reste devant la grille de la communion.

Ensuite il essuya son œil, et il tomba de ses yeux une larme si chaude qu'elle brûla la pierre, et si amère, qu'on peut reconnaître encore, sur le pavé, le trou qu'elle creusa. Car il l'aimait, lui, le pauvre cœur! Puis il partit et ils ne se dirent rien que par les yeux.

Et j'entendais les valets dans l'écurie, les filles de chambre dans les greniers, qui répétaient sur tous les tons : — Elle l'aime! elle ne le reverra plus! — Il va mourir avant d'arriver en terre sainte, — et mille autres réflexions. Et moi, qui voyais les âmes comme je voyais les corps, je découvrais que cette âme de la jeune demoiselle était claire et tranquille comme une source dans les bois, et qu'il n'y avait que de la pitié pour le voyageur exposé.

Et la preuve qu'elle ne l'aimait pas, c'est que, quand, à cent pas d'elle à peine, elle le vit tomber de son cheval, qu'il lança au galop pour se distraire de ses regrets, sans doute, et rapporté mort ensuite, mademoiselle de Pont-l'Abbé ne versa pas une larme, appela l'aumônier du château, et se fit conduire au couvent. Or, croyez-vous qu'elle aurait eu la hardiesse de donner si vite son cœur à Dieu, s'il avait été à un autre! Ceci prouve que les commentaires sont légers et ne savent pas où ils vont, comme les feuilles sèches enlevées par le vent. N'est-ce pas que mon histoire est belle, monsieur Savinien? Et maintenant, bonsoir la compagnie!

Et Pierrette se leva.

On obéit à ce signal. Les *fallots* s'allumèrent, les sabots retentirent sur le pavé de l'étable. Les bonsoirs s'échangèrent. Chacun des veilleurs disparut dans la direction de sa maison. On observa que Savinien et Pierrette se regardèrent un instant, parurent hésiter, et se quittèrent sans rien se dire.

On parlait d'eux dans tous les groupes.

— La fille à Jérôme est plus hardie que nous ne

croyons. Elle a fait choix d'un beau garçon. Ce sera un brave couple !

— Ils se conviennent, c'est sûr ; mais allez voir quand le père Jérôme consentira !

— C'est une matoise. Elle a arrangé son affaire toute seule, elle saura bien aussi retourner son père.

— Il est de ceux qu'on ne retourne pas. La pitié ne pousse point dans son cœur.

— La prédiction n'aura pas menti. Le malheur de Savinien sera d'aimer la Pierrette, qu'il n'obtiendra jamais.

Pendant que l'on s'entretenait d'eux ainsi, ils s'étaient rejoints. Savinien n'avait pu y tenir. Il coupa par une ruelle et retrouva Pierrette sur la route qui conduisait chez elle. La jeune fille eut la précaution d'éteindre son fallot, pour qu'on ne vit pas de son côté deux ombres dans le chemin.

— Qu'as-tu fait, ma Pierrette ? s'écria-t-il. Voici maintenant que tout le monde sait notre secret. Si pourtant je ne réussissais pas dans ce que je vais tenter demain !

Pardonnez-moi, monsieur Savinien. Je suis mon cœur, même lorsqu'il m'égare. Et elle lui raconta l'histoire de la chaise du mort, et sa terreur non encore calmée, et sa croyance dans la tradition.

— Est-ce que j'étais maîtresse de ne pas avoir peur pour vous ? ajouta-t-elle. Est-ce que je ne possédais pas le droit, dans mon amour, de vous bailler ma bonne place et de conjurer le mauvais sort ? Est-ce que j'aurais été tranquille une minute de ma vie, si la honte m'avait retenue, et si je n'avais pas tâché de diminuer une menace qui tombe semblablement sur nous deux, puisque rien n'oserait nous séparer, à cette heure ? Est-ce que je n'ai pas fait un beau conte pour les dérouter ?

Enfin, pardonnez-moi, si je vous parais être fautive, quoique je n'en sente aucun repentir !

— Chère Pierrette, dit Savinien, à chaque mouvement tu t'enlaces plus fort à moi. Je ne m'en plains que parce que je suis destiné au malheur, à ce qu'il paraît, et que je ne veux pas te le faire partager.

— Monsieur Savinien, dit-elle en s'arrêtant à quelques pas de la barrière de la cour, mon amour est-il un malheur ?

— Ma Pierrette...

— Eh bien ! c'est votre avenir. Acceptez-le : mais, tenez, je n'ai pas de répugnance à vous l'avouer, il a encore augmenté depuis que j'ai eu la crainte. Tout de vous est à moi, heur et malheur.

Et elle ouvrit la barrière et disparut.

— Pierrette ! s'écria Savinien, une minute encore.

— Je vas faire ma prière, dit-elle en se retournant. Ce n'est pas vous quitter, va.

Savinien s'éloigna, élevant aussi sa pensée au ciel, pour le remercier de lui avoir fait rencontrer cet ange.

. . . .

Puis il songea à ce qu'il aurait à dire le lendemain.

Il ne se repentait pas de s'être assis sur la chaise du mort...

III

Gaétan de Montarcher était propriétaire du château de Pont-l'Abbé. Jeune, riche, garçon, il était dans toutes les conditions pour mener la vie à grandes guides, et il la conduisait paisiblement vers un but sérieux. Du nombre de ces gentilshommes qui ont laissé emporter leurs préjugés par le vent du siècle, la générosité et l'amour tenaient en lui la place que l'égoïsme et la crainte occupent chez tant d'autres. Comme sa pensée politique allait toujours à l'idéal, il voyait constamment l'avenir du pays au prisme de son espérance. Il avait eu le rare bonheur de se donner franchement à la démocratie religieuse.

Il avait lutté contre l'opinion accréditée, dans tous les cantons de son département, qu'avec son nom, ses chevaux, sa fortune, il ne pouvait pas être démocrate. Il ne perdit pas ses heures à des protestations qui n'auraient pas été crues, et il continua paisiblement à monter ses chevaux, à porter son nom tout entier, à faire le bien en secret et à répandre, par ses paroles et par ses écrits, l'esprit de son époque.

Du reste, si Gaétan s'était rendu à lui-même, en toute occasion, témoignage de sa foi politique, il ne s'était encore mêlé directement à la controverse que parce qu'il est aussi impossible de s'en abstenir aujourd'hui, qu'il est impossible, lorsqu'on se trouve dans le courant d'un fleuve, de ne pas le remonter, ou le redescendre, ou le traverser. Ceux qui y resteraient immobiles sentiraient avant tous les autres la vague les submerger. Gaétan descendait intrépidement le fleuve ; mais il attendait encore cette vague qui devait le soulever.

Parmi les jeunes gens de Pont-l'Abbé, Gaétan avait distingué Savinien, d'abord par le respect qu'il avait pour cette noble fonction d'instituteur, et ensuite, par cette sympathie personnelle que Savinien inspirait à tous les cœurs généreux. Ainsi que le disait Pierrette, le silence de Savinien, ce silence d'un œil contemplatif et d'une bouche souriante et douce, était plein de paroles. De son côté, le jeune instituteur, effrayé d'abord par le luxe traditionnel du château et par l'élégance naturelle de Gaétan, avait reconnu dans quelques rapports accidentels que, si M. de Montarcher lui était supérieur, cela résultait seulement d'une éducation plus accomplie et d'une vue plus large et plus exercée. Gaétan, dans sa retraite, après des jours d'études, trouvait quelquefois longues les soirées d'hiver, et il avait été heureux de pouvoir s'épancher librement dans des conversations qui traitaient de l'avenir et de l'intérêt sacré du peuple. C'était le grand seigneur qui avait pour ainsi dire démocratisé le pauvre élève de l'école normale, n'ayant que ses instincts francs et bons. L'amitié avait naturellement coulé l'une dans l'autre de ces deux âmes jeunes et fortes. Des questions générales, l'entretien était descendu aux préoccupations particulières. Cependant Savinien n'avait pas encore osé soulever le voile qui enveloppait son amour pour la fille de Jérôme.

Le lendemain du jour où nous l'avons rencontré avec elle au bord de la mare, il monta au château après la classe. Gaétan écrivait dans son cabinet. A quelque heure qu'on abordât son travail, on était certain de trouver sa plume trempée dans l'encre d'une pensée généreuse. La confidence fut longue. Savinien s'attardait aux détails de son innocent amour. Il raconta comment la Sèche avait une partie du secret : comment elle le calomnierait, ne le sachant pas tout entier ; comment chez Pierrette la crainte du scandale s'exagérait encore par la pureté du sentiment, comment enfin cette union qui avait été ajournée à des temps meilleurs devait se trouver précipitée par l'événement de la veille.

— Vous allez me forcer à employer un argument qui me répugne, répondit Gaétan. Jérôme est mon débiteur : un remboursement dérangerait ses affaires. Je le tiens par là. Pour vous seul, Savinien, pour hâter votre bonheur, je me présenterai exceptionnellement en créancier. C'est un des plus grands sacrifices que je puisse vous faire...

Gaétan ne perdit pas une minute, car il fallait devancer la Sèche. Il traversa Pont-l'Abbé et trouva Jérôme dans la grande salle de sa maison ; il était entouré de ses domestiques et les occupait à casser des noix par cette brumeuse journée d'hiver.

Jérôme, âgé actuellement de soixante années, avait commencé par être valet de charrue dans la maison qui lui appartenait depuis. Il y était entré tout jeune et aux gages de dix sous. L'histoire de Jérôme fit trop de bruit dans le pays pour que nous ne la racontions pas.

A dix-huit ans, lorsqu'il devint valet du père Mathieu, Jérôme était déjà orphelin, émancipé, et possédait deux mille francs qu'il reçut de l'héritage de son père. Il avait dès le commencement son caractère tout entier. Il voyait les choses avec justesse et était assez fin pour cacher sa perspicacité. Il sut se faire passer pour naïf, tandis qu'il était profondément calculateur; pour prodigue, tandis qu'il était avare. On disait de lui : — Jérôme est trop bête pour savoir se faire payer, et pendant qu'on disait cela, son rêve de fortune atteignait à des proportions relativement énormes de réalisation possible. Deux considérations l'avaient frappé tout d'abord : le père Mathieu était très-riche, en bonnes terres et en argent placé, et il n'avait ni enfants ni petits-enfants.

Jérôme, travailleur infatigable et inaccessible à toutes les séductions du cabaret et de la danse, rendit de grands services à Mathieu dès qu'il fut entré dans sa maison. Bientôt il eut assez de la confiance de son maître pour qu'il le chargeât de quelques ventes de bestiaux et de récoltes. Jérôme vendait toujours un tiers au-dessus de tous les marchés. Ainsi quand les autres domestiques revenaient avec quarante francs, il en rapportait soixante. Il se fit une grande réputation, mais son habileté de vendeur n'y était pour rien.

Il avait établi dans sa tête ce simple calcul : si je place mes deux mille francs, j'aurai cent francs de rente, et en vingt ans, malgré toutes mes économies, je posséderai au plus un capital de cinq mille francs : si au contraire je les dépense habilement, j'ai des chances en bien moins de temps de centupler mes avances.

Et à chaque marché qu'il faisait, il ajoutait un tiers en sus du produit, qu'il sortait clandestinement de sa bourse. Quand il revenait de la foire, un peu ému de ce sacrifice qui le ruinait momentanément, il se consolait en regardant les sillons et les prés du père Mathieu, sur lesquels son espérance prenait des hypothèques. Bientôt ce jeu le passionna. L'incertitude même du résultat augmentait l'ardeur et la fièvre de ses calculs.

Ce ne fut pas tout.

Le père Mathieu, enthousiasmé, voulut augmenter les gages de Jérôme. Il refusa obstinément, prétendant qu'il n'avait besoin de rien, et qu'il ne dépensait même pas les trente francs qu'il gagnait. Cependant l'excessive reconnaissance que Mathieu lui manifestait en toute occasion, était un danger qu'il importait de prévenir. Les neveux pouvaient s'inquiéter et, en faisant renvoyer Jérôme, anéantir tout d'un coup les fondements de sa fortune.

Ce fut là qu'éclata toute l'habileté de Jérôme. Il était nécessaire d'arriver à faire exécrer au père Mathieu la main qui l'enrichissait. Ainsi, en même temps que Jérôme, par ses sueurs et son habileté, déculpait son revenu, il l'accablait d'insolence et de mépris. La haine n'arrivait pas au cœur de Mathieu, qui était propriétaire et *intéressé* avant tout, mais cependant, s'il n'osait rien dire en présence de Jérôme, il se soulageait en secret et le chargeait de malédictions en famille.

Dès lors, les soupçons furent détournés. Jérôme savait bien que le père Mathieu ne renverrait plus en lui le soleil qui faisait mûrir ses blés, l'eau qui fécondait ses prés, l'admirable économie intérieure qui donnait à son ménage l'aisance et la propreté; qu'il attachait une sorte d'amour-propre à l'idée qu'après lui, ses propriétés continueraient à être les plus rendantes et les plus belles du pays, et que, pour cela, il fallait les laisser à ce dur et robuste valet, si insolent, mais si utile. Cette combinaison fit attendre quinze ans son résultat. Quand Mathieu mourut, les deux mille francs de Jérôme, épuisés depuis longtemps, et auxquels il faut ajouter une faible somme, dont nous raconterons plus tard l'origine, lui en rapportèrent soixante mille, et il fut institué le seul héritier par un testament qui avait peut-être été dicté avec la haine dans le cœur pour le légataire.

Jérôme devint un des personnages les plus importants du canton, non-seulement à cause de sa fortune, mais à cause de son habileté, qui avait été devinée en partie. Les qualités par lesquelles un homme s'enrichit sont, en général, les seules que les paysans apprécient. Il se maria à une très-belle fille, fort riche, qui fut la mère de Pierrette,

et qui mourut sans lui donner d'autres enfants. Le père Jérôme, car la considération publique lui avait bientôt aussi donné ce titre, possédait maintenant plus de cent mille francs.

Il sembla vouloir se venger d'abord de la longue parcimonie dans laquelle il avait si longtemps vécu. A la place de la maison fangeuse de Mathieu, il en fit bâtir une claire, solide et irréprochable quant à l'épaisseur des murs. Cette dépense était encore un calcul.

Les neveux de Mathieu tenaient une bonne partie du pays et lui faisaient une guerre sourde. En occupant pendant longtemps tous les ouvriers de Pont-l'Abbé, Jérôme se donna une popularité prompte et sûre. Il aurait été maire, s'il l'avait voulu, et il conduisait le conseil municipal.

Tel était l'interlocuteur que M. de Montarcher devait persuader.

Le premier mouvement de Jérôme en voyant M. de Montarcher entrer chez lui fut de se défier ; mais, trop habile pour laisser rien voir, il le conduisit avec de grandes démonstrations de politesse dans un petit cabinet blanchi à la chaux, où il établissait ses comptes. Jérôme savait lire et écrire : l'instruction étant une supériorité, il avait voulu se la réserver, et n'employait que des domestiques ignorants, et même, afin qu'aucun œil ne pût rien voir dans ses papiers, il n'avait nullement insisté pour que Pierrette apprît quelque chose.

— Père Jérôme, dit M. de Montarcher quand il fut assis, je viens pour vous parler d'affaires.

— M. le comte me fait grand honneur, répondit Jérôme. Est-ce d'une affaire à moi, ou d'une affaire à lui qu'il veut me parler ?

La question était adroite, car Jérôme savait toute la noble répugnance de Gaétan à traiter une affaire de dette, quand il était le créancier, et il semblait aussi l'avertir indirectement qu'il n'aimait pas qu'on se mêlât d'une chose qui lui serait personnelle.

— J'ai plusieurs points à traiter avec vous, père Jérôme, et nous nous sommes trop bien entendus jusqu'à présent pour que je n'espère pas que nous serons toujours d'accord.

— Quand votre avis fait route avec le mien, monsieur le comte, c'est une preuve que je ne me suis point trompé.

— Tenez, je vais au fait. Quel âge a Pierrette ?

— Elle a eu seize ans aux derniers foins, répondit Jérôme, étonné de cette demande.

— Elle est bien jeune pour être mariée, mais elle est si raisonnable, si douce, que je suis sûr que son arrivée dans une maison serait une bénédiction.

Jérôme écouta encore plus attentivement : il n'avait pas la pensée absurde que Gaétan vînt lui demander sa fille pour lui-même, mais il ne comprenait pas, et, comme il ne comprenait pas, il se défiait.

— Elle est belle, continua Gaétan. La beauté attire l'amour, et je crois que Pierrette est déjà aimée.

La conversation prenait un tour qui déplaisait considérablement à Jérôme, mais, par crainte et par curiosité, il n'osait pas la détourner.

— Oh! la petite n'est pas belle, répondit-il modestement, ça vous a des yeux comme sa mère : ça brille pendant quelques mois de mai, puis ça vous fait un enfant et ça meurt!

— Vous vous trompez, reprit Gaétan, révolté par cette froideur d'analyse : Pierrette a aussi la beauté du cœur, qui durera quand l'autre sera passée; elle est digne de rencontrer un homme qui sache l'apprécier, et elle l'a rencontré.

— Bah! elle ne pense qu'à filer sa laine et à blanchir ses robes. Et d'ailleurs, où aurait-elle trouvé un homme pareil ici?

— Père Jérôme, que pensez-vous de M. Savinien?

— M. Savinien, reprit-il, très-fortement indigné qu'il pût être question de lui en pareille circonstance, mais ne voulant cependant pas se compromettre, M. Savinien est un savant qui a des yeux pour les livres, et qui n'en a point pour les jeunes filles.

— Vous vous trompez encore. Savinien aime Pierrette, et Pierrette aime Savinien.

— Eh bien ! alors, répondit Jérôme outré de cette audace, ils s'aimeront longtemps, s'il est vrai que le mariage tue l'amour.

— Père Jérôme, vous êtes un honnête homme, et votre plus grand souci est le bonheur de votre fille. Considérez sérieusement cette question et résolvez-la avec votre sagesse habituelle.

Voici où elle en est :

Savinien et Pierrette ont été vus ensemble, hier au soir, sur le bord de la mare obscure. Ils y sont restés pendant des heures, et c'est un œil méchant qui les a vus.

Tout le monde doit savoir cette histoire à présent, et la réputation de Pierrette est compromise, si le mariage n'arrive pas. Je sais que vous ne voudrez pas qu'il tombe sur elle une honte qu'elle ne mérite point, mais qui l'écraserait, et c'est comme ami personnel de Savinien que je viens vous demander votre fille pour lui.

— M. le comte, les affaires d'intérêt passent avant toutes les autres, parlons de la seconde chose que vous voulez me dire.

Gaétan était indigné de cette insensibilité sans pudeur, et il reprit vivement :

— Ces deux affaires se touchent. Vous me devez dix mille francs remboursables à la Saint-Jean. J'ai la plus profonde amitié pour Savinien, et son manque de fortune pouvant être un obstacle, je vous prierai de considérer cette somme comme la dot qu'il apportera, et surtout de n'en rien dire à personne, et pas même à Savinien, car il refuserait quand il devrait perdre Pierrette pour ce refus.

Jérôme ne comprenait jamais la générosité. Il cherchait à deviner et il ne devinait rien. A la fin, il trouva cependant que M. de Montarcher était fidèle à son prétendu système de politique niaise.

Cette dot ne lui paraissait cependant pas suffisante, et il avait de bien plus hautes ambitions pour sa fille. D'un autre côté, le remboursement prochain l'aurait gêné. Il résolut donc de paraître consentir, en se réservant de ne jamais réaliser cette promesse. La difficulté ne l'effrayait pas.

— J'ai eu bien plus de peine, se dit-il, à gagner l'héritage du père Mathieu, que je n'en aurai sans doute à empêcher la petite de faire une sottise et d'apporter toute cette fortune à celui qui ne lui rendrait que ses livres et ses compas !

— Monsieur, reprit-il, je vous demande quelques semaines pour réfléchir, mais je puis vous dire d'avance que le plus grand inconvénient à ces noces était la pauvreté de Savinien.

— M'autorisez-vous à lui donner un peu d'espoir ?

— Donnez, monsieur le comte ! dit-il tout haut : donnez-le, pensa-t-il, je le reprendrai !

Quand Gaétan sortit, il rencontra Pierrette, qui, sachant que M. de Montarcher était chez son père, le guettait au passage, en tirant sa quenouille sous la porte de la cour, malgré le froid. La charmante fille était un peu honteuse de penser que Gaétan connaissait si bien ses secrets, mais l'intérêt immense de son amour et de sa réputation l'emportait sur la honte.

Elle pâlit en voyant Gaétan, car il allait lui donner probablement le mot de sa vie.

— Pierrette, lui dit-il, Savinien est un beau fiancé, et il sera un bon mari. Là-bas, dans la maison qui est au bord de la Mare obscure, vous passerez de longues saisons de bonheur et de paix. Votre amour vous fera un printemps de toutes ces saisons. Vous aurez le travail qui ôte leur poids aux heures; vous aurez la jeunesse qui met un sourire sur tous les visages et un rayon sur tous les objets;

vous aurez aussi et vous avez déjà la bonté du cœur qui assure après celle-ci une autre existence encore meilleure et plus douce. On vous ignorera dans le monde : mais, pour trouver la paix continuelle, les caresses des paroles, la pureté des figures, la sérénité des âmes et la vertu des actions, il faudra s'arrêter et regarder dans la maison que vous habiterez tous les deux. Voulez-vous que cet avenir se prépare ainsi pour Savinien et pour vous ? Vous sentez-vous capable de tous les sacrifices pour le mériter ?

— Oh ! monsieur, répondit-elle en rougissant, quelquefois, quand je suis assise à l'ombre et que je regarde le bleu du ciel, en m'envolant bêtement avec la pensée qui me vient, j'ai cru voir une peinture comme celle que vous me faites : Mais cela m'a semblé un rêve, une autre vue d'un autre monde, où il n'y aurait que de bonnes créatures. Je me disais : Cela est trop beau pour Savinien et pour moi. A quoi servirait d'essayer de gagner son paradis, si on l'avait ainsi sur la terre ! Pourtant vous voyez clair, vous, monsieur ! Si vous pensez qu'un tel bonheur soit possible, je le penserai aussi : que faut-il faire pour l'atteindre ?

— Il faut éviter de vous trouver seule avec Savinien jusqu'à ce que votre mariage vous soit annoncé par votre père. Maintenant, vous portez déjà presque la moitié de son nom. Ne laissez soupçonner par personne que vous savez cela. Ne soyez pas ensemble pendant quelques jours, afin d'être ensemble ensuite pendant toute votre vie.

— Je comprends, interrompit Pierrette. Quand j'étais en champ, j'ai avisé souvent, que lorsqu'un chardonneret a commencé de choisir une branche pour y mettre son nid, les autres oiseaux le jalousent, et, s'ils peuvent y apporter plus vite des brins d'herbe et mousse, ils s'emparent de la branche et la défendent injustement. On viendrait peut-être aussi prendre notre toit, et on nous chercherait noise pour notre projet. Et puis, quand on a la clef de la porte de son trésor, il est imprudent de la laisser voir à sa ceinture. N'ayez pas peur : je suis plus fine que vous ne pensez. Je ne regarderai tant seulement que Savinien lorsqu'il passera. Mais comment avez-vous fait ce miracle sur le père ?

— Je lui ai montré de quel côté était votre bonheur, et il y est allé tout de suite.

— Oh ! de quelle parole vous remercier, M. Gaétan ! Je voudrais tant n'être pas si bas au-dessous des vôtres pour avoir le droit de vous aimer de même qu'un frère. Mais les anges sont plus haut que nous, et nous les aimons bien tout de même.

Gaétan partit, car l'expression de cette naïve reconnaissance l'embarrassait.

Pierrette sentait éclore, pour ainsi dire, la félicité dans son sein. La jeunesse heureuse, la jeunesse de l'amour, courait en elle, lorsque la Sèche entra dans la cour; son regard, qui semblait redoutable même à ceux qui venaient de lui faire l'aumône, parut à Pierrette plus chargé de moquerie que de coutume. C'était l'hiver glacé qui venait et qui faisait fuir le printemps de son rêve. Il était évident qu'elle n'aimait personne, et moins que les autres, ceux qui étaient jeunes et heureux. Elle avait, la seule dans tout le pays, une influence mystérieuse sur Jérôme. Elle allait défaire ce qui avait été préparé par M. de Montarcher. L'illusion n'aurait duré pour la jeune fille que pendant que Gaétan lui avait parlé. Elle la pleura et essuya ses larmes avec le coin de son tablier en montant dans sa chambre.

IV

Pierrette ne se trompait pas. La Sèche avait une grande influence sur son père, et nul ne pouvait en deviner le motif. Il était à peine admissible qu'elle résultât d'un souvenir d'amour, Jérôme étant peu sentimental, et la Sèche ayant vingt ans de plus que lui. D'ailleurs on l'avait toujours vue dans le pays avec la même démarche qui éloignait toute possibilité de bonne fortune, même pour les moins exigeants. C'était un type qui était resté déjà dans yeux de plusieurs générations. Longue, décharnée, justifiant son nom qu'elle avait cependant reçu à l'état civil, courbée sur elle-même, marchant lentement avec son bâton, ayant toujours froid, s'asseyant l'été au soleil sur le pas des portes et l'hiver sous le manteau des cheminées; ouvrant sa besace, y mettant le morceau de pain ou le sou qu'on donnait, ne remerciant jamais et recevant plus fièrement l'aumône que jamais seigneur ne reçut la dîme; tutoyant tout le monde, causant peu, mais quelquefois pourtant s'attardant au fond des maisons qu'elle aimait, et en racontant l'histoire comme si elle avait été la voix du mur. Presque toujours en route, par la bise, par la pluie et par le soleil, jetant son ombre lente sur les buissons de tous les sentiers de la commune, et dans chaque saison, invariablement vêtue d'une mante noire, encore assez propre et chaude. C'est ainsi qu'elle avait apparu dès le commencement aux gens de l'âge de Jérôme.

Certains disaient que la Sèche était un peu commensale du Sabbat, et que, par sortilége, elle avait contribué à l'héritage que Jérôme avait recueilli, et que son influence sur lui venait de là. Il y avait un petit coin de vérité dans ce mensonge. Voici comment.

Jérôme avait eu une phase difficile à traverser. Ce fut au moment où, ses deux mille francs étant épuisés, il était menacé de ne pouvoir plus continuer les sacrifices indispensables à son succès. Un jour, en revenant de la foire dont il ne rapportait que le prix touché, il rencontra la Sèche, et comme toujours, car il tenait à se faire des clients utiles, il lui mit un sou dans la main. Elle le prit, mais elle lui dit:

— Tu aurais mieux fait, mon fils, de garder ce sou, et de le rajouter à la vente pour le rapporter au père Mathieu. Jérôme pâlit: son secret était arraché à ses ténèbres.

— Tu as tort d'avoir peur, mon fils, car je ne te veux pas de mal, et ce secret ne sortira pas plus de mon cœur qu'il ne sortirait du cœur de chêne, s'il y était entré. Tu as trouvé une bonne combinaison et tu iras loin dans ce chemin. La vieille mère ne soufflera pas sur ta fortune, au contraire.

— Comment dites-vous cela, la Sèche? me voilà ruiné, et tout ce que vous pourrez faire pour moi, ce sera de me prêter votre besace dans quelque temps!

— Mon garçon, reprit-elle, en parlant plus bas, je suis peut-être plus capable de te servir que tu ne le penses. Combien te faudrait-il pour continuer ton commerce?

— Le père Mathieu ne peut pas vivre longtemps, je crois que mille francs suffiraient.

— Mille francs! reprit-elle: cela fait bien des liards. Pourtant je connais quelqu'un qui pourrait te les prêter.

— Ah! indiquez-moi celui-là, et, quand ce serait un juif, j'en ferai mon saint sur l'heure.

— Et quel intérêt paieras-tu?

— Ma foi! un pareil service vaudrait bien le dix pour cent.

— Le dix pour cent, ce n'est pas assez, car tu peux crever à la peine, et quoique ta peau recouvre un joli garçon, elle vaudra moins que celle d'un chien quand tu seras mort. Mettons quinze pour cent, et j'en parlerai.

— C'est bien cher, mais n'ayant pas d'autres ressources, j'essaierai.

— Le père Mathieu n'en a pas pour cinq ans. On prendrait ce terme dans le billet.

— Cinq ans, soit! Quand faudra-t-il revenir? dit-il en faisant quelques pas.

— Mais, répondit-elle, ce soir, demain, ou plutôt, je ne veux pas faire attendre un bon cœur comme toi. La personne dont je parle m'a confié ses fonds. Sais-tu écrire?

Dès ce moment Jérôme eut un premier soupçon, et il regarda avec admiration cette vieille mendiante qui avait

sans doute consacré comme lui toute sa vie à cette mystérieuse alchimie au moyen de laquelle ils faisaient de l'or. Mais il se garda de témoigner qu'il soupçonnât rien.

— Je sais un peu écrire, répondit-il.

— Eh bien! continua-t-elle, en tirant une plume et du papier de sa besace, fais-moi un écrit par lequel tu diras que tu dois cette somme à une personne dont tu laisseras le nom en blanc.

Jérôme écrivit. La Sèche mit ses lunettes et lut attentivement. Tout le monde ignorait qu'elle sût lire.

— Tiens, dit-elle en fouillant profondément dans cette mystérieuse besace, donnant, donnant.

Et elle lui remit un billet de banque.

Jérôme continua son commerce et hérita comme disait la Sèche. Peu après il voulut rembourser, mais la vieille femme s'y refusait toujours. Jérôme comprit qu'elle aimait mieux toucher ses intérêts que de rentrer dans son argent.

De plus, il avait appris une chose qui lui faisait redoubler d'égards. Dans un marché qui se tenait dans un département voisin, on vint à prononcer devant lui le nom du père Sèche. Il écouta: c'était l'histoire d'un usurier qui avait réussi à voiler son métier sous les haillons de la mendicité. Sa femme l'avait secondé dans son industrie: ils amassèrent ainsi, dit-on, une fortune: le mari était mort, la femme disparut emportant tout. La date se rapprochait de celle de l'arrivée de la Sèche à Pont-l'Abbé. C'était elle incontestablement. Elle supprima l'usure, se trouvant sans doute assez riche, mais elle continua la mendicité par habitude ou pour ne pas toucher à ses fonds. La tentation d'une occasion unique, et peut-être aussi une sorte d'enthousiasme romanesque dont elle était capable avec désintéressement pour les jeunes gens courageux, l'avaient décidée à être utile à Jérôme.

Celui-ci, qui était avare à sa manière, ne comprenait pas la jouissance de la Sèche. Lui convertissait son argent de cent manières: il devenait des meules de foin, des montagnes de blé dans ses greniers, des ruisseaux de vin dans ses caves, et comme il s'étendait en hectares au soleil, ses yeux le voyaient à chaque instant; il arrivait en séduction à chacun de ses sens.

Mais l'or de la Sèche, que devenait-il? Elle l'abandonnait dans une mesure ouverte: si quelqu'un avait comme Jérôme pénétré son secret, il eût été très-facile de mettre la main sur ce métal stérilisé. Elle ne se donnait pas même le délire suprême de contempler son trésor: elle ne restait jamais sous son pauvre toit pendant le jour, et il était rare d'y voir poindre une petite lumière durant la nuit. Jérôme conjecturait qu'il suffisait à la volupté de la Sèche de promener ses mains dans les ténèbres sur ces riches épargnes, et qu'elle berçait et assoupissait son ambition à la musique des pièces d'or tintant les unes sur les autres.

Néanmoins ce bonheur faisait grand pitié à Jérôme. Il rêvait souvent au merveilleux emploi qu'il ferait de cette fortune. Et après tout, la Sèche, ironique, ingrate, sans héritiers connus, pouvait lui laisser son bien comme à un autre. Le succès lui avait donné la passion des héritages. Il ne savait comment conquérir ce cœur imprenable. Mais le service qu'elle lui avait rendu, quand il était pauvre, n'était-il pas déjà une preuve de bienveillance et d'estime pour son habileté? La Sèche n'avait-elle pas flairé en lui l'homme qui savait aussi faire venir les écus? Le proverbe que l'eau va toujours à la rivière ne pouvait-il pas de même être vrai pour les rivières d'argent? Jérôme résolut d'occuper souvent son esprit et d'émerveiller la vieille femme par son économie; de la sorte, la dernière pensée de son lit de mort serait peut-être pour lui.

Quand la Sèche venait dans sa maison, il la comblait de respect et d'égards. C'était une chose prodigieuse que de voir l'hypocrisie audacieuse avec laquelle il offrait un sou, tous les jours, à cette femme qu'il savait être plus riche que lui. Il n'offrait pas davantage, car il craignait d'éveiller sa défiance. Il la plaçait dans un fauteuil atprès du feu, faisait découvrir ses domestiques devant elle, et à sa mine on eût dit qu'il recevait une reine ou une sainte. Les grands jours étaient ceux où elle daignait manger un morceau à sa table. Il lui versait quelques gouttes d'un vieux vin qui réveillait les anciens souvenirs dans sa tête, et une fois elle perdit assez l'esprit pour parler d'un temps où elle avait été riche. Jérôme la consultait sur tout : et comme ses avis étaient sagaces, il était rare qu'il ne les suivît pas, et qu'il ne fît point parade de sa docilité devant la vieille. Elle était ainsi, avec sa voix tremblante et sa mante trouée, la véritable maîtresse de cette maison.

Pierrette n'avait pas une grande sympathie pour elle. Malgré ses efforts, elle ne pouvait point parvenir à respecter cette vieillesse. Quand la Sèche lui passait la main sous le menton, son cœur se soulevait. La vieille s'apercevait-elle de ce dégoût? et comme ses avis étaient moqueuse et dure cachait-elle une âme où un peu d'affection fût possible, et en avait-elle conçu secrètement pour Pierrette? Nul ne le savait, et Pierrette moins que personne.

Lorsque Gaétan fut parti, Jérôme, qui utilisait les pires situations, conçut un projet, et voulut faire tourner ainsi à son avantage l'obstacle qui lui avait été apporté.

Depuis quelque temps, il semblait avoir fait de tels progrès dans la confiance de la Sèche, qu'il pouvait espérer de plus en plus d'être, comme on dit, couché sur son testament. Mais cette probabilité deviendrait bien plus grande s'il parvenait à lui emprunter de son vivant une somme un peu considérable. Les dix mille francs réclamés par M. de Montarcher allaient servir de texte à ses doléances et à ses allusions.

Il serait obligé de déplacer de l'argent qui lui rapportait gros, de vendre une de ses meilleures terres, de laisser faire au pays des commentaires fâcheux, ou bien de consentir à un mariage déplorable sous le rapport de la fortune. La Sèche comprendrait cela, et il s'assurerait ainsi une première part de son héritage : il se délivrerait d'une dette qui le gênait et il éloignerait les prétentions vaniteuses de ce maître d'école. La seule difficulté était de paraître croire que la Sèche pouvait disposer d'une somme de cette importance. Mais il attribuerait toujours ce prêt à la personne supposée qui l'avait déjà obligé une première fois.

Jérôme ne doutait pas que sa demande ne réussît. Il serait bientôt, après M. de Montarcher, le plus riche propriétaire de Pont-l'Abbé. Il serait fier de son courage et de sa persévérance quand il regardait dans son passé le chemin rude par lequel il avait si longtemps marché.

La fortune, c'était non-seulement sa jouissance et sa supériorité, c'était son œuvre entière, c'était le salaire de chacune des minutes de sa vie, remplies par une pensée unique : c'était la preuve incontestable qu'il se trouvait, sous ce bonnet de paysan, une tête plus adroite et plus déliée que sous les chapeaux des bourgeois et des notaires du canton. L'écu, représentant toutes les ambitions assouvies, est le symbole le plus honoré et le plus rayonnant pour toute une classe que la souffrance et la privation matérialisent encore. Dans le milieu où il naît, dans ce milieu dont les ténèbres ne s'écartent que lorsque l'esprit de la démocratie est celui du gouvernement, Jérôme avait le droit d'être fier et d'être satisfait.

Il attendait donc avec impatience le moment où la Sèche arriverait. Elle venait deux fois par semaine, avec la régularité de l'heure. Mais l'entrevue de ce jour serait décisive. Jérôme ne put s'empêcher de tressaillir, lorsqu'il entendit le bruit de ses sabots et de son bâton dans la cour.

Elle ne s'arrêta pas comme à l'ordinaire, et, traversant la grande pièce où les domestiques étaient réunis, elle ouvrit elle-même la porte et entra près de Jérôme.

— Bonjour, la mère, lui dit-il, après l'avoir fait asseoir. Vous voulez me parler entre quatre z'yeux, n'est-ce pas, puisque vous êtes venue dans mon cabinet? Je suis fâché de n'avoir pas de poêle ici; vous aurez froid.

— J'ai froid partout, et le feu ne me réchauffe guère plus que le soleil n'éclaire les aveugles, reprit-elle, mais les bonnes paroles font circuler le sang.

— Parlez-moi donc de ce que vous voulez me dire, la mère !

— C'est toi qui vas me causer d'abord, mon fils. Je vois bien aussi que tu as des mots plein la bouche. J'ai rencontré M. de Montarcher dans la rue. Lorsque le seigneur sort de la maison d'un vilain, il est rare que celui-ci n'ait pas de quoi se plaindre de quelque chose à un ami.

Jérôme était peu flatté de la dénomination qu'elle lui donnait et assez mécontent de la perspicacité de la Sèche, qui lui faisait deviner sans doute ce que Gaétan était venu dire, mais il dissimula son double mécontentement.

— Je me défends de parler quand je peux entendre, répondit-il.

— Puisque tu me fais la politesse, voilà ce que j'ai sur le cœur, dit-elle : Pierrette est amoureuse.

— Amoureuse ! répéta Jérôme, qui ne voulait point paraître savoir quelque chose. L'amour est la pire maladie pour une jeune fille de seize ans ! Mais vous êtes savante, la mère, et je suis sûr que vous la guéririez, si vous le vouliez.

— Je compte bien essayer, mais j'ai besoin de toi pour cela. J'ai besoin aussi d'un autre, qui est M. Savinien.

— Comment ferez-vous ! répondit Jérôme, qui ne comprenait pas la pensée de la Sèche.

— Comment je ferai ! mais je la marierai !

— Ah ça ! vous voulez vous gausser de moi, la mère, n'est-ce pas? Vous connaissez trop bien le père Jérôme pour savoir que ce n'est pas à soixante ans qu'il fera la première bêtise de sa vie.

— Non ! ce ne sera pas la première : là première, il l'a faite le jour où il a pris une femme, puisqu'il ne sait pas surveiller sa fille.

— Vous voulez parler de la rencontre à la Mare, hier au soir ?

— Voyez-vous, reprit la Sèche, cela est déjà publié ! d'autres t'en ont entretenu : je croyais bien être la seule à avoir aperçu cela.

— Après tout, dit Jérôme, qui était certain que la Sèche serait bientôt de son avis, ce n'est pas une si grande affaire. J'ai regret que cela ait eu lieu ; mais qu'auront-ils fait? Ils se seront embrassés. La bise, au retour, aura tout effacé sur la joue de la Pierrette.

— Sur sa joue peut-être, mais dans son souvenir, n'y compte pas, mon fils ! Lorsqu'un brave enfant comme ta fille, et un beau garçon timide comme M. Savinien, se penchent dans les bras l'un de l'autre, ce n'est pas le hasard ou le plaisir d'une minute, qui les fait se pencher : c'est le cœur, crois-moi, Jérôme !

La Sèche avait une si vive expression dans la voix, en prononçant ces mots, que Jérôme se demandait déjà si quelque chose n'avait pas porté le trouble dans son esprit. Il devinait bien qu'elle aimait véritablement Pierrette, — ce dont il ne s'était jamais douté jusqu'alors — mais, ne sachant pas si elle serait favorable à Savinien, il évita de donner de nouveau son opinion personnelle, et répondit :

— Quand ce serait le cœur ! Le cœur, cela se donne, se reprend, se perd, se trouve, se change, etc., ni plus ni moins qu'une pièce d'or, et Pierrette n'en sera pas plus pauvre un jour pour l'avoir donné à cette heure !

— Tu te trompes, mon fils : avec mes quatre-vingts ans, je puis bien parler de cette circonstance. Je ne serais pas ce que je suis, j'aurais mieux vécu, j'aurais fait plus de bien, je ne tendrais pas à tous ma main de mendiante, si, il y a bien longtemps, je n'avais pas dénoué mon cœur, que je n'ai pas retrouvé, moi ! Ce qui a fait que j'ai pensé, que j'ai parlé, que j'ai agi sans lui, et qu'encore à présent je ne le sens pas même gelé par l'âge, je ne l'ai jamais senti depuis des années ! C'est une place vide, c'est un abîme que je porte en moi ! On souffre bien, vois-tu, mon fils, de ne pas avoir ce que tant d'autres ont !

Il ne faut pas que Pierrette souffre de cette douleur : car, lorsqu'elle ne fait pas mourir jeune, elle vous laisse arriver jusqu'à une vieillesse sans souvenir, sans espérances, sans bonté, sans regrets! Elle vous rend ce que j'ai été : insensible à tous et inutile, et jamais aimée, et n'aimant pas! Oh! épargnons ce mal à Pierrette, ce mal de donner son cœur, pour qu'un destin l'emporte!

— Mais suivant vous, la mère, reprit Jérôme, de plus en plus étonné et alarmé, qu'est-ce qu'il y aurait donc à faire, si elle a placé ce cœur?

— Il y aurait à pleurer, mon fils : mais ce n'est pas l'occasion aujourd'hui. M. Savinien est le mari qui convient à Pierrette, et il lui donnera chaque année le bonheur aussi fidèlement que l'arbre donne son fruit.

— Vous n'y pensez pas, la mère! Quoique je ne sois point aussi riche que mes ennemis le disent, Pierrette aura assez de bien un jour pour que je ne choisisse pas pour elle un homme qui n'a au soleil que la place où il marche.

— Mais ce n'est pas toi qui as choisi, Jérôme, c'est Pierrette, et elle a fait preuve d'esprit.

— Que voulez-vous dire?

— Je veux dire d'abord que précisément parce que tu as amassé assez de bien pour nourrir non-seulement ta fille et son gendre, mais leurs enfants, mais leurs petits-enfants, et parce que tu as fait ainsi une fortune qui pourra établir une famille pendant des années et des années, Pierrette peut bien prendre un homme qui ne soit pas riche...

— Il n'y a que les riches de bons! dit brutalement Jérôme, sans réfléchir que cette réflexion atteignait aussi celle qui se donnait pour une mendiante.

Mais la Sèche n'y fit pas même attention et continua ainsi :

— Je dis ensuite que M. Savinien est un jeune homme encore plus honnête qu'il n'est instruit; que celui qui apprend aux autres devrait être le plus considéré de tous, si les hommes étaient plus sérieux et plus justes; qu'il a une place qui lui donne bien autant de revenu que ta fille lui en apportera en dot, et qu'enfin ce sera un grand honneur d'avoir pour gendre un homme qui est l'intime de M. de Montarcher, et qui entre au château aussi à son aise que j'entre chez toi.

— Vous avez beau dire, la mère, pour la première fois de ma vie, je vous désobéirai, et ce mariage ne se fera pas de mon gré.

Jérôme se promenait dans une vive agitation en se prononçant ainsi. La Sèche regardait en dessous et d'un air qui annonçait qu'elle ne craignait pas beaucoup sa résistance.

— Après tout, tu es libre, mon fils, reprit-elle. J'ai tort de te donner des conseils à toi qui es si avisé. En venant souvent chez toi, où je suis bravement reçue, je me suis habituée à prendre de l'amitié pour toute la maison, pour la petite surtout. Je crois que l'enfant est de celles qui risquent de mourir, si on leur fait un pareil chagrin, et, le croyant, je te le dis en toute sincérité; si je t'ai offensé, pardonne-moi.

— Vous pardonner, la mère! Vous êtes bien sévère en vous servant d'un pareil mot vis-à-vis d'un homme qui a pour vous la bonne volonté d'un fils.

— Seulement, continua-t-elle, comme cela troublerait trop mes vieux jours, de voir l'affliction que tu te prépares, je ne viendrai plus ici. Je chercherai dans le canton s'il y a une aussi bonne maison que la tienne, et c'est-là que j'irai m'asseoir dorénavant, sur le coup de l'Angelus de midi.

— Vous ne pensez pas ce que vous dites, interrompit Jérôme, très-effrayé des suites de cette résolution. Qu'est-ce que je deviendrais sans vous? Qu'est-ce qui me dirait si j'ai tort ou si j'ai raison dans ce que j'entreprends? Ne plus vous voir, la mère! j'aimerais mieux que la grêle tombât dix ans de suite sur mes vignes!

Est-ce que tu supposes, reprit-elle, devinant que sa menace avait porté juste, et que la victoire lui était déjà restée, est-ce que tu supposes que cela ne me fera pas aussi mal au cœur? Je venais ici le plus que je pouvais. Tu m'y recevais comme si j'avais été une créature digne d'estime, et non une pauvre vieille à la charge de tous. On me faisait la meilleure place autour du feu : si j'avais faim, mon écuelle se remplissait toute seule. Si j'avais eu trop de peine en marchant l'été, on me délassait tout de suite en hiver, des fruits en automne, tu me donnais toujours quelque chose et ma besace était lourde lorsque je sortais d'ici. Puis je vous racontais les nouvelles que j'avais apprises, car nous sommes comme le vent, nous autres mendiants, nous rôdons sans cesse, et nous soulevons tous les bruits avec nous. Puis tu me disais : — La mère, faut-il me fier à un tel qui me demande de l'argent? Les avoines sont-elles hautes partout, dois-je vendre celles de l'an passé? Puis après ta Pierrette passait en chantant, elle s'arrêtait de peur, elle ne savait pas que je l'aimais, et je réjouissais mes yeux à la voir belle et grandie. Tout cela de moins dans ma vie diminuera les jours qui me restent. Une habitude rompue à mon âge, c'est une veine qui s'ouvre et je ne sais qui par part. J'en mourrai plus tôt. Et quand je serai morte, sans amis, à qui laisserai-je mes hardes?

— Non, mère Sèche, interrompit Jérôme, qui ne put résister à la force du dernier argument, j'accepterai tout, excepté nous brouiller ainsi. Vous dites donc que ce Savinien se fait mille francs par an?

— Sans compter les livres et les cadeaux que M. de Montarcher le force à accepter.

— Vous dites aussi qu'il voudrait épouser Pierrette dans quelques années?

— Non dans quelques années, mais dans quelques semaines.

— Et vous croyez que ce mariage ne fera pas rire le monde?

— Je suis sûre qu'on dira mieux que jamais que tu es sage et bien entendu.

— Et vous ne nous quitterez plus, et vous assisterez à la noce?

— Écoute, Jérôme, pendant la messe, je me mettrai à la porte de l'église, et on ne m'oubliera pas en sortant; pendant le repas, je m'assiérai dans la cour, et on m'en verra un bon morceau. Voilà la seule manière dont je puisse assister à une noce sans la déshonorer. Mais je te promets que mon amitié pour toi augmentera encore par la marque que tu m'en donnes toi-même.

— Eh bien! c'est convenu, reprit Jérôme, qui gagnait ainsi dix mille francs, se consolait du peu de fortune de Savinien, en songeant aux revenus de sa place, et se croyait à peu près certain que par cette dernière preuve de soumission il pourrait dicter bientôt lui-même le testament de la Sèche.

— Quand ferons-nous la cérémonie? demanda-t-elle en se levant.

— Nous voici au carnaval. J'ai des dindes et des oies prêtes à *tuer*. Il vaut mieux que je me fasse tirer cette dent tout de suite, répondit-il d'un ton à demi résigné.

— Alors le temps de publier les bans. Quinze jours?...

— Quinze jours, soit! J'avais pourtant espéré d'autres choses.

— Mon fils! quand ce qui arrive n'est que deux fois moins beau que ce qu'on a rêvé, il faut encore remercier Dieu, si on est chrétien, ou trouver que le hasard vous a mis de jolies cartes dans la main, si on ne croit qu'au hasard?

Et elle partit sur ces mots, et, marchant si légèrement qu'elle s'appuyait à peine sur son bâton, elle s'arrêta sous la fenêtre de Pierrette et l'appela de nouveau.

Pierrette feignit pendant quelques secondes de ne pas entendre cet appel, mais elle se décida enfin à paraître.

— Ma petite, dit la Sèche, mieux vaut faire monter les

bonnes nouvelles par la fenêtre que de les retarder en leur faisant ouvrir la porte. Je vous annonce un grand bonheur.

— Un bonheur! répondit Pierrette en pâlissant à ce mot sur une bouche qu'elle croyait celle d'une ennemie, m'est avis que le bonheur ne ferait pas un pareil détour pour venir!

— Oui, doutez de moi, ingrate fille! Versez les soupçons et les méchants regards sur la pauvre vieille, cela n'empêchera pas qu'elle vous aime à sa manière. Ma Pierrette, je vous annonce un mari.

— Et vous appelez cela un bonheur? répondit-elle, craignant quelque combinaison de son père et de la Sèche.

— Bien sûr! quand ce mari est M. Savinien.

— Par pitié, mère Sèche, reprit Pierrette en se penchant, afin de pouvoir parler bas, ne plaisantez pas avec ce qui m'a causé tant d'effroi! Vous m'avez vue! A votre jugement, mon honneur ne vaut pas une paillasse brûlée... Mais ne triomphez pas de cette rencontre.

— Tu te défies de moi, Pierrette, dit la Sèche en l'interrompant et en lui parlant avec une familiarité plus tendre. Pauvre ignorante: tu ne sais pas qu'il y a des sources d'eau qui sont laides à l'œil et amères à la bouche, et qui guérissent pourtant de bien des maladies! Il y a aussi, crois-le, des figures qui ne reviennent pas, et quelquefois ceux qui les portent portent aussi un cœur tout plein d'amitié...

— Mais comment croire que vous en ayez pour M. Savinien! Il est votre voisin et vous ne lui avez jamais dit une bonne parole.

— Je ne parle guère, c'est vrai, parce qu'on n'écoute pas plus ma voix que le bruit du moulin ou le grincement du rouet. M. Savinien est bien trop occupé pour que j'aille l'ennuyer de mes discours, mais il ne s'ensuit pas que je ne l'aie point affectionné, et surtout depuis ce matin?...

— Depuis ce matin? reprit Pierrette, qui commençait à croire qu'elle avait eu de mauvais soupçons sur la Sèche.

— Oui! il faut que je te conte cela. Nous sortions tous les deux, lui pour sa classe, moi pour ma tournée, quand il m'a rencontrée sur le bord de la Mare, à la place même où tu étais hier. Alors il a rougi, puis pâli. Je l'ai salué comme je salue tout le monde, avec mon compliment de pauvresse. Il a mis les doigts dans son poche, et en a retiré un écu de cinq francs qu'il a poliment posé dans ma main. Cinq francs! plus que je ne récolte pendant les bons mois! Cinq francs pour lui, c'était énorme. J'ai compris ce que cela voulait dire. Le comprends-tu, toi, ma fille?

— Cela veut dire qu'il est généreux et qu'il ne refuse rien, répondit Pierrette, qui ne voulait pas avoir l'air d'entrer dans la vraie idée de Savinien.

— Non! cela signifiait : — Vous nous avez vus hier au soir. Et comme vous êtes méchante, vous jaserez! et comme vous êtes pauvre, j'achète votre silence. Ayant compris cela, qui était écrit distinctement dans son aumône, j'allais le refuser, quand, en trouvant ses yeux, j'ai vu clairement qu'il se repentait déjà de m'avoir crue capable d'une aussi méchante action, et de m'avoir humiliée de la sorte, et que c'était la force de son amour pour toi qui l'avait fait si prompt à s'inquiéter et à être injuste. Et, depuis ce moment, je me suis intéressée à cet amour qui a déjà séduit.

— Ah! que vous avez le cœur honnête, et que je vous ai mal connue jusqu'à présent! répondit Pierrette très-émue.

— Bien, ma fille! vous aurez un moyen de me prouver votre reconnaissance en étant bon voisins pour moi, puisqu'il est fait que nous ne sommes séparés que par la Mare obscure, et que quand le soleil se couche, l'ombre de la maison de Savinien atteint le pas de ma porte.

— Nous vous aimerons comme la mère de notre bonheur, la Sèche?

Je ne vous demande que de jeter de temps en temps l'œil sur ma masure, afin que je ne sois pas assassinée la nuit.

La Sèche aurait ainsi trahi sa vraie pensée pour une personne plus expérimentée que Pierrette. C'était le désir de se faire bien venir de Savinien et d'avoir en lui un défenseur de la masure qui renfermait son trésor, qui l'avait surtout engagée à plaider chaleureusement auprès de Jérôme la cause des deux amants. Peut-être aussi, l'aumône reçue, et le spectacle de cet innocent amour qui réveillait en elle des souvenirs lointains, l'avaient-ils touchée à son insu? Quoi qu'il en fût, elle ferait tout pour que la résolution de Jérôme ne fût pas modifiée, et elle annonça à Pierrette qu'elle serait mariée dans quinze jours. La petite, dans la naïveté de sa joie, voulut descendre, accompagner la Sèche et annoncer partout que c'était à elle que cette détermination était due.

— Pas d'imprudence, ma Pierrette! reprit la Sèche. Reste à ta fenêtre et suppose que c'est une chanson d'amour qui a passé sous ton volet en remplissant ton cœur de joie. Il ne faut pas que l'on suppose que j'ai quelque crédit sur le père Jérôme. Il en serait furieux, et par vanité, il déferait ce qui a été arrangé. Laisse parler Savinien. C'est lui qui doit venir trouver Jérôme sans que je m'en mêle davantage. C'est lui qui doit être fier et se vanter, s'il le veut! Tu ne lui raconteras que j'ai parlé pour lui que quand M. le curé vous aura dit des paroles bien meilleures que les miennes. Adieu! ne me montre pas plus d'amitié qu'à l'ordinaire, pour ne point faire causer le monde.

La vieille femme s'éloigna sur ces mots. Pierrette mit la main à son cœur comme pour y retenir la joie qui éclatait. Malgré elle, cependant, elle ne pouvait pas s'expliquer pourquoi elle aurait voulu que cette annonce de félicité suprême lui eût envoyé une autre messagère...

V.

Deux jours après, tous les arrangements étaient pris de part et d'autre. Gaétan avait prévenu Savinien, qui sentit se renouveler pour lui toute la ferveur de son amitié enthousiaste. Le jeune instituteur ne s'expliquait pas la facilité avec laquelle le père Jérôme avait accueilli sa demande. Celui-ci, une fois que la volonté de la Sèche lui eut été si nettement formulée, annonça le mariage de sa fille à tout le bourg, et exagéra l'honneur qu'une pareille alliance faisait à sa famille, espérant ainsi s'assurer encore davantage la gratitude de la Sèche.

Ce qui décidait un homme aussi prudent que le père Jérôme était à couvert de toute critique. On conclut de la pauvreté de Savinien que Jérôme devait être encore plus riche qu'on ne le croyait, puisqu'il n'était pas regardant pour sa fille. Les nombreux désappointés que faisait ce mariage durent arrêter leurs sarcasmes et leurs récriminations devant le concert d'admiration pour les talents et la modestie de l'instituteur, concert chanté par tout Pont-l'Abbé, sur le thème fourni par Jérôme.

Pierrette se rappelait les recommandations de M. de Montarcher et n'avait plus vu Savinien qu'officiellement. Cependant, quand les bans eurent été publiés, quand le contrat fut dressé, toute fière de la situation sérieuse et heureuse qu'elle allait prendre malgré ses seize ans, elle céda à la prière de Savinien, qui lui demanda de venir seule voir sa maison, afin que les changements à faire fussent décidés en commun.

L'hiver, quoiqu'on ne fût qu'en janvier, semblait arriver à sa fin. Le dégel était fait, et, comme si la saison avait obéi aux vœux de Savinien, de tièdes brises couraient sur le front de la jeune fiancée lorsqu'elle mit le pied sur les marches qui montaient à la maison qu'ils devaient habiter tous deux. Il était trois heures à peine, et, malgré le beau temps et le soleil qui faisaient sortir tout le monde, Pierrette n'avait pas été vue en traversant la prairie.

Elle n'avait point, comme nous l'avons dit, les idées des jeunes filles de son âge. Si la virginité de la pensée est altérée par les raffinements de la civilisation dans les villes, elle est impossible au milieu des champs et du spectacle de la nature, sur laquelle il n'y a point de voile. Les enfants y lisent avec des yeux indifférents, jusqu'à ce que la curiosité des sens éveille ce regard plus attentif. Ils savent tous avant de comprendre. Leur innocence ne peut pas consister à ignorer, mais à se respecter.

Il est rare que les jeunes filles se soient respectées assez pour ne point avoir rencontré une aventure de cœur ou de hasard au coin d'un buisson, ou sur la grande couche des meules de foin étendues dans les greniers avec ce parfum qui enivre et monte au cerveau. Avant le mariage, peu surveillées, mêlées constamment aux durs travaux et aux propos des jeunes gens, elles ont eu presque toutes quelques saisons de liberté, de plaisir et d'amour. Elles n'y renoncent que lorsque ces engagements de libre choix ont eu des conséquences matérielles. Elles entrent alors dans le ménage un peu improvisées, sans que leurs anciennes allures ôtent rien à leur honnêteté de femmes et de mères.

Il faut que les oiseaux chantent dans le printemps, qu'ils volent d'une branche à l'autre, qu'ils transportent leurs amours et leurs nids de l'Amérique à l'Europe; il faut que les fleurs se fassent belles pour la prairie, et qu'elles abandonnent aux caresses du vent la poussière génératrice de leurs étamines; il faut aussi que les jeunes filles se parent pendant les dimanches; il faut que, couple par couple, elles aient leur place dans cette grande ronde de la danse qui emporte tous les pieds, et qui donne le même vertige à toutes les têtes. Chaque créature féminine, hélas! a son heure de coquetterie, de sourire et d'émotions. Les conditions de la vie exigent que chaque paupière se remplisse une fois de joyeux rayons avant de se remplir de larmes.

Jusqu'à présent, Pierrette s'était dérobée à cette loi presque générale. Elle respirait et elle inspirait la pudeur. La dignité naturelle l'enveloppait comme un fluide qui décomposait les regards les moins réservés. Longtemps elle s'était protégée par elle-même. Depuis quelques mois, son amour pour Savinien, était une autre protection encore plus puissante. Mais il la défendait non-seulement contre les autres, mais contre lui. Ils étaient purs tous deux : elle par nature et par jeunesse; lui, par amour.

Elle avait long-temps hésité à venir, quoiqu'elle n'eût aucune défiance, et quoique leur position publique de promis leur permît d'être ensemble sans que les commentaires pussent les remarquer. Il avait aussi, à demi-caché par le mur de son jardin, surveillé la marche de la jeune fille à travers la prairie. Il lui semblait que le bonheur de cette entrevue serait plus complet, si elle était entourée de mystère. Pierrette tremblait par la crainte qu'elle avait de son père qui lui laissait peu de liberté; cette heure lui paraissait volée à sa vie de jeune fille. Le scrupule était exagéré et puéril chez tous les deux, mais il tenait à un sentiment exquis et doux.

Ce fut donc avec une émotion profonde qu'ils se rencontrèrent devant la porte. Savinien la tenait entr'ouverte et ne se montrait qu'à moitié : mais elle s'élança d'un élan rapide, comme pour se soustraire plus vite aux regards, et, comme pour entrer davantage dans son bonheur. Savinien referma la porte. Ils étaient seuls; épuisée de sa course, elle se jeta sur une chaise; lui, la regardait avec le frisson de la joie, n'osant rien dire ni l'un ni l'autre, de peur de laisser sortir par les paroles l'émotion qui leur faisait tant de bien.

Cependant Pierrette rompit la première le silence.

— C'est donc là, M. Savinien, dit-elle en parcourant d'un œil étonné et charmé, tous les simples détails de la chambre?

Elle n'ajouta rien, car cette phrase voulait tout dire : c'est donc là que notre vie sera une! c'est donc là qu'après bien des années une mort paisible viendra nous prendre pour nous conduire ailleurs tous les deux!

— Pardonne-moi la pauvreté de mes meubles, répondit-il, mais nous allons changer tout cela, puisque tu es riche, Pierrette!

— Puisque nous serons riches, voulez-vous dire, M. Savinien! Tout n'est-il pas à vous, de celle qui vous a donné sa vie!

Il lui reprit la main, mais, avant de la remercier de cette pensée, il lui dit un peu tristement :

— Pierrette, ne serait-il pas temps de ne plus m'appeler M. Savinien?

— Bientôt! fit-elle en rougissant : mais ces deux mots-là réunis ont été si longtemps le nom de mon espoir et de mon respect, que je ne peux pas les séparer tout d'un coup. Et puis je suis toute honteuse et toute fière, quand je pense que celle qui n'était pas plus haute qu'un groseiller quand vous étiez déjà monsieur Savinien, va devenir votre femme? Laissez-moi me familiariser avec vous, M. Savinien!

Il souriait de ce frais aveu. Elle l'aimait, ne le lui cachait pas, et n'était pas familiarisée encore!

— Alors c'est moi qui ne vais plus oser te tutoyer.

— Si vous voulez me mettre dans les yeux les premières larmes qui viendront par vous, ne me tutoyez plus, Savinien!

Elle prononça ce nom si harmonieusement, qu'elle en doubla la durée, et qu'elle semblait ne pas vouloir le laisser tomber de ses lèvres, comme s'il avait eu une saveur.

Puis elle reprit, pour ne pas se laisser trop aller d'avance à l'émotion qui la gagnait, sans qu'elle en devinât le motif :

— Je n'ai que bien peu de temps avant la nuit : nous ne sommes pas venus pour dire des paroles : faites-moi voir toute la maison.

Elle se leva.

— Ce ne sera pas long, ma Pierrette. Je n'ai plus qu'une chambre par derrière avec un grenier et une cave.

— Savez-vous que je pense, monsieur Savinien? c'est que notre bonheur tiendra si peu de place, que le bon Dieu nous le laissera!

— Chère fille! reprit-il, moi qui pensais à faire bâtir!

— Et moi aussi j'avais eu cela dans l'idée, car il faut être raisonnable et songer à nos affaires.

— Et pourquoi voulais-tu bâtir?

— Dam! pour les enfants!

— Pour les nôtres, n'est-ce pas, Pierrette? répondit-il en la caressant du regard.

Elle rougit beaucoup.

— Oh! ceux-là, dit-elle, je n'y ai pas encore songé; je voulais parler des enfants que vous prendriez en pension afin d'augmenter le revenu et de faire plaisir à mon père.

— Quant à cela, nous nous en occuperons plus tard. Voyons : regarde tout et donne-moi tes idées. Tu connais le jardin?

— Oui, j'ai passé à côté en menant mes chèvres au bois, et même, comme je l'ai deviné que j'en serais un jour la maîtresse, j'y suis entrée une fois par la malice des enfants et je vous ai volé des cerises. Vous avez mis la tête à la fenêtre, et comme je n'étais qu'une petite fille, j'ai eu peur que vous ne me battiez et je me suis ensauvée. Mais je me rappelle que vous avez dit avec bonté, monsieur Savinien : les fruits des arbres sont pour les oiseaux et pour les enfants! Et je me suis arrêtée, rouge comme les cerises qui tombaient de mon tablier, et j'ai vu votre air doux et souriant, et c'est le premier jour que je vous ai bien eu dans l'œil! Vous avez oublié cela; mais les enfants, ça fait des remarques.

— Pauvre chère Pierrette? Qui est-ce qui m'aurait dit que c'était ma fiancée qui courait, il y a cinq ans, aussi petite et plus légère que ses chèvres!

— Je ne suis pas aussi bonne que vous, moi, et je veux garder mes fruits. Le mur est trop bas : nous le ferons élever. Donc j'aurai le jardin. J'y passerai une bonne partie de mes heures, et puisque nous serons riches, nous l'agrandirons, et j'y aurai des fleurs. Les fleurs, ce sont les livres des ignorants. Le temps ne me dure jamais avec des fleurs et du soleil! Je serai au jardin quand vous demeurerez en classe. Combien y êtes-vous, monsieur Savinien?

— Mais, dix heures par jour à peu près. C'est bien triste d'avoir un instituteur pour mari, Pierrette!

— Par exemple! est-ce que vous croyez que je n'aurai rien à faire, moi? je veux avoir des poules et une vache. Et puis, il y a un rêve que j'ai. Il me faut tout mon courage pour vous en parler, car vous allez me croire vaniteuse. Monsieur Savinien, pensez-vous que nous pourrons avoir une servante?

— Deux, si tu veux, mon enfant.

— Non! ce sera assez d'une, et j'aurai encore du mal à me faire obéir! Ah! je vous remercie bien de m'avoir accordé cela. J'aurais été gênée de salir ma main après vous l'avoir donnée.

— Et à quoi t'occuperas-tu tout le jour!

— J'allais vous le dire tout en visitant la maison. Cette pièce sera la cuisine et la salle. De bien bonne heure je m'occuperai de votre déjeuner, car vous devez être matineux, rapport à votre classe?

— Je sonne à huit heures.

— A sept heures et demie nous aurons déjeuné. Ensuite je m'occuperai du linge. C'est incroyable comme c'est amusant de mettre ses doigts dans du linge bien repassé, qui a une bonne odeur fraîche! Par exemple, vous me donnerez un cabinet en noyer, que nous mettrons là pour tout serrer. J'en sais un que vous auriez moyennant trente écus. Un cabinet plein de linge, bien empilé, c'est l'orgueil d'une ménagère! Et puis, comme le temps passe en cousant! Le mouvement de l'aiguille donne de la régularité aux idées qui se promènent dans votre tête. On ne songe pas à mal lorsqu'on travaille. Les anciens ont bien raison de dire : qui a chemise bien lavée a bonne renommée.

— Viens ici, Pierrette, ce sera notre chambre. Elle est grande. En veux-tu faire deux?

— Comme vous voudrez, monsieur Savinien; mais j'aimerais à ce que vous puissiez savoir ce que je fais à toutes les minutes du jour et de la nuit!

— Va je ne te quitterai pas plus que la candeur ne quittera ton âme, et que la bonté ne quittera ton cœur.

— Non; car on ne se quitte pas lorsqu'on pense toujours l'un à l'autre, et qu'on se retrouve aux mêmes heures. A midi, quand vous serez retourné en classe, j'attacherai une corde à la vache, et je la conduirai au bois, pendant que la domestique ira aux provisions et fera les chambres et l'écurie. J'irai chercher de l'eau à la source qui est sur la montagne, et qui coule dans la Mare obscure. Je cueillerai les légumes, et j'arroserai les fleurs.

— Pauvre Pierrette, tu parles comme si nous devions toujours être au printemps et à l'été.

— C'est vrai, l'amour va mieux à ces époques-là, et lorsqu'on est jeune, tous les mois sont des avril! D'ailleurs je ne crains pas l'hiver! Croyez-vous que ce sera rien à quatre heures du soir, lorsque le couvert sera mis, de vous attendre en filant auprès du poêle, pendant que la servante ira d'un meuble à l'autre, et que le dîner murmurera joyeusement dans la marmite ou sautera dans la poêle à frire. La bise souffle en dehors, et on donne de meilleur cœur l'aumône au pauvre qui passe, on remercie davantage le bon Dieu de la place qu'il vous accorde au foyer, et on vous reçoit avec plus de joie quand vous rentrez secouant la neige sur votre manteau, et vous reposant du travail du jour, en serrant votre Pierrette dans vos bras! Et les soirées, les longues soirées passées ensemble pendant que vous causerez en fumant, ou que vous me lisez de belles histoires sous la lampe! O Savinien! toute la vie sera douce ainsi, et il n'y aura pas

deux êtres plus heureux que nous sous l'œil du bon Dieu.

— Surtout, Pierrette, si nous revivons dans des enfants dont tu ne parles pas!

— Ce n'est point que j'aie honte en y songeant, Savinien; mais mon idée, c'est que nous n'aurons jamais d'enfants.

— Et pourquoi cette idée?

— C'est une sorcière qui l'a vu dans ses cartes, et qui me l'a dit pour dix sous.

Savinien ne répondit qu'en souriant.

— Ainsi tout est convenu, je ferai hausser le mur du jardin après l'avoir agrandi; j'achèterai des meubles et une basse-cour.

— Les hommes n'entendent rien à toutes ces emplettes: je les ferai à meilleur compte que vous. Ce sera la foire lundi. Adieu, monsieur Savinien, je veux rentrer au bourg avant la nuit.

— Adieu, Pierrette! C'est un mot que bientôt nous ne nous dirons plus jamais!

Et il ouvrit la porte, mais il la referma aussitôt.

— Tu ne peux pas sortir, Pierrette. Regarde?

Elle baissa la tête et plaça un œil dans le trou de la serrure.

— Tiens! dit-elle, c'est M. le curé qui est assis à dix pas au bord de la mare et qui lit son bréviaire.

— Il ne le lira pas longtemps, car le soleil baisse.

— Mon Dieu! s'il allait entrer! reprit-elle.

— Après tout, n'as-tu pas le droit de venir voir la maison?

— Je ne devais vous y accompagner que lorsqu'il m'en aurait ouvert avec ses paroles de latin. J'ai bien eu tort d'être trop curieuse.

— Ou trop aimante! ina Pierrette.

— Oh! pour cela, répondit-elle, qu'y faire? c'est mon cœur qui le veut!

La conversation se poursuivit ainsi pendant long-temps. Savinien n'avait qu'un soin : c'était de retenir les mots qui lui venaient lorsqu'ils étaient trop tendres. Pierrette s'abandonnait avec tant de naïveté que, s'il n'avait pas été plus froid relativement, ils se seraient dit ce qu'ils ne devaient se dire que huit jours plus tard.

Ils parlèrent encore de leurs projets d'installation, et l'avenir était une rive si charmante qu'ils s'attardèrent pendant des heures à la parcourir. Ils causaient dans l'obscurité profonde, mais leur joie éclairait les ténèbres de mille visions charmantes. Ils oublièrent le curé, qui veillait peut-être encore à la porte; le père Jérôme, qui attendait sa fille; le bourg, qui s'étonnerait de la voir rentrer si tard, et, bien plus que le bourg, l'univers entier. Cependant, au bout d'un de ces silences que la rêverie prolonge après les paroles d'amour, Pierrette se leva tout à coup. C'était l'église de Pont-l'Abbé qui sonnait, et le vent qui apportait le bruit de la cloche. Il était neuf heures.

— Qu'avons-nous fait, monsieur Savinien? s'écria-t-elle avec épouvante : neuf heures, entendez-vous!

— Ainsi se passeront toutes nos journées, Pierrette, sans que nous connaissions jamais la durée des heures.

— Oui! mais cette soirée me sera fatale! Je ne suis pas encore libre de mes mouvements, et j'aurais dû me trouver à la maison depuis l'Angelus.

— Je vais te reconduire, et, au pis aller, s'il faut avouer, nous avouerons!

— Oh non! jamais. Mon père serait homme à ne point me pardonner cette effronterie que j'ai eue de m'être tant amusée avec vous!

— Tu entreras dans la chambre sans être vue, répondit-il, ne cherchant pas à démontrer à Pierrette que ses expressions n'étaient point justes.

— Pour ça, il faudrait que nous n'ayons pas depuis ce matin un nouveau chien qui ne me connaît pas, et qui fera le vacarme lorsque je traverserai la cour.

— Mais alors comment agir?

— Je n'en sais rien!

— Es-tu sûre que ton père s'apercevra que tu n'es pas rentrée?

— Je n'en suis pas sûre. Il y a des fois que je n'ai pas faim et que je ne descends pas, sans que pour cela il monte.

— Le mieux serait peut-être d'attendre à demain.

Si Savinien avait eu de la lumière, il aurait vu que Pierrette était devenue toute rouge à cette proposition.

— O mon Savinien! dit-elle tout bas, je le pensais aussi : mais ce n'était pas à moi de le dire!

— Alors tu vas faire comme si tu étais déjà ma petite femme! reprit-il avec un doux transport.

— Pour de rire, je le veux bien, dit-elle.

— Tiens, voici de la lumière! comme tu es encore plus jolie à la lampe! Ah ça! que m'as-tu préparé pour ce soir? continua-t-il en souriant. J'ai bon appétit, et toi?

— Moi, pas. La joie est comme le sommeil, ça nourrit.

— Tu mangeras toujours un morceau. Voilà mes provisions, ajouta-t-il en tirant de sa poche une galette sèche. Cela m'a été donné pour l'Épiphanie par mes élèves. Car j'ai eu beau leur dire qu'il n'y a plus de rois, ils prétendent qu'il y a toujours un gâteau à partager, et ils me l'ont apporté parce qu'après le gâteau vient le congé!

— Moi, répondit-elle, en cassant la galette avec ses dents blanches, j'ai toujours mon roi dans l'âme, et ce roi, c'est Savinien!

Il s'approcha pour l'embrasser, puis, se retenant comme s'il avait été au bord de l'abîme, il lui dit en devenant plus sérieux :

— Maintenant, il est tard, et je ne veux pas fatiguer tes beaux yeux. Tu vas dormir, mon enfant.

— Oh! je n'ai pas sommeil! répondit-elle, comme si elle avait instinctivement peur. Savinien la regarda d'un air de reproche.

— Je dormirai, si vous voulez, monsieur Savinien, dit-elle.

— Va dans la chambre du fond : je passerai la nuit ici, et tu seras bien gardée par mon amour.

— Non! répondit Pierrette après un moment d'hésitation. Je pensais, quand vous m'avez dit de rester, que nous veillerions ensemble, parlant de notre établissement, et aussi tranquillement que si le soleil luisait sur nous. Mais du moment que c'est pour dormir, j'ai idée que je ne dois dormir que dans la maison de mon père, et que j'offenserais la sainte Vierge en me réveillant ailleurs. J'aime mieux y retourner, quoi qu'il arrive.

Et elle reprit sa mante et fit quelques pas vers la porte. Mais il la retint par la main et lui dit, les larmes aux yeux :

— O Pierrette! c'est mal! Tu te défies de moi! Tu n'oses pas me confier la protection de ce que j'ai de plus cher au monde. Voyons! ai-je été comme un autre amoureux pour toi? T'ai-je attendue le soir pour te faire peur et pour te recevoir ensuite toute tremblante dans mes bras? T'ai-je invitée à danser afin de pouvoir t'embrasser ensuite? M'est-il arrivé seulement de mettre mes lèvres sur ta robe? Et n'as-tu pas compris que, si je te respectais plus que tant d'autres qui te tiennent pas de si près, c'est que je sentais en moi la force de mon amour qui ne se serait pas payé d'une caresse volée? J'ai eu bien du courage dans cette lutte, parce que, si j'ai cru longtemps que tu ne m'appartiendrais point par le consentement de ta famille, je savais aussi que tu m'appartiendrais quand je te voudrais par le consentement de ton cœur! Et à présent que nous sommes fiancés, à présent que rien ne peut plus nous séparer que la mort, — et encore nous séparerait-elle? — tu doutes de moi! Tu ne veux pas me confier une heure de ton sommeil. Dors en paix sous mon toit. Tu es pure et inviolable pour moi comme une espérance.

— Je ne comprends pas tout ce que vous me dites, reprit Pierrette. Mais ne me demandez rien! Le son de

votre voix fait fondre ma volonté. Vous m'avez traitée en honnête fille. Vous n'avez jamais eu de privautés avec moi. Si je suis restée sage, c'est votre mérite. Avec vous, monsieur Savinien, je n'ai pas plus de résistance qu'une mouche prise. Quand vous me regardez d'une certaine manière, et que vous prenez votre accent je ne sais où, il me semble que c'est mon Dieu qui me parle! Vous croyez que je dois rester, je resterai.

Pierrette parlait ainsi sous la double impression de l'obéissance qu'elle devait déjà à Savinien, et d'un entraînement d'amour qu'elle avait ignoré jusqu'alors. Le sacrifice était fait : elle était restée; il l'avait voulu; tout lui paraissait légitime au delà.

— Oh! répondit-il en l'attirant malgré lui vers son cœur, est-ce l'esclavage seul qui te fait parler?

— J'ignore ce que c'est! mais je n'ai aucunement senti un pareil trouble de ma vie!

— Et as-tu peur?

— Non, Savinien : on n'a pas peur de ce qu'on aime tant!

Elle ne dit rien de plus, mais, comme si elle eût voulu étouffer sur ses lèvres les paroles qui allaient la trahir, elle appuya sa bouche sur le cœur de Savinien, et, pour chercher un soutien contre la faiblesse qui la faisait trembler, elle se pencha tout entière au fond des bras qui étaient ouverts sur elle.

— Par pitié, Pierrette, répondit Savinien, qui voulait résister encore à l'émotion, par pitié, ne me donne pas ainsi la tête à couvrir? C'est moi à présent qui te supplie de t'éloigner.

— Non! vous ne croirez jamais que je vous aime, si je vous laisse encore!

Et elle s'appuyait plus que jamais contre Savinien, avec la toute-puissance de ces êtres frêles que la passion jette à l'inconnu.

Ainsi, pendant que leur âme restait pure, la sève de la jeunesse circulait en eux et les renversait. Ils se sentirent tous deux emportés par un courant plus fort que leur volonté. Quelque chose d'étranger pour ainsi dire à leur nature asservissait leur liberté... Quand ils se reveillèrent de ce monde nouveau, ils étaient unis par un lien mystérieux, fragile, hélas! et éternellement vainqueur.

Pendant les intervalles de leur ivresse, il leur sembla que des bruits et des parfums inconnus leur arrivaient pour les charmer encore. Au-dessus du toit, ils sentaient rouler l'air en vagues mélodieuses; la bise faisait rendre des sons mystérieux aux roseaux de la Mare comme si chacun d'eux avait été la corde frémissante d'une immense harpe éolienne; la lampe qui brûlait dans la pièce voisine teignait les objets d'une couleur étrange et harmonieuse, chaque fois que leurs yeux rencontraient sa lueur vacillante; des bouffées de senteurs nouvelles leur arrivaient comme des fleurs d'un jardin rêvé, et comme des flots odorants d'un golfe d'éther céleste. Est-ce que l'amour serait le frôlement de l'aile de notre ange gardien, qui écarte pour un instant ce rideau d'une rive meilleure dont on ne découvre les enchantements qu'après être descendu dans la tombe? Est-ce que cette flamme innommée serait son soupir divin qui passe dans notre être et nous fait vivre d'une autre respiration?

Les coqs chantaient dans toutes les basse-cours quand ils prirent la résolution de se quitter. La confiance de l'avenir et la certitude du bonheur étaient si grandes chez Pierrette, que cette sensitive de la pudeur n'éprouva pas un remords de ce qui s'était passé.

Savinien se leva le premier. Il ouvrit la fenêtre et se mit à genoux. Le crépuscule commençait et perçait de quelques rayons fauves le brouillard, qui s'était levé au-dessus de la Mare obscure. La brume courait ensuite dans la prairie, dont elle noyait les peupliers. Au delà, Pont-l'Abbé paraissait à peine. Les lumières matinales allumées dans quelques maisons s'éteignaient successivement devant l'approche du jour, de même que des yeux qui se ferment.

Pierrette s'avança doucement au-dessus de l'épaule de son amant qui était toujours agenouillé. Elle prit sa tête dans ses deux mains, la renversa et y colla un long baiser d'adieu.

—Tu peux partir, ma Pierrette, dit Savinien, personne ne te verra dans ce brouillard d'hiver, et on est levé dans ta maison; j'ai vu une lanterne descendre de la cuisine, traverser la cour et se diriger vers la porte qui est ouverte.

— O ma pauvre petite chambre! répondit Pierrette; mon coin aimé où j'ai tant pensé à toi! Comme je vais y être frileuse jusqu'à ce jour... Quel jour nous marierons-nous, Savinien?

— Méchante! tu le sais aussi bien que moi!

— Je l'ai oublié, dit-elle, depuis...

Savinien ne la laissa pas finir.

— Adieu! Pierrette! j'irai te voir à la veillée... Je tiens l'avenir, maintenant!

Elle partit lui égrenant des baisers du bout de chacun de ses doigts. Elle n'avait pas fait cinquante pas, que Savinien courut vers elle.

— Tiens! lui dit-il, on est venu hier au soir, et voilà ce que j'ai trouvé dans la boîte de la mairie.

— Hélas! Savinien, tu ne te remémoires pas que je ne sais pas la lecture?

— Eh bien? reprit-il, c'est l'annonce de notre mariage que je suis chargé de copier, comme secrétaire de la mairie. Nous sommes plus heureux encore que nous ne le pensions : il est avancé de deux jours!

Pierrette fit un bond de joie, et courut légère et un peu épeurée à mesure qu'elle se rapprochait de la maison. Mais elle ne fut vue par personne. A peine dans sa chambre, elle ouvrit sa fenêtre pour regarder le toit de Savinien. Un domestique l'aperçut et lui dit :

— Ah! mam'zelle, c'est bien d'être matineuse! Dieu donne de longs jours à ceux qui les commencent tôt!

VI

Une heure après le départ de Pierrette, Savinien était dans sa classe. Il aimait encore plus les enfants depuis que la certitude de son mariage lui laissait entrevoir pour lui-même la perspective d'une famille. Considérant sa fonction comme un tendre apostolat, il avait su se faire adorer par ses élèves. Il travaillait moins encore sur ces petites intelligences que sur ces cœurs naïfs. Il se répétait sans cesse qu'il avait charge d'âmes, charge d'avenir.

— Toutes ces générations qui passent sur ces bancs, se disait-il, tous ces fronts enfantins penchés sur les livres, vont se répandre dans le monde, les uns comme soldats, les autres comme ouvriers et laboureurs. Ils seront hommes, ils continueront la France! S'il en est un seul parmi eux qui trahisse la loi du respect de Dieu, de l'amour de la patrie, de la sainteté du peuple, la faute en sera à moi : c'est que je n'aurai pas assez pétri dans le bien toutes ces consciences ouvertes à ma voix; c'est que je n'aurai point suffisamment trempé dans l'huile des vertus fortes et divines cette cire molle des jeunes cœurs; c'est que la patience m'aura manqué devant un enseignement à reproduire, devant un pardon à donner. Tous ces enfants seront ma parole, mon bras et ma foi; que ma parole soit toujours juste, que mon bras soit toujours fort et dispos, que ma foi soit toujours intrépide! Dieu est avec tout enseignement donné! Faisons retourner à lui ceux qu'il m'a confiés pour les conduire.

Et Savinien trouvait douces les heures qu'il passait dans son école. Son esprit aimait ce qu'il était chargé d'apprendre : mais il croyait avec raison que l'on peut élargir les plus petites choses en leur donnant toutes les proportions de la vérité, et que de même que le cœur humain tient aussi complétement dans l'histoire d'une peuplade juive que dans l'histoire universelle, de même, l'enseignement approfondi de la langue française

et des éléments de mathématiques et d'agriculture peut développer dans toute leur élasticité les merveilleux ressorts de l'esprit de l'enfant. Aucun sentier n'est étroit et court pour celui qui marche vers un grand but!

Savinien aimait donc et respectait sa profession. Il avait obtenu du conseil municipal l'autorisation d'en modifier l'exercice. Ainsi, sur dix heures de classe qu'il devait faire, il en consacrait deux à promener les plus grands de ses élèves. Cette promenade quotidienne, outre qu'elle fortifiait ces organisations destinées au grand air, était en même temps une instruction. Il enseignait l'arpentage, l'agriculture pratique, et de même qu'au temps du roi Cyrus, la gymnastique. Il rentrait ensuite, faisant laver et sécher devant le poêle ces petits membres bien exercés, et pendant que les pieds se reposaient, il apprenait aux mains à tracer sur l'ardoise et sur le tableau des caractères fermes et nets.

La méthode qu'il suivait presque toujours était la conversation. Non-seulement il apprenait en causant, mais encore il apprenait à causer, car il savait que celui qui peut tout dire, et tout dire dans la vérité, peut presque toujours tout obtenir. Il ne produisait pas de la sorte des petits avocats ou des petits savants, mais des jeunes gens respectant avant tout la loi morale, et ayant reçu également la dose de savoir qu'il avait été chargé de répandre sur eux. Il jouissait noblement des résultats obtenus, et il se disait que le gouvernement doit honorer l'instituteur comme le prêtre, deux fonctions étant parallèles, les deux sillons devant être également creusés dans le champ de Dieu.

Entre tous ses élèves, et un de ceux dont Savinien était le plus fier se nommait André. Il avait seize ans, était petit pour son âge, comme presque tous les enfants de la montagne. Sa figure était douce, sérieuse et fine; c'était un de ceux qui s'étaient assimilé le plus heureusement par la conversation fréquente, l'esprit et le caractère de Savinien. Fils d'un fermier sans fortune, l'ambition de son père était de le voir arriver un jour à une place d'instituteur, et il avait poussé davantage ses études. Il servait déjà de lieutenant à Savinien.

Le disciple s'était coulé en quelque sorte dans le moule du maître.

Il circulait librement pendant la classe. Ce jour-là, cinq minutes après l'arrivée de Savinien, il s'approcha de sa chaire, monta deux marches et causa à demi-voix, de façon à ne point troubler les enfants qui composaient. Il n'avait rien conservé dans sa conversation du langage d'un petit paysan.

— Pardonnez-moi de venir sans être appelé, M. Savinien, dit-il, mais les nouvelles me montent guère vers la Mare obscure, et j'ai pensé que vous seriez bien aise de savoir celle qui occupe le bourg.

— De quoi s'agit-il? demanda Savinien sortant à demi de la rêverie dans laquelle il rencontrait Pierrette.

— D'une affaire politique. Vous n'ignorez pas qu'il y a une élection de représentants dans deux jours. Des gens de Paris viennent d'offrir la candidature à Gaétan, et on dit ce matin qu'il a accepté.

— Bravo! cria tout haut Savinien, qui ne put retenir son enthousiasme.

Les têtes des enfants se tournèrent vers lui, comme pour savoir la raison de cet éclat de voix inusité.

— André, continua-t-il en souriant, j'oubliais que je ne suis pas au Forum et que ma tribune est une chaire.

VII

Trois jours après, le résultat du vote était partiellement connu. Le nom de M. de Montarcher était si unanimement sorti dans tout l'arrondissement, que l'élection était certaine. Le père Jérôme se trouvait en veine de magnificence. Le mariage de sa fille ayant été fixé à quarante-huit heures plus tard, il avait invité à un grand dîner les notabilités de Pont-l'Abbé, sans oser y comprendre pourtant M. de Montarcher, pour ne point afficher trop ouvertement une couleur politique.

Savinien, le véritable héros de la fête, était assis à côté de Pierrette. Il s'occupait bien plus à parler tout bas à la jeune fille qu'à répondre aux compliments qui l'assourdissaient depuis que son mariage était connu. Le vieux vin de Pont-l'Abbé faisait circuler une ivresse qui n'était encore qu'honnête et expansive. Cette ivresse donnait une sensibilité de hasard aux cœurs les moins tendres. Soit que cette influence eût gagné le père Jérôme, soit qu'il ne cédât qu'à un mouvement de vanité, il s'écria entre deux verres :

— Mes voisins, je vous prends tous à témoin que la bonne réputation de Savinien me décide à faire une chose qui va vous surprendre. Je n'ai pas tant de butin qu'on le dit dans le pays. En me saignant aux quatre veines, j'étais parvenu à donner vingt mille livres en dot à la petite. Je ne gardais quasiment que mes pauvres terres et mon magot. Eh bien ! pour l'honneur d'avoir un gendre si éloquent, comme on dit, je vide le fond de ma bourse : je rajoute treize cents écus, et après, je m'en rapporterai à la générosité du cœur de ma fille et à la Providence.

Jérôme savait que personne ne croirait que cette libéralité le gênât, et qu'il augmenterait son crédit n'en serait que plus établi. L'ivresse ne l'égarait point de telle sorte qu'il n'y eût encore un calcul dans sa munificence.

— Mon père, répondit Savinien, qui ne voyait que le côté libéral de la donation, vous m'avez tout accordé en me donnant Pierrette. Le reste n'ajoute qu'à ma reconnaissance et non à ma richesse.

Peu de gens comprirent la délicatesse de cette réponse ; mais la phrase était ronde et ne s'était point fait attendre. Savinien eut un succès.

— Ce gaillard-là parle comme un poisson nage, dit un des bourgeois de Pont-l'Abbé assez haut pour être entendu. Quel dommage qu'il ne se soit pas fait avocat !

— Ou curé ! répondit une commère qui avait le premier banc à la paroisse.

— Ce n'est point le sentiment de m'amzelle Pierrette, je gagerais, ajouta un troisième convive.

— La conversation continua de rouler ainsi sans que l'enthousiasme pour Savinien trébuchât dans l'ornière de la moindre critique.

A la fin du repas, on entendit le sabot d'un cheval qui entrait au galop dans la cour. C'était une estafette de la préfecture qui apportait une lettre à Savinien.

Il la lut, pâlit légèrement, puis se remettant bientôt en voyant l'intérêt avec lequel on le regardait, il se leva et dit à Jérôme :

— J'aurais à vous entretenir au sujet de cette lettre.

— Lisez-là tout haut, mon garçon : il n'y a point de secrets pour des amis.

— Oui, répondit-il avec un sourire triste, cette lettre sera publique demain. La voici :

« Monsieur l'instituteur,

« Je vous préviens que, par arrêté en date d'aujourd'hui, M. le préfet a suspendu pour six mois, avec retenue de vos appointements. Vous êtes prévenu de propagande anarchique. Vous paraîtrez devant le comité d'arrondissement.

« Je vous salue.

« Le conseiller de préfecture délégué. »

Une surprise qui n'eut point l'audace d'être improbative accueillit cette lecture.

— Je ne comprends pas, dit tout bas Pierrette à Savinien, mais pourquoi as-tu pâli ?

— Parce que cette lettre, sans rien changer à notre position, je l'espère, me jette sur le pavé !

— Entre le pavé et toi, il y aura moi toujours ! dit-elle.

Jérôme avait subitement rougi. Il s'était avoué en une seconde qu'il avait fait une énorme sottise. Il était temps encore de la réparer. Une sorte de pudeur lui disait bien qu'il ne fallait pas se hâter, mais après tout il aimait mieux être brutal que niais.

Il connaissait très-nettement la position de Savinien, qui ne possédait que sa place. Continuer à l'accepter pour gendre, c'eût été d'une générosité héroïque, sinon d'une imprévoyance ridicule. La popularité de Savinien ne survivrait pas à sa disgrâce chez tous les hommes sensés. La Sèche estimait trop l'argent pour continuer à protection à un va-nu-pieds. Ces réflexions de l'avarice et de la peur arrivèrent en une minute à Jérôme. Il prit son parti soudainement.

— Eh bien ! mon père, dit Savinien avec sa voix calme, au lieu d'exercer ma main à écrire, j'exercerai mon bras à labourer : je serai plus près de vous, voilà tout !

— Cela demande réflexion ! répondit Jérôme.

Savinien, qui ne pouvait pas admettre qu'une parole si ouvertement donnée fût retirée, que tant d'admiration pour lui se changeât en éloignement, et surtout — en secret et au fond de lui-même, — qu'un événement quelconque pût le séparer de Pierrette après ce qui s'était passé entre eux, ne vit rien que de naturel dans ce que lui répondait Jérôme, et reprit :

— Oui ! le choix d'un état est embarrassant pour un adolescent de mon âge ! Mais vous m'aiderez tous de vos conseils.

— Monsieur Savinien, dit Jérôme, vous comprenez qu'il ne faut que deux oreilles pour entendre ce que j'ai à vous mentionner.

— Défie-toi de lui, murmura Pierrette à Savinien, il a son air des mauvais jours.

— Oh ! c'est impossible ! impossible ! fit Savinien, épouvanté malgré tout.

Les étrangers se retirèrent. Pas un seul de ces enthousiastes de la minute d'auparavant ne vint lui serrer la main. On évita de le saluer. La disgrâce le reléguait au lazaret comme la peste. Savinien, qui n'avait vu le monde qu'à travers ses espérances et ses rêves, et que dans la réverbération des beaux et grands livres imbibés d'amour, n'avait jamais cru à cette bassesse des hommes.

Il ne restait qu'eux trois dans la salle abandonnée. Le père Jérôme, n'oubliant jamais l'économie, commença par éteindre toutes les chandelles. Pierrette, la pauvre fleur, sentait venir l'orage et préparait ses faibles forces.

— Tant qu'on n'a pas signé au bas d'un acte, l'acte ne vaut rien : vous n'ignorez pas cela, vous qui êtes si savant ! dit Jérôme en retenant sa colère.

— Je comprends, monsieur Jérôme, répondit Savinien ; vous voulez retenir la somme de dot que vous avez promis. Je vous ai déjà exprimé que me donner Pierrette, c'était me donner tout.

— Il ne s'agit plus de cela : j'accordais ma fille à l'instituteur de Pont-l'Abbé : mais vous ne me croyez pas assez simple pour l'accorder à un homme ruiné.

— Mon père ! s'écria Pierrette en fondant en larmes, vous voulez me mettre en terre dans quelques semaines, retirez votre main de celle de Savinien.

— Voyons ! qu'avez-vous, reprit Jérôme, qui se retourna vers Savinien sans même avoir entendu sa fille. Où sont vos domaines ? Où se cache votre argent ? car enfin il faut bien que vous vous sentiez des ressources pour oser prétendre encore à Pierrette !

— Je n'ai d'autres ressources que mon courage, et que l'espoir de la vérité.

— Alors ce que vous auriez dû faire depuis un quart d'heure, c'aurait été de prendre honnêtement votre chapeau, et de sortir d'une maison où vous n'aurez apporté que des malheurs !

— Oui, des malheurs ! reprit Pierrette, mais ils viendront par vous et non par lui.

Savinien hésitait entre son indignation contre Jérôme et son amour plus immense que jamais. Il venait de faire la découverte de ce qui se mêle de fange au sang du cœur humain. Sa surprise dépassait encore son indignation.

— Monsieur, dit-il avec un ton de fermeté triste, je me serais déjà soustrait à vos paroles, s'il dépendait de vous que Pierrette et moi nous fussions séparés. Mais vous n'avez pas réfléchi à une chose, c'est que quand deux êtres ont été aussi publiquement unis que nous le fûmes, ils ne sont pas arrachés l'un à l'autre sans que le fiancé y laisse sa vie, et sans que la fiancée y laisse sa réputation.

— Et que m'importe votre vie! Que me fait la réputation de Pierrette! répondit Jérôme, poussé hors de lui par la fureur qu'il ne maîtrisait plus. Ce qui me fait, c'est que vous voilà poursuivi et bientôt condamné comme un révolutionnaire, et que vous avez ainsi compromis ma maison.

— Révolutionnaire! interrompit Savinien..... Le nom de M. de Montarcher est assez pur.....

— Ce qui me fait, reprit Jérôme toujours emporté par la colère, c'est que, grâce à vous, tous ceux qui me croyaient un homme sensé et de bon conseil vont avoir le droit de se gausser de moi et de me reprocher ma niaiserie de m'être laissé entortiller par un aventurier qui n'a rien à se mettre sous la dent que des phrases creuses! Ce qui me fait, c'est que pour ce damné mariage, que j'aurais dû toujours repousser, si je n'avais pas eu la berlue, j'ai déjà fait plus de dépenses que je ne m'en permets dans une année ordinaire..... Ce qui me fait, enfin, c'est que j'ai eu la gaucherie de grossir pour vous la dot de ma fille; que je l'ai annoncé à tout le monde, et que je ne pourrai plus rien en diminuer quand j'aurai trouvé un gendre qui me conviendra.

— Mon père! mon père! interrompit Pierrette, qui comprenait son père en avait plus sa tête, calmez-vous: nous reparlerons de cela plus tard; nous sentons bien qu'il faut que tout soit retardé, et que Savinien s'explique devant la justice. Seulement, ne nous désespérez pas d'avance, laissez-nous le temps de nous retourner dans ce malheur.

— Non! reprit Jérôme, quand il deviendrait riche comme M. Gaétan; quand il serait nommé député à sa place, je ne lui pardonnerais jamais de m'avoir rendu suspect au pouvoir, et de faire jaser, pendant des mois, tout le pays sur mes affaires. Qu'il ne remette plus jamais les pieds ici; c'est déjà trop que je ne lui fasse pas vendre sa maison pour être payé de ce qu'il me coûte.

Savinien devina que, si le vin de Pont-l'Abbé portait sur la langue du père Jérôme, cependant le vieillard laissait voir le fond de ses pensées: il n'essaya pas de lutter plus longtemps, se leva, et tandis que Jérôme tombait d'indignation dans le coin de la salle, il dit à Pierrette:

— Ne nous dissimulons rien. Tant que je ne serai pas remplacé, nous aurons en lui un adversaire de notre bonheur: je n'espère pas que l'on me rende justice maintenant. Il faudra que nous cherchions d'autres moyens. Nous les trouverons. Je ne vois rien dans l'avenir que notre amour: mais je le vois bien clair et bien beau! Je vais réfléchir à tout pendant la nuit. Je t'embrasserai demain: je te quitterai pour quelque temps. Pardonne-moi de te laisser si peu de joie. Adieu! à demain!

Il sortit. Jérôme, comme nous l'avons dit, était tombé dans l'ombre et ne disait rien. Pierrette effrayée alla ouvrir la fenêtre et appela des domestiques. Pendant qu'elle faisait respirer l'air au vieillard, elle entendit auprès du volet une voix qui disait:

— Courage, ma fille!

Il lui sembla reconnaître la voix de la Sèche qui avait pu se cacher à l'écart dans une pièce voisine et tout entendre. Pierrette courut dans la cour, mais ne vit rien....

Savinien n'avait pas fait vingt pas quand il se sentit arrêté par le bras; c'était M. de Montarcher qui venait d'apprendre sa disgrâce, et qui allait le chercher dans la maison de Jérôme.

— Un mot d'abord, lui dit Gaétan: le mariage est rompu, n'est-il pas vrai?

Savinien ne répondit qu'en appuyant son bras plus fortement.

— J'en étais sûr, reprit Gaétan. Nul n'est dur pour les autres comme celui qui l'a systématiquement été pour lui-même. A présent, mon ami, j'ai un immense service à vous demander encore.

— Dites, monsieur Gaétan: si le peu de forces qui me restent y suffisent, il est rendu!

— Croyez-vous qu'un homme qui a volé la fortune de son ami puisse être tranquille?

— Je ne le pense point, reprit Savinien, qui ne le comprenait pas.

— Et surtout si avec sa fortune il lui a enlevé toute chance de paix et de bonheur!

— Hélas! le bonheur! *rara avis*, comme dit le poète, dès qu'on croit le prendre avec la main, il étend ses ailes et part.

— Et quel est le plus à plaindre, du voleur ou du volé!

— Le voleur assurément!

— Donc, Savinien, vous estimez que si le premier peut avoir une restitution de son ami, il doit l'accepter, dans l'intérêt de son ami?

— Monsieur Gaétan, répondit Savinien en rougissant dans la nuit, je commence à voir où vont vos questions. Mais il ne dépend pas de vous de me rendre Pierrette, comme il n'a point dépendu de vous que je la perdisse.

— Que voulez-vous dire?

— Une chose simplement. J'ai voté pour ma conscience et non pour vous, pour la République et non pour M. de Montarcher.

— Savinien, vous êtes cruel dans les démonstrations que vous me demandez. Un homme me rend un grand service. Pour me le rendre il passe par un chemin plein de dangers. Je le suis, moi, et je le laisse s'y engager. Il tombe. Suis-je ou non responsable de sa perte?

— Non! car encore une fois il n'y a pas été par amitié pour vous, mais par devoir.

— Parlons sans détours, reprit Gaétan. Pouvez-vous vivre sans Pierrette?

— Tant que j'aurai un espoir de la retrouver, oui!

— Croyez-vous que, si j'aborde le père Jérôme en lui disant: — Savinien s'est ruiné pour moi, je vous apporte le double de ce qu'il a perdu... il vous rendra sa fille?

— Il me la rendra certainement.

— Eh bien! alors, ne me réduisez pas à un désespoir éternel! Ne faites point qu'à chaque pas je rencontre sur mon chemin le fantôme de votre bonheur écrasé sous moi. Ne me tourmentez pas éternellement d'un remords que vous ne voulez point m'ôter!

— Cela serait-il plus dur que d'avilir en moi le sentiment de ma conscience, que de me faire accepter un bienfait d'un homme, mon supérieur en beaucoup de choses, mais cru par moi mon égal pour tout ce qui regardait des interprétations d'honneur? Cela serait-il plus dur enfin que de m'exposer à entendre dire, ou à me dire à moi-même : « Le premier cri que tu as poussé en faveur de la patrie, ta première protestation d'amour et de foi, tu les as vendus?

— Ainsi vous regardez comme irréparable ce malheur dont je suis cause?

— Je vous ai dit, monsieur Gaétan, que Dieu nous avait laissé l'amour; s'il y ajoute le temps, rien n'est perdu!

— Et combien d'années souffrirez-vous, mon pauvre Savinien!

Vous êtes fort, vous, et cependant peut-être cette douleur vous tuera-t-elle! Et vous ne songez pas que votre fiancée a un poids plus lourd et qu'il est impossible qu'elle y résiste.

— Oui, vous avez raison; soutenez-la, monsieur Gaétan si vous restez ici.

— C'est en son nom que je vous supplie, Savinien, d'accepter ce que je vous offre.

— Ah! monsieur, je vous croyais assez mon ami pour ne point me tenter ainsi!

Et il fit un mouvement pour retirer son bras.

— Adieu, Savinien! Qu'allez-vous devenir?

— Je vais attendre! répondit-il d'une voix résignée et religieuse.

Ils étaient arrivés au bord de la Mare. M. de Montarcher quitta Savinien, ne voulant pas prolonger une conversation sans résultat possible.

La nuit était froide et brumeuse. Tout s'harmonisait au dehors avec la tristesse de cette ruine subite. Il s'échappait du sein lourd de la Mare comme des soupirs. Savinien ouvrit à la hâte la porte de cette maison qui avait renfermé tant de joie quelques heures plus tôt, et qu'il allait abandonner pour ne plus la revoir peut-être, se sentant poussé par un mauvais vent du destin.

Mais une surprise nouvelle l'attendait dans sa maison.

Au moment où il alluma sa lampe, il entendit une respiration qui le fit presque trembler.

Il regarda...

C'était la Sèche.

Ainsi que l'avait supposé Pierrette, elle s'était glissée dans la maison de Jérôme, attirée par l'odeur de la fête. Comme il faisait très-froid, elle n'était pas restée assise sur le banc de la cour, ainsi que cela lui arrivait ordinairement toutes les fois qu'il y avait un gala à Pont-l'Abbé. On supportait sa présence partout parce qu'elle avait une réputation de méchanceté qui la faisait craindre. Et puis, cette vieille femme recevant les miettes des festins, c'était comme la livrée de leur charité que les propriétaires riches n'étaient pas fâchés de laisser traîner à leur porte.

Ce soir-là, elle était entrée franchement, et avait été se blottir dans un cabinet adhérant à la grande salle. Les servantes de Jérôme, qui savaient que, si elle l'eût désiré, il lui aurait donné à table la place d'honneur, s'étaient hâtées de lui apporter les meilleurs morceaux. Mais elle écoutait plus qu'elle ne mangeait, et quand Savinien eut été congédié par Jérôme, elle regagna sa masure, triste et songeuse.

La Sèche s'était depuis quelques jours sentie prise d'un sentiment inexplicable pour Savinien. Curiosité d'abord, ce sentiment devint bientôt de l'amitié. Il n'était pas rare que le matin, avant de commencer sa tournée, elle se cachât derrière un des saules de la Mare pour regarder son voisin de l'autre côté de l'eau. Savinien lisait et écrivait auprès de la fenêtre; quand le temps était pur, il bêchait et sarclait son jardin. Cette vie paisible et rangée était un spectacle agréable aux yeux de la vieille femme.

Savinien lui semblait un jeune homme honnête et bon auquel il lui aurait plu d'être utile; il était beau et intelligent; elle aurait voulu avoir un fils pareil. La vie extérieure de son jeune voisin, l'heure à laquelle il mangeait, rentrait de sa classe, éteignait sa lampe, elle savait tout cela, et le suivait d'un œil attendri.

Ce sentiment d'affection instinctive fut encore développé par le don que lui fit Savinien d'une pièce de cinq francs. On se rappelle que cette aumône l'avait blessée d'abord, puis attendrie ensuite. La part immense qu'elle prit le lendemain au projet de mariage, la manière mystérieuse dont elle conduisait tout sans être vue, redoublèrent son intérêt.

Savinien et Pierrette, leur rencontre, leurs aventures qu'elle savait toutes et mieux qu'ils ne le croyaient, — c'était un poëme qu'elle lisait, c'était un drame qu'elle se jouait à elle-même, retirée dans la coulisse et faisant mouvoir les acteurs à son gré.

A tout prix elle voulait le bonheur de Savinien. La réussite de ce mariage était maintenant pour elle une question sérieuse dont l'amour-propre d'auteur rehaussait encore l'intérêt. Aussi, quand elle entendit les dures paroles de Jérôme, elle se contenta de hausser les épaules et

dit tout bas : — Emporte-toi, chasse le pauvre enfant de ta maison! réduis ta fille au désespoir, il n'en sera de malheur souhaité par toi que ce que voudra la mère Sèche, qui ne te parlera plus jamais de cela, et qui préparera les événements à sa guise!

Cependant, malgré la générosité de ses intentions, elle revenait toujours à sa première nature; les élans vers la générosité étaient des écarts qu'elle réprimait le plus souvent.

Savinien ne l'avait jamais vue chez lui, ne lui parlait que rarement et ignorait complètement qu'elle eût été mêlée en rien à sa vie. Il ne réprima point un premier mouvement de surprise et d'impatience quand il la vit installée ainsi. L'importunité de cette supplication d'aumônes lui paraissait presque poussée jusqu'à la violence.

— Que faites-vous ici, mère Sèche, lui dit-il brusquement, et pourquoi vous êtes-vous introduite chez moi?

Il n'est rien de plus dur que d'être accueilli par un soupçon là où on apporte un bienfait : l'impression fut douloureuse, mais elle l'avait prévue et la surmonta.

— Pourquoi je suis entrée? dit-elle, parce que les vieilles femmes savent comment on ouvre les vieilles portes et parce que j'avais à vous parler.

— Mais cette porte était fermée?

— Oui, mais un coup de bise et un coup de pouce suffisaient pour l'ouvrir.

— Enfin, reprit Savinien très-impatiemment, ne pouviez-vous attendre à demain matin?

— Je ne pouvais pas attendre parce que je voulais vous voir, et que demain matin vous serez parti.

— Comment savez-vous cela, mère Sèche? répondit-il en la regardant plus attentivement.

— Je sais bien des choses. Je suis de ceux devant qui on parle sans se gêner, comme devant des chiens. Les riches se figurent souvent que nous ne comprenons pas leur langue; moi, j'écoute toujours. Mais ce soir j'étais au bourg, dans la charitable maison de M. Jérôme, et j'ai entendu par hasard.

— Eh bien! après? cela ne vous intéressait guère. Je suis fâché que le père de Pierrette ait eu un témoin de son injustice; mais vous n'irez certainement pas lui en parler, parce que vous avez besoin de conserver ses bonnes grâces. Quant aux autres, je n'ai plus le moyen de vous empêcher de leur raconter cela à votre manière.

— Vous allez à la ville, monsieur Savinien?

— Oui.

— Vous prétendez vous expliquer devant vos juges. Ça demandera du temps. Il n'y a rien de plus long à tirer que la queue d'un procès. Vos habits s'useront. Vous ne serez pas trop proprement nippé pour le jour de l'audience.

— Ce que vous dites-là est vrai, mais inutile à dire.

— Ça indispose les juges de voir un plaideur mal tenu. Il y a des gens qui ont été condamnés pour avoir un trou à leur blouse. Et puis, de quoi vous nourrirez-vous là-bas?

— A quoi bon toutes ces réflexions, la Sèche? Je sais ce que j'ai à faire, reprit Savinien qui se sentait humilié.

— Vous croyez que là-bas, pour vivre de l'ouvrage, il suffit d'avoir des bras et du cœur? Oh! que nenni! mon garçon. Vous ne trouverez pas à gagner votre vie avant le jugement. Les riches diront : — C'est un suspect, ne le faisons pas travailler! Les pauvres diront : — Que vient-il chercher dans la ville? Il y a bien déjà trop de bouches ouvertes pour le gain qu'on y trouve. Quant à travailler dans une étude de procureur ou de notaire, il ne faut pas y songer. Les études sont pleines et les affaires sont mortes. Vous allez maigrir en attendant que vous ayez mangé le peu de liards qui vous restent. J'en ai bien vu de ces pauvres honteux sur le pavé des villes : ils sont plus malheureux que nous, qui traînons bravement notre besace au soleil. Quand on les rencontre la nuit, on les prendrait pour des messieurs; mais regardez au fond de leur estomac, ils n'ont pas dîné depuis deux jours. Quelquefois, par bravade, ils s'assoient sur le banc d'un café, et mettent trois heures à boire un petit verre dont ils se font honneur auprès du public. Ils errent tout seuls dans les promenades, enveloppés du manteau d'une misère qui n'ose pas s'avouer. Ils ont toujours la main dans leur poche, comme s'ils avaient quelque chose à y garder. Ne me parlez pas de ces pauvres hypocrites des villes. Peu à peu vous leur ressembleriez, mon garçon. Vous perdriez ces belles joues rondes. Au lieu de deux moitiés de pêche, elles se changeraient en deux moitiés de citron. Vous n'auriez plus dans votre œil ce beau rayon qui parle à lui tout seul! Vous serez flétri de même que si vous aviez été touché par le vice. Vous aurez vieilli de dix ans en six mois, et sans profit. Vous ne saurez plus ce que c'est que de travailler au retour. Vous serez parti bon, et vous reviendrez mauvais. Enfin, Pierrette elle-même ne vous reconnaîtra pas! Voilà ce qui vous attend!

La Sèche s'était animée à la parole. Savinien s'irritait, tout en reconnaissant que cette perspective pouvait n'être pas fausse. Il répondit, n'ayant rien à opposer:

— On a bien raison de dire que vous êtes méchante, la Sèche. Vous me montrez tout ce qu'il y a déplorable dans une extrémité de malheur que je dois subir.

— C'est la question précisément.

— Au surplus, ces mots-là ne servent à rien qu'à décourager. De toute manière, il faut que je parte demain. J'ai besoin de la nuit pour me reposer. Rentrez chez vous et laissez-moi dormir. Ni vous, ni moi, nous n'y pouvons rien.

— Qu'en savez-vous? reprit-elle mystérieusement. Savinien regardait, de même que si un éclair avait traversé sa nuit, car le ton de la Sèche lui en imposait: mais, voyant la misérable apparence de son interlocutrice, il répondit:

— Bonne nuit, la Sèche! je regrette d'être trop dénué à présent pour pouvoir rien vous donner, quoique ce que vous m'avez dit me fasse peu de bien!

Au lieu de s'en aller, elle fureta de l'œil.

— Êtes-vous seul, mon fils? dit-elle.

Savinien, qui songea à l'autre nuit, répondit douloureusement:

— Hélas! oui.

— C'est qu'à votre âge il ne serait pas impossible... Qu'est-ce que vous diriez de quelqu'un qui vous prêterait cent écus!

— Je les refuserais, car il me serait impossible de les rendre. Et puis à quoi cela m'avancerait-il?

— A quoi cela vous avancerait? Vous vous en iriez tranquillement à la ville, où vous vivriez honnêtement pendant six mois. On verrait, à votre air, que vous êtes un jeune homme de bonne conduite. Si ce que vous avez dit a été bien intentionné, vous ne serez pas condamné et vous reviendrez ici triomphant. Au contraire de ce que vous croyez, il est possible que vous ayez gagné de l'avancement. Et puis, en tous cas, je gagerais bien ma misérable vie, qui est tout mon avoir, que Pierrette n'aura jamais un autre mari que vous!

— Ma pauvre mère Sèche, reprit Savinien, je vous sais bon gré de vos paroles, et je commence à croire que vous avez le cœur plus sensible qu'on ne le dit.

— Vous croyez cela, répondit-elle d'une voix émue: eh bien! pour cette croyance, je vas vous apprendre une bonne nouvelle, mais jurez-moi par le vrai Dieu que vous n'en direz jamais rien à personne.

— Si le secret peut se garder, je le garderai, mère Sèche, et la reconnaissance aussi.

— Depuis trente ans je mendie mon pain, reprit-elle. Je connais ce que chaque main peut contenir de charité. Je sais où sont les bonnes portes qui s'ouvrent, et je tâche d'oublier chrétiennement les mauvaises qui se ferment. Je vis de peu, comme une mouche, et il y a des mois où

j'ai pu économiser jusqu'à dix sous. En trente années de privation, ces économies finissent par faire une somme. Pour tout dire en un mot, j'ai amassé cent écus, je vous les offre!

— Oh! répondit-il pénétré de surprise et d'émotion, cela est beau, cela est noble, mère Sèche! Cela vous comptera plus devant Dieu que toutes les aumônes qu'on vous a faites n'ont compté aux riches! Je vous en remercie au nom de celle que j'aime. Mais, je vous le répète, je ne puis pas accepter. Les accepter, ce serait vous les voler, ces pauvres épargnes de votre vie.

— Nenni, mon garçon, je connais mieux les affaires que vous. Je ne perdrai rien et vous gagnerez du temps, ce qui est tout. Vous n'avez aucune dette, n'est-ce pas?

— Je ne dois rien qu'à Dieu! dit-il en la regardant avec une pieuse reconnaissance.

— Cette maison vaut quatre cents francs au plus bas prix. Vous allez me faire un billet dans lequel vous direz que vous me l'avez vendue. Nous n'avons pas besoin d'un notaire. Notre honnêteté vaut bien un timbre.

— Cette maison, reprit Savinien, cette maison, elle me tient au cœur. J'y ai fait un beau rêve!

— Vous entendez bien que ce n'est que pour ma sûreté que je vous la demande. Je ne la prendrai jamais. Vous gagnerez votre procès: vous épouserez la petite, et vous me rembourserez plus tard. Il est bien convenu, ajouta-t-elle après un effort, que vous ne paierez pas d'intérêt. Maintenant, si vous me refusez, je croirai que vous n'êtes pas digne de reconquérir Pierrette.

— J'accepte, répondit simplement Savinien, que la confiance de la Sèche influençait malgré lui. Si le ciel bénit votre bonne pensée, vous serez la grand'mère de nos enfants.

— Ne nous attendrissons pas, car la nuit passe: Écrivez.

— C'est écrit. J'irai prendre l'argent demain

— Êtes-vous fou? pour qu'on vous voie partir avec, et pour qu'on vienne m'assassiner comme si j'avais un trésor, reprit-elle épouvantée. J'ai apporté la somme: la voici!

Au moment où Savinien prit le sac qu'elle lui tendait, sa passion dominante se réveilla en elle et lui fit dire:

— Savinien, ce sont toutes les privations de trente ans, tous les soirs où je me suis couchée sans feu, toutes les matinées que j'ai vécu avec un peu d'eau de la Mare, toutes les maladies que j'ai faites sans appeler le médecin! Soyez à votre tour économe de cet argent. Ne le dépensez que pour retrouver Pierrette et votre liberté. Pensez bien que ce sont mes sueurs et mes larmes que je vous donne là, et rapportez-en le plus possible, de ce pauvre argent de la pauvresse.

— Peut-être est-ce trop? dit-il.

— Tant mieux, vous le garderez aussi bien que moi. Adieu! j'ai l'idée que vous réussirez.

Elle ouvrit et sortit. Puis revenant sur ses pas:

— A propos, dit-elle, si vous redescendez dans le pays, n'oubliez pas de me donner toujours votre sou en public, afin qu'on ne se méfie de rien.

— Oui, mère Sèche: mon sou en public, mais mon cœur et celui de Pierrette en secret!

Il l'accompagna et fit avec elle le tour de la Mare obscure.

Arrivée auprès de sa masure:

— J'ai bonne envie de vous embrasser maintenant, lui dit-elle, comme si vous étiez mon fils!

Il se mit à genoux. Elle pencha ses lèvres sur son front.

. . . .

Le lendemain, aussitôt que le jour parut, Savinien alla retenir sa place à la voiture publique qui passait à Pont-l'Abbé. Le soleil se levait clair dans un ciel froid, comme une perle au fond d'une vague glacée. Quelques ouvriers qui allaient en journée lui annoncèrent la nouvelle officielle de la nomination de M. de Montarcher

André l'attendait au passage.

— Monsieur Savinien, lui dit-il, vous partez, mais vos affaires ne souffriront pas de votre absence. Vous êtes si bon, qu'ici vous ne pensiez jamais à vous. Permettez-moi de vous dire que vous allez occuper toutes mes heures. Si on dit du mal de vous, je serai là pour vous défendre ; si quelques-uns de ceux qui vous tiennent au cœur ont besoin d'un ami, je le devinerai avant qu'ils ne le sentent. Je parlerai de l'absent tous les jours aux enfants, afin que la mémoire de vous ne soit pas perdue quand vous reviendrez. Soyez tranquille ; je suis petit, mais je suis fort, et quand j'ai donné mon amitié, c'est comme si j'avais donné mon sang et mon souffle.

Les augures souriaient de tous les côtés à Savinien. Les trois cents francs de la Sèche tintaient dans sa poche avec un bruit heureux d'indépendance et de retour. Les femmes, qui compatissaient à sa mauvaise fortune, élevaient devant lui, sur leurs bras, leurs enfants lorsqu'il passait devant leurs portes, comme pour lui dire que ce serait leur maître un jour. Il semblait à Savinien que toutes ces promesses faites par son doux pays ne seraient point trahies par l'avenir. Il s'avançait plus léger d'inquiétude et de regrets vers le point de la route sur lequel s'ouvrait la fenêtre de Pierrette.

Cette maison était une des dernières du bourg, et n'avait presque pas de voisins. La chambre de la jeune fille possédait deux ouvertures, l'une sur la cour, l'autre sur la route. A cette heure matinale, on ne risquait pas d'être vu.

Pierrette attendait. Au bruit des pas connus, elle ouvrit sa fenêtre.

— Un mot seulement, lui dit Savinien, un mot court et charmant : espoir !

— Un autre, lui répondit-elle : amour !

La diligence arrivait. Savinien, qui ne voulait pas être trouvé devant cette maison, fut obligé de marcher un peu sur la route, non sans se retourner et sans envoyer à Pierrette des regards où il y avait mille serments. La diligence s'arrêta au signe de Savinien. Il disparut dans l'intérieur avec son petit bagage ; puis les grelots tintèrent, la route trembla, et tout ce bruit retentit douloureusement dans un cœur, et tout disparut devant des yeux déjà voilés par des larmes.

Ce n'étaient pas des larmes désespérées cependant. Le mot que lui avait dit Savinien, mot qu'elle n'attendait pas, lui apportait des promesses et lui créait un avenir. Elle se disait qu'elle ne le perdrait que six mois de bonheur, et quoique ce sacrifice fût navrant, elle n'osait pas s'en plaindre à Dieu. Il n'y avait qu'une lumière dans tout l'horizon de leur avenir. Mais cette lumière, qui montait sans cesse de ces deux cœurs enflammés, c'était l'aube éternelle des jeunes amours !

VIII

Les premiers mois de la séparation furent moins sombres que les amants ne l'avaient cru. L'espérance d'un meilleur et prochain avenir les soutenait. La comparution de Savinien devant le comité était retardée de jour en jour : mais par sa conduite régulière à la ville, il s'était acquis une sorte de bienveillance publique, et sans doute, cette bienveillance agirait sur le comité.

Pierrette avait, de plus que le poids des tortures morales communes à tous deux, à supporter celui de quelques fatigues corporelles qui lui avaient été inconnues jusqu'alors. Jérôme avait mis une sorte d'amour-propre de richard à ce que sa fille, depuis l'adolescence, ne fût employée qu'à des travaux ressemblant à des amusements. Elle filait dans les veillées d'hiver, et le lin n'altérait pas la pureté de ses mains. Dans les matinées de printemps, lorsque l'ombre tombait épaisse du buisson, elle menait, ou plutôt regardait paître une ou deux vaches qui ne faisaient point se précipiter le pas de la rêveuse indolente.

Elle jouait dans les meules pendant la fenaison, ne ramassait guère ensuite les épis que pour les attacher à ses cheveux, et les raisins qu'afin de les serrer dans ses doigts, pour en laisser tomber le jus goutte à goutte dans la bouche d'un bel enfant endormi sous un cep de vigne. Elle n'avait effleuré de la sorte que les saveurs et les parfums de la vie des champs. Jamais ces travaux n'avaient fait glisser une perle de sueur sous ses cheveux châtains, ni retranché une heure à son sommeil.

Depuis que le mariage avait été rompu, depuis qu'il se voyait dans la nécessité de rembourser, à première réquisition, les dix mille francs dus à M. de Montarcher, Jérôme usait en détail sur sa fille les impétueux accès de son avarice heurtée et de sa vanité blessée par l'insuccès public de son choix. Maintenant, pour avoir eu la pensée de donner sa fille à Savinien, il était traité de socialiste par les bourgeois de Pont-l'Abbé. On accordait moins de confiance au jugement de celui qui s'était trompé si ouvertement. On disait qu'il fallait qu'il fût moins riche qu'on ne l'avait cru, pour avoir pensé à une telle union.

L'irritation de Jérôme ne cessait plus et retombait à chaque occasion sur sa fille. Tantôt il lui faisait subir des soirées tout entières de récriminations dont ses domestiques étaient témoins, tantôt il cherchait à tirer parti d'elle comme d'une robuste servante, et la condamnait brutalement à un travail impossible. Pierrette supportait sans plainte tant d'ennuis et tant de fatigues. Elle avait une ressource de consolation clandestine. Elle pouvait pendant des heures se soustraire à ces tristesses et à ces humiliations : elle avait les lettres de Savinien.

André les lui lisait et les recevait en son nom. La voix grave du doux enfant donnait une musique plus retentissante à chacune des phrases de Savinien, et les faisait descendre dans le cœur de Pierrette plus vite que si elle les avait comprises par les yeux. Cependant Savinien ne pouvait pas tout dire dans des lettres qui passaient par un intermédiaire : et Pierrette eut l'idée de demander à André des leçons de lecture et d'écriture, son ignorance lui devenant insupportable, puisqu'elle gênait les effusions de son amour.

Les leçons se donnaient avec un grand mystère. Les rendez-vous étaient aussi voilés que des rendez-vous d'amour. Le père Jérôme aurait impitoyablement proscrit cet enseignement, surtout s'il en eût soupçonné le but. Quelquefois Pierrette s'échappait au milieu de la journée, à l'heure où les paysans vont dormir. Elle retrouvait André dans le taillis, au-dessus de la Mare obscure. Ils se blotissaient dans un fourré, et l'aspect de ces deux jeunes fronts penchés sur le livre, et si sérieux malgré leur jeunesse aurait été charmant pour un spectateur contemplatif. La lecture était souvent interrompue par des retours vers l'ami absent. André, respectueux comme un fils pour Savinien et comme un frère pour Pierrette, semblait n'avoir jamais soupçonné qu'il avait seize ans et que la jeune fille était belle, ou du moins, s'il le soupçonnait, il n'en laissait rien voir.

— André, lui dit-elle un jour, je me sens quasi le regard plein de larmes, pour avoir fixé si longtemps ces petits caractères. Dieu a fait les yeux à l'homme pour voir les paysages et les créatures terrestres, mais non pas pour s'user dans les livres. Reposons-nous un peu. Ne crois-tu pas que nous conserverons nos yeux dans l'autre monde, puisque dans celui-ci ils ne peuvent voir de longue durée, ni le soleil, ni la lune, ni le feu, ni tout ce qui reluit ?

— Je le crois, mademoiselle Pierrette. Les anges ont des yeux, car il n'y a rien de plus beau que les yeux. Peut-être, là-haut tout le corps des anges n'est-il qu'un regard !

Et pour se reposer elle prenait son ardoise. André était obligé alors de tenir dans sa main les doigts de la jeune fille, et ils tremblaient de leur inexpérience, elle à tracer des caractères, lui à tenir la main d'une femme.

— Mon petit maître, lui disait-elle, c'est bien plus fatigant de faire des lettres avec les doigts que de faire des pas avec les pieds! Comme c'est étonnant que Savinien et toi vous puissiez tant écrire sans vous arrêter!

— Vous verrez, mademoiselle, quand vous écrirez à Savinien, vous ne vous arrêterez pas non plus.

— Ah! je ne demande pas tant! Pourvu que je puisse lire une lettre. Quand les lirai-je? dis.

— Dans quinze jours, en bien vous appliquant. Mais quelle surprise heureuse pour lui lorsqu'il en recevra de vous!

— Je serai trop honteuse pour cela. Et puis, toute ma pensée, c'est un mot qu'il sait bien.

— Quel mot? dit-il naïvement.

— Oh! tu es trop petit pour le savoir, répondit-elle en souriant.

André rougit. Pierrette reprit :

— Quoique nous soyons du même âge, j'ai l'air d'avoir six ans de plus que toi. Tu as toujours travaillé dans ta classe. C'est ce qui t'a empêché de grandir.

La physionomie d'André se contracta légèrement à ces paroles. Cette appréciation de Pierrette le faisait souffrir. Et cependant il était impossible de trouver une nuance de raillerie dans le ton de la jeune fille. Par quelle raison mystérieuse en était-il affecté?

Pierrette s'aperçut de cette impression.

— Ne m'en veux pas de ce que je viens de dire, ajouta-t-elle. Tout petit que tu es, je n'ignore pas que tu serais mon défenseur, si je le fallait. Tu as la douce figure d'un enfant, mais tu as le courage et l'esprit d'un homme. J'ai bien de l'estime pour toi, va, André!

— Oh! que vous êtes bonne de me parler ainsi, mademoiselle!

— Non, je serais bien meilleure, si tant seulement j'étais plus heureuse, et je ne m'affligerais pas comme ça mes amis.

Voilà de quelles innocences leurs conversations étaient remplies. Cependant ils les vit une fois ensemble : la malignité s'empara de ces entrevues; on en parla au père Jérôme, qui croyait à toutes les perversités. Sans en rien dire, il se promit de les surprendre, et, le cas échéant, de battre Pierrette. En attendant il redoubla de sévérité pour elle et la condamna à des travaux plus durs que jamais.

Quoique Pierrette ne pût pas encore bien lire les lettres de Savinien toute seule, elle les conservait. C'était un grand plaisir pour elle que de les ouvrir, de les respirer et de les réciter par cœur. Car, quand André les avait dites deux fois, elle les retenait.

Un jour, on était alors vers le milieu de l'été, Pierrette avait été condamnée par son père à piocher une vigne. Cette vigne se trouvait dans un clos attenant à la maison et ouvert sur le bourg. Il n'y avait pas moyen de s'échapper sans être vu. La leçon de lecture ne devait pas avoir lieu. Il était midi, et la chaleur dardant d'un ciel éclatant se réverbérait sur la côte. C'était le premier coup de pioche que Pierrette essayait.

Ce travail est affreux pour une femme. Courber la tête presque jusqu'au sol, ressentir dans les reins et dans la poitrine chacun des contre-coups du dur instrument que l'on soulève, s'écorcher les jambes nues aux piquets, monter jusqu'à la limite du clos, puis redescendre et remonter encore, c'est un supplice pire que la tâche du forçat! La civilisation devrait l'interdire, comme une violation de la nature, à ces êtres faits de grâces et de souplesse, et non de muscles et de vigueur. Il y a là quelque chose qui révolte la pitié et la pudeur.

Pierrette crut d'abord que la respiration allait lui manquer, et que sa frêle organisation se briserait aux douleurs qu'elle ressentait partout. Le sang battait à ses tempes, des éclairs passaient devant ses yeux, semblables à ceux que le soleil jetait sur la pioche quand elle se relevait : ses pieds saignaient aux cailloux, ses mains se meurtrissaient au manche calleux. Après un quart d'heure de lutte, elle s'arrêta demi-morte et épuisée.

On lui avait imposé le costume traditionnel : une jupe et une chemise. La sueur collait ses vêtements sur elle et dessinait ses formes charmantes. Il lui semblait qu'elle n'était pas vêtue et qu'elle sortait du bain, lorsque ses bras brisés laissèrent tomber son outil et qu'elle suspendit ses efforts, vaincue de fatigue et de honte. Elle se mit à pleurer comme un enfant; puis, quand à travers ses larmes elle vit que le clos était large, que les champs et les prés de son père s'étendaient au loin dans le territoire de la commune, elle réfléchit que Jérôme était riche, que son travail était inutile, et qu'il ne lui avait été imposé que par avarice et par basse vengeance.

L'indignation la prit alors et elle résolut de se révolter ouvertement. Mais cette impression ne dura qu'une minute. N'avait-elle point tacitement promis à Savinien d'être, ainsi que lui, courageuse et résignée, et d'attendre patiemment l'avenir? Elle se rappela en ce moment que le matin même on lui avait remis une lettre de lui, qu'elle ne pourrait pas voir André, et qu'elle n'avait pas lu la lettre. L'amour l'emporta sur toute autre considération. Que lui ferait la colère de Jérôme, quand il s'apercevrait que la tâche n'était pas faite? Elle aurait lu, elle aurait rassuré son cœur, elle aurait entrevu un peu plus d'avenir.

Mais lire toute seule n'était point facile, dans l'état de demi-ignorance où elle était encore. L'étude serait longue, car elle était obligée d'épeler lettre par lettre et de rassembler tous les mots. Elle s'assit sur la terre, sous l'ombre grêle d'un cep de vigne un peu plus haut que les autres; elle enveloppa de feuilles sa quasi-nudité, pour se dérober aux regards du bourg, et tira de son sein sa chère lettre.

Après une heure d'application, d'impatience et de devination, elle avait lu les dix premières lignes :

« Mon ange, ma femme aimée, toujours la même in-« certitude sur ce qui nous attend : mais elle cessera bien-« tôt. Je comparais le 14 devant le comité. En attendant, « je fais comme toi : je m'efforce de comprimer mes « révoltes secrètes : je prie Dieu, et je me dis que cet « amour qui a été assez fort pour nous faire vivre après « tant de désespoir trouvera bien une ressource nouvelle « pour nous réunir, quel que soit le jugement qui sera « rendu. »

Pierrette en resta là : sa pauvre tête se troublait sous cet effort d'attention. Savinien la croyait résignée. Il ne fallait point tromper cette croyance lointaine; il fallait accepter le sort dans toutes ses barbaries. Elle reprit la pioche, recommença une des rangées de vigne qu'on lui avait ordonné de remuer, et se courba de nouveau dans les déchirements de ce travail.

Mais tout d'un coup une sensation inouïe, mystérieuse, profonde, la jeta comme dans un autre monde.

Elle tomba à genoux, leva les mains au ciel et se recueillit toute entière en elle-même pour écouter, pour sentir, pour recevoir. Le mouvement se reproduisit : un être se remuait au fond d'elle.

Un tressaillement d'une volupté divine la renversait chastement dans un délire de l'âme : elle était mère.

Innocente, même à ce qui s'était passé, imprévoyante par suite d'une croyance contraire qu'elle avait confiée à Savinien, elle n'avait pas songé une seule fois depuis, que cet événement fût possible. Comme elle se respectait toujours, dans ses conversations avec les autres jeunes filles, elle ignorait naïvement tous les premiers symptômes. Mais cette révélation était trop intime pour qu'elle pût s'y tromper : la créature s'annonçait d'elle-même à la jeune mère par une manifestation de la vie.

D'abord Pierrette se sentit inondée d'une céleste joie. C'est avec un frémissement d'un pur orgueil que la femme comprend que Dieu lui a donné le pouvoir de reproduire en elle cette humanité créée par lui. Elle devient sainte comme un tabernacle où la flamme sacrée est allumée.

Ensuite, c'est une extase d'amour qui lui arrive. Le

lien mystérieux est fait. Le sacrifice de l'amour est complet. Elle a une irrécusable preuve qu'elle s'est donnée sans réserve; quels que soient les changements de la vie, elle se rappellera à jamais qu'il y a un moment où deux êtres n'en font qu'un, et qu'il y a un autre être, né de ce moment, qui transmettra son sang et sa ressemblance de génération en génération.

La femme qui, dans ces fardeaux des jeunes amours, a toute la part à porter, se réjouit de cet inégalité qui la rend plus fière et qui, l'exposant seule aux dangers, la montre plus dévouée et plus valeureuse.

Seins frémissants que la tendresse féconde, entrailles qui portez l'homme, vous êtes la meilleure et la plus respectable moitié de la création de Dieu, puisque par vous elle se continue, et que vous renfermez tout entière la responsabilité de l'amour! Pierrette, comme toutes les jeunes mères, n'eut, dans le premier moment, qu'une adoration sans bornes pour le père, et qu'une reconnaissance sans terme pour Dieu.

Cependant, une fois sa première ivresse passée, sa situation lui apparut dans tout son danger. Bien des mois s'étaient déjà écoulés. Le procès de Savinien traînait d'ajournements en ajournements. Qui pouvait répondre qu'il serait jugé avant l'époque probable de sa délivrance? Mais Savinien lui indiquait pourtant le jour avec plus de certitude que jamais. Dieu ne la laisserait pas longtemps dans cette anxiété si accablante. L'innocence de Savinien sera reconnue. On lui rendra sa place. Elle emploiera tous les moyens pour décider son père. Au besoin la Sèche parlera. Ils se marieront sans dot. Le mariage fera pardonner la faute. La honte s'oubliera dans le bonheur.

Oui! mais si le procès allait donner tort à Savinien? Si toute carrière était fermée? Si tout retour devenait impossible? Pierrette pâlit à cette pensée qu'elle n'avait pas eue d'abord, tant elle avait cru longtemps au sourire de la destinée, et tant elle avait espéré que Dieu ne la jetterait pas dans une complication si horrible.

Et ce dénoûment était le plus probable, après tout, Pierrette savait que Savinien s'était attiré l'inimitié du gouvernement. Le père Jérôme se montrerait inflexible. L'influence de la Sèche elle-même échouerait. Il préférerait le déshonneur de sa fille à un mariage qui serait deux fois ridicule dans le pays. Il n'accepterait jamais pour gendre un homme sans place et sans fortune. Il ne se chargerait point de nourrir une famille toute faite. Il pourrait chasser sa fille, la tuer, mais consentir, mais seulement leur permettre de s'éloigner et fermer les yeux, à aucun prix il ne le ferait.

Et Pierrette avait seize ans. Il faudrait en attendre neuf encore pour qu'elle pût se marier sans le consentement de son père. Elle savait cela par ce qui était arrivé à une fille de Pont-l'Abbé. Savinien serait obligé de voyager pour vivre d'ici là. Si immense que fût son amour à présent, Pierrette n'osait pas espérer qu'il ne l'oublierait pas pendant ces neuf années de séparation. Et puis, revint-il même à cette époque, cette perspective ne remédiait en rien à la situation actuelle. L'enfant sera reconnu plus tard, mais, sans aucun doute, la mère serait morte. La mère ne voulait pas mourir, car elle aimait!

Et il était presque impossible que Pierrette pût instruire Savinien. Sans doute, s'il était là, elle se jetterait dans ses bras, elle s'appuierait sur son cœur; sans qu'elle dît rien, il devinerait tout; loin d'être humiliée, elle serait fière.

Mais lui écrire! comment? Elle travaillerait pendant des mois encore qu'elle n'en saurait pas assez pour tracer cette ligne.

Quant à charger André de cette communication, quant à rougir devant cet enfant, quant à confier un pareil aveu à un autre, si dévoué qu'il fût, elle ne l'oserait jamais.

Il lui semblait que ce serait souiller son amour et flétrir Savinien, et condamner d'avance celui qui naîtrait, et être lâche vis-à-vis d'André, ce frère qui s'était naïvement offert, dans toute sa candeur et dans toute sa bonté.

Et encore une autre épouvante et prochaine. N'allait-on pas découvrir bientôt l'état dans lequel elle se trouvait? Pourrait-elle dissimuler longtemps cette révélation par laquelle Dieu laisse voir deux êtres dans la jeune femme qui passe?

Elle regarda anxieusement sa taille. Il lui parut, sous cette chemise de grosse toile revêtue pour le travail, qu'elle avait épaissi : elle se demanda comment elle ne s'en était pas aperçue depuis longtemps; elle se demanda même si elle n'avait pas été la dernière à le voir, et si les regards qui la suivaient dans la rue étaient les regards de la pitié ou de la raillerie? Ce fut à ce moment que la honte lui arriva, et qu'elle se rappela que les plus purs sentiments de toute sa jeunesse avaient été jusqu'à sa rencontre avec Savinien, la pudeur et la réserve. Comment était-elle arrivée à cette dégradation, elle qui s'était dit cent fois que le dernier bien qu'elle voudrait perdre, c'était sa réputation? Et que ferait-elle quand on la montrerait au doigt, elle qui s'était courroucée comme une jeune lionne dans les rares occasions où la modestie naturelle de son maintien n'avait pas écarté de sa route les caresses banales et les propos équivoques? On serait d'autant plus impitoyable avec elle qu'elle en avait imposé davantage : on l'accablerait d'autant plus qu'on pourrait l'accuser d'hypocrisie.

Et puis, hélas! ce pays de son enfance ne lui ferait-il pas de reproches? On ne s'habitue point à être triste dans les lieux où l'on a été souriant : il paraissait à Pierrette qu'il faudrait de même changer le cadre de son horizon, puisqu'elle ne devait plus le traverser avec les mêmes pensées.

Quel accueil lui ferait l'église où elle avait murmuré tant de saintes prières? le sentier sous la haie où elle courait cueillant des fleurs et égrenant des chansons la recevrait-il encore dans son ombre?

Le ruisseau où elle lavait ses pieds nus la reconnaîtrait-il, lorsque tant d'insomnies auraient pâli son visage? Hélas! hélas! ne fallait-il pas changer aussi la couleur de ces paysages animés, comme elle avait dépouillé sa robe de vierge?

Après la honte vint le remords. Elle avait disposé d'elle sans respect pour les enseignements religieux qu'elle avait reçus. Savinien était pieux et pur : il n'aurait pas abusé de son intimité, si un vertige d'amour ne l'eût pas fait se précipiter elle-même dans ses bras! Elle avait perdu le droit au bonheur, en perdant le droit au respect. Elle n'était pas digne que son amour fût sanctifié, puisqu'elle l'avait profané d'avance.

Et de ces indignations contre sa faute elle revenait à des attendrissements sur la créature qui allait naître. L'enfant ne devait pas supporter l'appesantiment des malheurs qui accableraient sa mère. Si Savinien n'était pas de retour dans un mois, elle se déroberait à la maison paternelle et rejoindrait Savinien, dût-elle le rejoindre à pied avec son fardeau. Là, elle recevrait au moins quelques paroles d'allégement; là son cœur pourrait pleurer ses larmes; là, s'il fallait mourir après, elle mettrait ce berceau sur des genoux protecteurs.

Au milieu de toutes ces réflexions navrantes, Pierrette avait oublié la lettre dont elle ne connaissait pas les dernières lignes. Elle ne s'aperçut qu'elle la tenait dans ses mains qu'au bruit de ses larmes qui roulaient sur le papier. Elle sécha ses yeux, et après de longues recherches, voici ce qu'elle lut:

«Je commence à croire, du reste, que ce jugement ne «me sera pas défavorable. Peut-être, quelques heures «après que l'on t'aura lu ces lignes, serai-je de nouveau «dans ma petite maison de la Mare obscure, plongeant «mes regards dans chacun des coins du paysage où tu «respires, et entendant comme toi la vibration de la «vieille cloche de Pont-l'Abbé, qui doit sonner pour notre «union.»

La lettre tremblait entre les mains de Pierrette, à mesure qu'elle en pénétrait lentement le sens plus consolateur. Savinien était ordinairement avare d'espérance. Elle se reprocha de s'être assombrie par des inquiétudes exagérées, et, voyant que le soleil avançait dans le ciel, la courageuse fille voulut reprendre sa tâche si longtemps interrompue.

Au moment où elle se baissait contre la terre, une réflexion subite vint l'arrêter. Un travail qui l'épuisait à ce point ne pouvait-il pas réagir aussi sur l'enfant qu'elle portait dans sein? Ce premier tressaillement par lequel il s'était annoncé n'était-il pas de sa part un mouvement de douleur? La torture qu'elle supportait, avait-elle le droit de la lui infliger aussi? Non. Pierrette résisterait à son père; elle résisterait jusqu'à l'héroïsme! Elle inventerait des prétextes; elle ne travaillerait plus.

Elle se levait pour aller changer de vêtements, quand le père Jérôme entra dans la vigne.

Il regarda, et, voyant combien la terre avait été peu remuée, il s'avança vivement vers Pierrette :

— C'est ainsi que tu gagnes ta vie, toi? Ah! que je me reproche à présent de t'avoir laissée fainéante depuis que tu es faite! Tu n'as point d'âme, Pierrette. Vois où en est la besogne.

— Elle en est où elle en restera, si vous comptez sur moi pour la lui finir, répondit Pierrette avec une douce fermeté. Je ferai tout pour que vous ne me reprochiez plus mon pain, mais je ne travaillerai plus à la vigne.

— Tu ne travailleras plus à la vigne? répète-moi cela encore!

— Je n'aurai pas besoin de vous le répéter, mon père : vous le verrez!

— Ah! mauvaise grêle, tu crois que je te laisserai faire tous tes caprices, et que j'aurai sué toute ma vie pour que tu passes tes heures dans la paresse?

— Mon père, ne me parlez pas ainsi. Je suis toute mal portante pour avoir pioché cette moitié de hautain. Vous ne voulez point me coucher sur mon lit de mort, n'est-ce pas? car je ne vous suis pas indifférente au fond : je le sais!

— Je ne veux pas non plus te coucher sur un lit de roses : et tu travailleras de gré ou de force, méchante ouvrière!

— Alors, je demanderai à la mère Sèche, elle qui a tant de connaissance, si elle trouve ça juste.

— Ah! tu veux faire des rapports contre moi et me ruiner, s'écria Jérôme emporté par la violence de son sang. Eh bien! tiens!

Et il leva le bras pour la frapper.

Mais elle se jeta à genoux et évita le coup.

Jérôme, soit par honte de ce qu'il avait tenté, soit par crainte de la Sèche, releva sa fille en lui disant :

— Tu sais bien que la main me démange lorsqu'on me contrarie, mais qu'avec toi c'est toujours pour de rire. Allons, soit, tu ne piocheras plus la terre; mais demain tu feras la besogne de celui qui te remplacera ici, et tu iras au moulin voir le pesage de mes sacs.

— J'irai au moulin, mon père.

— Et tu prendras garde que l'on fasse bonne mesure!

— Autant que je m'y connaîtrai, je tâcherai, dit-elle.

— Et s'il manque de la farine dans le sac, ce sera un indice qu'il manquera bientôt du pain sur la table.

— Je n'ai pas grand faim, répondit-elle, depuis janvier; mais la Sèche a bon appétit, et nous tâcherons qu'elle ait toujours sa tranche de miche.

Jérôme regardait sa fille et ne s'expliquait pas pourquoi elle faisait revenir si souvent le nom de la Sèche.

Quant à elle, elle sortit du clos rêveuse. Elle sentait instinctivement qu'elle allait à un abîme, mais ne savait pas où il se trouvait.

IX

Deux mois s'écoulèrent encore jusqu'à la comparution de Savinien devant le conseil. Il ignorait l'aggravation de son malheur. Pierrette, dans les lettres qu'elle lui faisait

écrire par André, ne parlait que de son amour et de son impatience. Vingt fois, quand elle avait vu ajourner la solution d'où dépendait sa vie, elle avait été sur le point d'en venir à cette dernière extrémité de la fuite, mais la honte, et aussi un lambeau d'espoir qui ne pouvait pas se détacher de son cœur si longtemps heureux, l'avaient retenue. Et dans les heures où son épouvante était la plus grande, elle subissait cette sorte de fascination d'un malheur certain, et dont la date est connue dans l'avenir, pareille à la fascination de l'abîme qui vous laisse immobile au bord, si elle n'est pas assez forte pour vous attirer.

Pierrette avait réussi jusqu'alors à dissimuler matériellement sa position. La pudeur lui servit d'initiatrice à tous ces miracles de la toilette qui essaient une lutte avec la nature. Jérôme, qui s'était senti fier d'avoir une aussi jolie fille, avait toujours, malgré son avarice, fourni largement à son entretien. Elle pratiquait habituellement une originalité de mise qui empêchait qu'on ne remarquât d'abord les innovations par lesquelles s'amoindrissait sa taille. Les femmes disaient : — La fille à Jérôme est plus riche que nous, elle doit mieux savoir ce qui se fait à la ville! Et on l'imitait dans ses arrangements, et cette imitation même la cachait davantage. Mais cependant le moment approchait où toutes ces inventions devaient échouer, et où son déshonneur éclaterait sur sa personne.

Le jour de la comparution de Savinien était le 14 août. Nous n'écrirons pas le procès-verbal de cette séance; on en retrouverait par milliers de semblables dans les archives de toutes les préfectures.

Il revendiqua noblement son vote et ne plaida que son droit de citoyen et l'honorabilité incontestable de M. de Montarcher. La défense de Savinien, si éloquente qu'elle fût, se trouva inutile. Il fut condamné.

Les trois cents francs prêtés par la Sèche avaient été mangés jusqu'au dernier sou. Savinien envisagea d'abord son malheur avec sang-froid. Il comprit qu'il était condamné à mort et il voulut bien mourir. Il s'engagea dans un des régiments d'Afrique.

Il écrivit cependant à Pierrette. Assis dans la petite chambre de l'hôtel, tournant les yeux de sa pensée vers son horizon perdu, toutes les sources de son amour débordèrent dans son cœur, et son cœur déborda dans sa lettre. C'était un sanglot; c'était la suprême voix de deux destinées brisées et impossibles. Il n'avait qu'un refrain, qui arrivait après tous les regrets accablants : oublie-moi! oublie-moi! j'étais le bonheur pour toi, tu étais le ciel pour moi! oublie-moi! je suis mort. Porte mon deuil!!

Il annonçait à la fin de sa lettre qu'il viendrait passer une journée à sa maison de la Mare obscure : mais, si Pierrette voulait lui épargner un crime peut-être, une folie imprévue, elle était suppliée de ne point paraître et de le laisser à son désespoir.

Cette lettre avait été écrite le 14 août au soir. Quoique la distance entre le chef-lieu et Pont-l'Abbé ne fût pas longue, il fallait quarante-huit heures pour que la lettre arrivât. Savinien l'adressa à André par une occasion qui se présenta.

Le lendemain du jour où ce malheur encore inconnu se réalisait pour Pierrette, Jérôme, qui, depuis le mois de janvier, n'avait pas cessé son système de basse rancune et d'exploitation barbare, donna l'ordre à Pierrette d'aller surveiller au moulin une mouture qu'il devait y envoyer. Pierrette considérait cette surveillance comme un ennui et presque comme un danger : elle avait déjà eu occasion de remarquer les manœuvres équivoques et les allures énigmatiques de Thomas, le garde-moulin : mais elle ne résistait plus à son père et s'était fait la loi d'une soumission inerte à toutes les injonctions qui n'exposaient pas directement sa vie.

— Voilà ce que tu as à observer, lui avait dit Jérôme : je ferai conduire six saches au moulin, à la fin de la journée la besogne sera faite; Mathurin, à qui j'en ai vendu quatre, te remettra les écus et fera enlever la farine : il n'est pas nécessaire de donner ton attention à cette marchandise, car cela regarde Mathurin; mais je te recommande les deux autres saches, qui resteront à mon compte. Prends garde qu'il y ait bonne mesure et que Thomas n'abuse pas de ta jeunesse.

Le moulin de Pont-l'Abbé était situé sur la Gélize, à l'extrémité du bourg opposée à la Mare obscure. Il était séparé des autres maisons par la rivière qui, se divisant elle-même en deux bras, l'isolait au milieu d'un pré dans une petite île. Thomas l'exploitait pour deux domestiques pour un propriétaire qui n'y demeurait pas. Un pont jeté sur l'écluse et fermé du côté de l'île par une barrière était la seule communication possible, car deux grands chiens qu'on lâchait la nuit, et qui avaient été dressés à se jeter dans la rivière et à y saisir les maraudeurs et les pêcheurs nocturnes, rendaient l'île presque inabordable.

Thomas représentait un beau type de garde-moulin. Grand, découplé, capable de porter sans fléchir un sac sur chacune de ses épaules, il répandait autour de lui un nuage de farine qui jetait comme une auréole poudreuse sur le front du jeune hercule. Il avait et méritait une réputation de probité. On aurait été mal venu en disant à Pont-l'Abbé qu'il cherchait à tromper sur le poids : la considération publique aurait opposé à cette calomnie d'autres arguments non moins vainqueurs que les robustes poings et les deux intraitables dogues de Thomas. Un entrain communicatif dans les affaires, une rare facilité pour s'arrêter et pour boire dans tous les cabarets, sans y laisser jamais sa raison, l'avaient popularisé dans le pays. En un mot, il passait pour un fort, et pour un bon garçon, aussi amoureux des jeunes filles que des vieilles bouteilles.

Thomas était un de ceux qui autrefois avaient le plus échoué auprès de Pierrette. Cette pudeur s'effarouchait de cette force; cette sensitive s'effrayait de cette massue. Deux mois auparavant il avait été très-étonné et très-charmé de voir cette fillejeune et fière, si habituée jusqu'à présent à vivre dans une riche oisiveté, venir assister elle-même à la préparation et à la mouture.

Pendant la journée qu'elle dut passer au moulin, Pierrette s'était renfermée dans sa tristesse pour se dérober aux gentillesses un peu brutales de cet hôte qui cherchait à faire passer à sa visiteuse. Elle s'était assise sous l'ombre des saules, au bord du chenal, regardant couler l'eau pendant des heures, comme si sa pensée s'était écoulée avec cette eau; ensuite elle avait mystérieusement tiré de son sein un petit livre qu'elle étudiait avec une grande attention; elle s'était appliquée à tracer sur le sable de la grève des mots qu'elle effaçait avec le pied lorsque quelqu'un paraissait. Elle s'était très-mal acquittée de la mission qui lui avait été donnée, car, lorsque Thomas la pressait de venir voir tourner la meule, elle répondait que la besogne se ferait bien toute seule et que son regard n'y pouvait rien.

Enfin, quand il lui avait apporté par courtoisie des fruits et une galette de gruau, elle l'avait remercié par un signe, mais il s'était aperçu qu'elle donnait les fruits aux poules et qu'elle jetait la galette aux poissons. Il s'était promis à lui-même qu'il serait plus audacieux à la première visite de Pierrette, et qu'il ne la laisserait plus partir sans avoir mêlé un peu de sa blanche farine aux roses de ses joues. — Si on savait tant seulement, se disait-il, que j'ai eu toute la journée Pierrette à portée de la main et que je n'ai pas su entr'ouvrir ses lèvres, toutes les filles de Pont-l'Abbé se gausseraient de moi, et on me montrerait au doigt à travers toutes les portes. — Il ne recommencerait plus, et dans le cas où Samson se laisserait couper les cheveux par Dalila, il saurait au moins le prix de sa chevelure.

Le jour de la mouture avait été fixé longtemps à l'avance, le 15 août, par le père Jérôme. Thomas, dont l'ardeur avait encore été excitée par la froideur que Pierrette lui avait témoignée quand il l'avait rencontrée dans les chemins, eut le loisir de combiner tous ses plans. L'idée ne lui vint pas que l'espèce de guet-à-pens qu'il préparait pût être une lâcheté, la supériorité de ses avantages ne lui permettant pas de supposer que ses faveurs laissassent après elles autre chose que le regret de leur peu de durée.

Il arrangea tout de longue main : les domestiques éloignés pour toute la journée sous différents prétextes, la barrière du pont fermée, afin d'éviter les importuns; les chiens enchaînés, afin que rien ne fît peur à la belle; les gâteaux et le vin sucré disposés d'avance sur l'herbe, pour qu'elle n'eût rien à souhaiter, et surtout le piège où il devait prendre cette vertu si longtemps inexpugnable. Il faut dire, à la décharge du peu de sentiments de tendresse qui restaient dans le cœur de Jérôme pour sa fille, que tous ces préparatifs étaient inusités, et qu'ordinairement le moulin était un lieu assez fréquenté pour qu'aucune violence n'y fût possible.

Quatre heures du soir sonnèrent à la paroisse lorsque Pierrette entra dans l'île. Le chariot avait conduit les sacs de blé; la barrière du pont s'était refermée, et elle s'en alla comme à l'ordinaire promener ses rêveries le long des bords de l'île. Elle s'étonna bien un peu de la solitude et du silence qui n'était interrompu que par le bruit de la roue; mais la solitude et le silence étaient en harmonie avec la mélancolie qui l'assombrissait et entrait dans le cadre des impressions qu'elle portait en elle. Cependant, quand elle eut longtemps rêvé, elle se rapprocha du moulin pour savoir la cause de cette paix inusitée.

Pourquoi avez-vous fermé la porte? dit-elle à Thomas qui rôdait oisif autour de la meule qui travaillait.

— C'est par rapport à la marchandise, répondit-il en souriant malicieusement : plus la marchandise est chère, plus le verrou doit être fort.

— Et pourquoi ne vient-il personne aujourd'hui? reprit Pierrette, sans rien soupçonner; le moulin n'est donc plus achalandé?

— Oh! il est achalandé à cette heure mieux que jamais! et puis il ne viendra personne que Mathurin pour emmener ses saches.

Mathurin était le père d'André : cette considération aurait suffi à rassurer Pierrette, si elle avait eu la moindre inquiétude.

— Et dans combien de temps viendra-t-il? il est bientôt sept heures.

Le temps vous dure, mademoiselle Pierrette. Le temps ne dure pas à une fille qui jase ni à une meule qui tourne. Pourquoi ne dites-vous rien, mademoiselle Pierrette?

— Et que voulez-vous que je dise? répondit-elle. Les paroles tristes sèment la tristesse.

— Oui, mais elles l'ôtent du cœur qui se dégonfle. Je sais bien pour quelle cause vous êtes si attristée. Je n'aimais déjà guère ce Savinien, qui ne disait jamais rien à personne. Mais maintenant, si j'étais libre de mes bras, je lui donnerais une rude danse, pour vous avoir laissée en cet état!

Pierrette rougit et pâlit dix fois à ces mots, de même qu'un drapeau dont le vent déroule la bande rouge et la bande blanche. Elle crut un instant que Thomas avait tout deviné, mais elle comprit, aux phrases qu'il ajouta ensuite, que cette épaisse intelligence était incapable de divination.

— Oui, continua-t-il, qu'est-il venu faire dans le pays? De son temps, vous n'étiez pas pour nous, c'est vrai! mais vous étiez gaie comme une fauvette, et rien qu'à vous voir on se sentait la joie aux yeux, et nous disions : — Voilà une jolie fille qui s'épanouit! voilà un mois de mai qui va fleurir! Et depuis qu'il est parti vous êtes maigre et pâlie; vos yeux sont troublés de larmes, vous marchez lentement. Vous êtes toujours cependant la plus belle et la plus brave de toutes les filles, mais c'est lui qui est la cause de votre dépérissement. Son amour porte malheur comme la dent d'une chèvre; où elle a touché il ne pousse plus rien, et de même après lui, il n'y en a plus pour personne! Que diable! moi aussi j'ai donné mon amour, bien malheureusement, avant de vous avoir connue, mademoiselle! mais celles que j'ai abandonnées ensuite n'en sont restées que plus fraîches et plus gaillardes! Mieux vaut la rosée que la grêle, croyez-moi! Ne retournez plus, s'il revient, auprès de ce fabricant d'encre : l'encre tache et la farine s'envole!

Thomas en était là de sa bizarre déclaration, quand le bruit d'un chariot retentit sur le pont : il alla ouvrir la barrière : c'était Mathurin qui arrivait. Tout se passa comme le père Jérôme l'avait prévu. Les sacs furent remplis et transportés dans la voiture. Les cent soixante francs furent donnés à Pierrette par Mathurin; mais, ce qui dépassait l'espérance de Jérôme, ils furent donnés en or. La jeune fille laissa rouler les huit pièces au fond du grand sac qu'elle avait apporté et le remit dans le panier qui était sous son bras.

— Maintenant, dit Mathurin, il me faut mon reçu. Comment faire? La petite ne sait pas écrire.

Il ignorait les leçons données par André.

— J'écris comme un lièvre, répondit Thomas; mais si mam'selle veut mettre sa griffe au bas du billet que je ferai, ça sera aussi bon que si ça avait passé par un notaire,

Et il tira un encrier, une mauvaise plume et du papier d'un portefeuille qu'il portait toujours dans ses courses, et formula le reçu. Pierrette le signa tant bien que mal, et Mathurin partit.

— Le reste de la farine doit être prêt, dit-elle, et il faut que je rentre.

— Mon moulin est comme mon cheval, répondit Thomas : il va lentement pour aller toujours. Ayez encore un peu de patience, mam'selle, et votre compte sera bientôt fait. Je vais descendre pour voir ce qui rend la roue si paresseuse, et dans moins d'une heure vous serez chez le père Jérôme. Mais ne retournez pas le long des saules. Le serein tombe et le brouillard va se lever sur l'eau; attendez un peu et n'ayez pas peur, je vais lâcher les chiens.

Il avait joué le premier acte de la comédie préparée : toutes les scènes s'étaient arrangées comme il l'avait voulu.

Cependant le crépuscule commençait. Cette heure surexcite les forts et engourdit les faibles. Pierrette, qui souffrait de tant de manières, était à peine capable de supporter le poids des journées. Elle était seule, assise dans une grande chambre du premier étage. La fixité de sa pensée et de son inquiétude, éternellement fixée sur un même objet, revêtait ses impressions d'une sorte de monotonie. Ne regardant qu'un point dans l'avenir, ce point se confondit dans la demi-obscurité. Le bruit uniforme du moulin la berçait, comme la chanson de sa nourrice l'avait bercée autrefois. La chaleur de toute une journée équinoxiale s'était concentrée dans la gorge où était l'île. Elle s'endormit.

Bientôt après, Thomas entr'ouvrit la porte. Il avait ôté ses souliers, car ce sommeil qu'il avait prévu était une de ses combinaisons qu'il voulait le moins déranger. Il s'approcha de la table, souleva le couvercle d'osier du panier de la jeune fille, s'empara du sac où elle avait serré son or, et comme un voleur vulgaire, il le fit entrer dans sa poche. Ensuite, il se souleva sur la pointe du pied et regarda dormir Pierrette.

Rien ne lui aurait été plus facile que d'abuser de ce sommeil confiant. Mais, de même que le vol n'était qu'un prétexte dont il voulait se servir un instant, de même la violence n'entrait pas dans le projet qu'il avait arrêté. Et après avoir enflammé de nouveau son regard dans cette contemplation muette, il alla remettre ses souliers

laissés à la porte et revint bruyamment auprès de la jeune fille.

— Je suis un maladroit de vous réveiller ainsi, lui dit-il, mais l'ouvrage est fini; je parierais que le père Jérôme se mange les sangs d'inquiétude. Nous allons peser les sacs et vous serez libre. Je sais bien quelqu'un qui n'aurait pas été aussi scrupuleux que moi en vous voyant endormie dans sa maison.

— Merci, répondit-elle. Allons voir les sacs.

— Ah! vous vous méfiez! A propos, avez-vous compté votre argent?

— Oui. Ce n'était pas long! Huit pièces d'or!

— Regardez encore. Le père Jérôme serait furieux, si vous vous étiez trompée.

Elle ouvrit son panier.

— Je croyais avoir mis le sac là-dedans, dit-elle un peu émue.

— Je vous l'ai vu mettre.

— Mon Dieu! quel malheur! Je l'aurai égaré.

— Écoutez, mam'zelle, vous n'êtes point sortie et personne n'est entré...

— Je ne sais pas... pendant que je dormais...

— J'aurais entendu les chiens. Quoi qu'il en soit, Mathurin a votre reçu, et je suis bien trompé si Jérôme ne vous bat pas quand vous rentrerez les mains vides.

— Oh! répondit-elle comme se parlant à elle-même, je ne peux cependant pas mourir!

— J'ai mon idée là-dessus. Mathurin est un finaud. Il a emporté votre reçu et une main est bien vite dans un panier.

— Mathurin est le père d'André! répondit-elle indignée.

— Eh bien! après! qu'est-ce que cela empêche?

Pierrette comprit que sa confiance dans André ne pouvait rien contre les soupçons de Thomas; mais elle protesta encore énergiquement de son incrédulité.

— Tant que vous voudrez, mam'zelle! mais je ne veux pas vous laisser tuer par Jérôme, et de gré ou de force je vous ferai rentrer votre or!

— Et, en attendant, comment rentrer?

— Je vous jure que d'ici à une heure j'aurai été vaincu, ce qui ne m'arrive pas souvent, ou je vous aurai tout rapporté.

— Mais cela va être une affaire épouvantable. Et puis je ne peux pas croire... cherchons encore...

— Où chercher? la chambre est nue comme le caveau d'un mort. Il n'y a pas de cachette. Vous avez été volée, et quand je devrais recevoir un mauvais coup, cela ne se passera pas ainsi.

— Et moi, je n'aurai rien à vous donner pour un pareil service.

— Écoutez, mam'zelle. Vous pouvez me donner quelque chose qui me rendra courageux comme un général d'armée, dit-il en se rapprochant de Pierrette. Donnez-moi un peu de votre amour!

— Oh! répondit-elle effrayée. Vous savez bien que je ne l'ai plus. Mon malheur a été assez public. Je ne suis plus à moi.

— Eh bien! reprit-il, vous serez à celui qui vous consolera dans vos larmes! Je ne suis pas comme Savinien, moi! Je ne laisse pas la désespérance après mon départ. Nous sommes jeunes tous les deux. Vous êtes découplée en fille comme je le suis en homme. L'amour est ce qu'il y a de meilleur pour chanter, pour rire et pour boire. Je ris de si bon cœur que je fais rire les autres d'un rire qui fait du bien au sang. J'ai là quelques bouteilles d'un vin vieux qui entre dans la tête, et qui y laisse des idées plaisantes dont on se souvient pendant des mois. Je n'ai jamais de rancune contre celles qui me quittent, et je leur rends service tout de même. Personne ne peut nous voir que la tête des peupliers qui plongent par la fenêtre. Je ne vous prie pas de m'être fidèle. Il n'y a qu'un printemps dans toute une vie. Nous y sommes! Cueillons-en les fleurs et aimons-nous!

Pierrette croyait encore que la nature de Thomas était honnête et qu'elle le ramènerait à des sentiments meilleurs, et elle lui répondit :

— Je vous répète que je ne suis plus à moi. Mon fiancé sera mon mari. Vous avez d'autres idées que nous en amour. Mais je sais une chose dont vous êtes incapable; c'est d'abuser par la violence d'une fille qui a eu confiance en vous.

— Violence! reprit-il; je n'ai fait violence à aucune. Je ne vous demande pas de me payer par avance la reconnaissance que vous me devez pour ce que je vais faire à votre égard.

Tout en parlant ainsi, il se rapprochait de Pierrette, cherchait à lui prendre la main et laissait voir qu'il n'était plus maître de lui-même.

— Ne vous mêlez pas de cette recherche, monsieur Thomas! J'aime encore mieux la brutalité de mon père que la vôtre. Elle me cause moins de peur.

Et elle se glissa contre le mur et parvint à gagner la porte. Mais il lui barra le passage, et de tout l'élan qu'elle avait pris pour fuir, elle tomba dans ses bras qui s'étaient ouverts.

Alors, prévoyant que le danger était sérieux, oubliant toute réserve pour elle-même et ne se rappelant que du lien qui l'unissait à son amant, moitié par défaillance, moitié par supplication, elle sentit ses jambes fléchir sous elle, et, tombant à genoux, elle se dégagea de l'étreinte de Thomas, et lui dit mêlant les larmes à ses paroles :

— Vous n'avez pas de mère, vous n'avez pas de sœur, sans cela vous ne tenteriez pas ce que vous voulez faire! Je sais que ce n'est pas votre nature qui est méchante, et que vous avez été perverti par des femmes sans pudeur, C'est un même crime de frapper un enfant et d'abuser d'une jeune fille qui ne se donne pas. Mais écoutez-moi, vous ne voudrez pas me mériter ma malédiction jusqu'à mon dernier souffle; vous ne voudrez pas me laisser l'image la plus odieuse que j'aie vue de ma vie; vous ne voudrez pas me condamner à mourir de désespoir, moi qui ne pourrais pas vivre dans la honte; sachez seulement ceci : ce que voulez prendre, je ne l'ai plus, mon honneur...

Puis tout à coup, indignée contre elle-même, elle se releva, et belle de fière provocation, de mépris et de courage, elle continua ainsi :

— Malheureuse! j'allais livrer mon dernier secret à un homme qui est assez lâche pour s'imposer par la force! J'allais chercher de la pitié chez celui qui n'a que de l'audace! J'allais tendre par aumône la seule richesse de mon âme à un voleur! Un homme qui dérobe ce qui n'est pas à lui n'a qu'un même nom partout, quel que soit le larcin qu'il fasse! Venez; vos bras feront plier les miens! vous me renverserez par terre, de même que celui qu'on assassine! Vous serez mon meurtrier quand vous voudrez!

Ce mot de voleur fit pâlir Thomas, qui se crut découvert un instant, et qui ne voulait pas que ce qu'il avait considéré comme une plaisanterie et comme une manière d'en arriver à ses fins, pût être interprété à crime. Mais bientôt, voyant que Pierrette n'avait fait aucune allusion à une découverte qu'elle ne devait pas soupçonner, il se sentit surexcité par la résistance même de Pierrette...

La colère donnait une nouvelle physionomie à sa beauté. Il n'avait point l'habitude d'entendre un semblable langage, et il ne comprenait pas tout : car la jeune fille avait épuré sa parole à la conversation d'André et à l'instruction qu'elle commençait à acquérir. Il était d'une trop grossière enveloppe pour que l'accent de la noblesse outragée pût retentir en lui. Ne se souvenant pas qu'une femme lui eût jamais rien refusé, il ne pouvait point admettre qu'il sortit de cette lutte vaincu par Pierrette. Et il renonça à toute idée de ruse ou de séduction, pour se précipiter à une victoire qu'il voulait remporter à tout prix.

Alors entre cette jeune fille frêle et affaiblie par le désespoir qui la minait, et cet homme impétueux et poussé hors de lui-même, s'engagea un de ces combats qui sont la parodie monstrueuse de l'amour. Pierrette, qui ne voulait point mourir comme elle l'avait dit tout-à-l'heure, et qui comprenait cependant que la nature résisterait assez en elle pour ne la livrer que morte, tourna autour de la chambre en poussant des cris auxquels les chiens répondirent par des aboiements étranges. Elle oublia le cher fardeau qu'elle portait, et redevenue légère par l'épouvante, elle fuyait, longeant les murs et trompant son agresseur par des détours de colombe effarée.

Ses longs cheveux, déroulés dans la course, flottaient après elle et ressemblaient, au milieu du crépuscule s'assombrissant à chaque seconde, à la voile noire d'un navire en perdition. Le jeune homme, trompé par ses bonds convulsifs, meurtrissait ses mains et sa tête à la muraille, et ne parvenait jamais à saisir que son ombre.

Quelqu'un qui eût vu courir ainsi, dans cette grande chambre démeublée, ce persécuteur étrange dont les vêtements, par sa profession même, étaient de la couleur d'un linceul, et cette jeune fille, qui trébuchait d'épouvante à chaque pas, mais qui se relevait par l'impression même qui l'avait fait tomber, aurait cru à un de ces vampires de la ballade hongroise poursuivant une vierge égarée dans l'obscurité d'un cimetière.

Cependant les forces de Pierrette l'abandonnaient déjà et elle allait être saisie, lorsque les hurlements des dogues, devenus plus furieux, et une voix connue retentissant dans la cour, les entraînèrent tous les deux vers la fenêtre, lui par crainte, elle par espoir.

C'était André qui arrivait à la barrière du pont.

Il avait entendu raconter par son père que Pierrette était au moulin. Il n'avait conçu aucun soupçon, mais, comme cela lui était habituel, il avait été rôder autour de la maison de Jérôme, pour tâcher d'apercevoir de loin la jeune fille et pour savoir que le trésor que Savinien lui avait confié était en sûreté. Quand il vit que les volets de la chambre de Pierrette étaient fermés, il questionna une servante qui ramenait du vaches de l'abreuvoir, et apprit par elle que Pierrette n'était pas rentrée. Il rencontra aussi le chien de Jérôme qui, attiré par les cris de sa jeune maîtresse, avait essayé d'aller à elle, et qui, repoussé par les deux dogues de Thomas, revenait au moulin avec une large blessure au flanc. Cette rencontre l'alarma. L'instinct de l'animal avait-il devancé la vigilance de l'ami?

Il descendit le long des bords de la Gélize, et arriva au pont du moulin pour tranquilliser et surveiller le retour de sa petite compagne. Il commença à s'inquiéter en trouvant la barrière close. Les cris qui retentissaient dans l'intérieur de la maison et qui se perdaient dans l'air avant d'arriver à Pont-l'Abbé donnèrent pour ainsi dire un corps à sa vision d'inquiétude. Il n'y avait pas de doute : un crime se préparait sous ce toit où devait être encore Pierrette. Il fallait, au risque de tout, le prévenir ou le venger.

L'enfant ne consulta que son courage, et le danger même devint une tentation pour lui. Il s'élança sur le côté extérieur de la barrière, et, par un bond convulsif, il parvint à s'accrocher avec les mains à une des poutres qui en formaient l'extrémité. Les dogues se ruèrent furieux du côté où arrivait le bruit, et se dressèrent ainsi contre la barrière. Alors André, qui s'était hissé jusqu'au faîte, tira son couteau de sa poche et se précipita de toute sa hauteur, et son arme dans la main, contre une de ces gueules béantes.

Le coup entra droit dans le gosier : une effrayante mâchoire se referma; l'animal était mort. André ne prit pas terre, pour ainsi dire. L'autre dogue, avant de se jeter sur lui, alla flairer son compagnon étendu sans mouvement. André traversa la cour au vol, et, brandissant sa lame sanglante, dévora les escaliers, et, renversant la porte sous son élan, il entra dans la chambre où le drame allait s'accomplir. Pour Pierrette, se jeter dans les bras d'André, pour Thomas, se reculer devant ce libérateur imprévu, pour André, se placer entre Pierrette et Thomas, ce fut l'affaire de deux secondes.

Dans les circonstances suprêmes du grand spectacle de la vie, les personnages se groupent eux-mêmes dans des poses saisissantes. L'enfant, avec son courage héroïque sur son front; la jeune fille, avec sa reconnaissance et sa joie inespérée; le misérable, avec sa honte, se groupèrent en un tableau immobile, qui ne fut dérangé que lorsque cessa le silence de la stupeur.

Thomas parla le premier; l'audace lui revint en voyant la taille chétive de son adversaire, et il s'avança sur lui en disant:

— Bien joué, mon garçon! Mais tu vas me payer le prix du chien que tu m'as tué et du rendez-vous que tu as interrompu.

— Si tu veux que le sang d'un homme avili par la débauche souille le sang du chien qui est mort bravement pour lui, tu n'as qu'à faire un pas de plus, répondit André, qui leva son couteau sur la tête de Thomas.

Mais avant que le bras de l'enfant fût retombé, la main vigoureuse de Thomas l'avait saisi, et l'arme glissa par terre. Comme ils se baissaient tous deux pour le ramasser, la poche de Thomas s'entr'ouvrit, et le sac qu'il avait dérobé à Pierrette roula aussi sur le plancher.

— Reprends ton argent, s'écria ironiquement André: on pourrait croire, quand tu seras mort, que j'ai voulu te dépouiller!

Thomas, que cette maladresse désespérait, et qui en calculait les conséquences, mit la main sur son sac avant de la mettre sur le couteau, qu'André pût ainsi ressaisir. Mais, si rapide qu'eût été ce mouvement, Pierrette l'avait vu, et elle s'écria:

— Cet homme avait commencé d'abord par me voler.

— Que voulez-vous dire, mademoiselle? répondit André, dont le regard intelligent allait de Pierrette à Thomas.

— Regarde dans ce sac, continua-t-elle, il y a huit pièces d'or. C'est ton père qui me les a données en échange de la farine que je lui ai vendue.

— De l'or! interrompit André. J'ai vu mon père le compter ce matin, et je le reconnaîtrais, car il n'y en a guère à la maison. Que voulez-vous que je fasse, mademoiselle Pierrette? Faut-il frapper Thomas ou le livrer à la justice?

Mais Thomas qui était probe, après tout, et qui comprenait la gravité de cette accusation, ne voulut point rester plus longtemps sous un soupçon semblable et s'écria avec énergie:

— Ecoutez, mam'zelle, j'ai mal agi avec vous et je n'ai point de grâce à vous demander. Vous pouvez me conduire devant les tribunaux et me perdre; j'ai voulu vous perdre aussi autrement, et vous avez le droit de vous venger. Cet or est à vous, c'est moi qui l'ai pris; je le dirai devant le juge comme je le dis devant André. Mais cela mérite explication.

Je suis un coureur de filles, un maraudeur de cotillon, un bohémien, un sans cœur, par rapport au sexe, tout ce que vous voudrez. Mais je ne suis pas un voleur. Le pain que je mange, j'en ai toujours honnêtement fait la farine. J'ai voulu m'amuser avec vous; j'ai cru que je réussirais à mériter votre reconnaissance pour vous avoir rendu cet or. Je ne l'aurais point gardé longtemps. Il me brûlait à travers mes poches. Après le dernier baiser, vous en auriez eu les mains pleines. J'ai été un butor maladroit, voilà tout. Ça, c'est la vérité vraie.

On ne me croira pas, et on me condamnera tout de même. Je l'aurai mérité, peut-être, par une autre manière. Mais je ne veux point que vous et André vous ayez cette opinion de moi! Je ne dis cela que par rapport à vous deux, qui êtes de braves enfants du pays. Les juges, je les laisserai faire. Voici votre or. La beauté qui est sur votre figure me coûtera le repos de ma vie. Mais je serai

content tout de même, si vous croyez que je suis un libertin, et pas un voleur!

— Thomas, reprit André, touché malgré lui par cette confession naïve, je ne crois pas que mademoiselle Pierrette parle de cela à qui que ce soit au monde. Mais quelle garantie aurait-elle que vous la laisserez tranquille?

— La garantie! c'est que j'ai eu une fameuse peur, que je me souviendrai toute ma vie de cette course après elle, et qu'enfin, s'il faut tout dire, je ne l'aime pas de tout cœur comme Savinien, moi, et qu'à cette heure je ne me sens pas digne seulement d'embrasser le bas de sa robe!

— Reconduis-moi, André, reprit Pierrette, qui ne voulut pas regarder Thomas, de peur de lui laisser voir que son courroux et son ressentiment s'étaient fondus en une sorte de pitié. Reconduis-moi! Quand Savinien aurait placé à mes côtés un ange gardien, il ne m'aurait pas donné un meilleur protecteur que toi!

— Mam'zelle Pierrette, dit Thomas d'une voix émue, je comprends bien que vous ne voudrez plus jamais revenir seule au moulin. Mais, comme je serais heureux et soulagé si, dans bien longtemps d'ici, quand je serai devenu un homme rangé, vous voulez bien y descendre une fois avec Savinien, pour me faire voir par là que vous m'avez pardonné!

— Hélas! reprit Pierrette, avec Savinien!

La nuit était presque close quand ils traversèrent la cour. Thomas les précédait avec un fallot. Le chien s'éloignait respectueusement d'André depuis qu'il s'était convaincu de la mort de son compagnon. Pierrette sentit un frisson lui courir sur le corps quand, auprès de la barrière, elle mit le pied sur le cadavre.

— Vous souffrez, mademoiselle Pierrette, lui dit André, sur le bras de qui elle s'appuyait en traversant les rues désertes de Pont-l'Abbé.

— Je souffre de devoir tant de reconnaissance à quelqu'un que je ne pourrai jamais payer!

— Soyez heureuse, et je serai payé à mille pour cent! répondit-il.

Jérôme attendait sa fille dans la cour.

— Comme tu as tardé, lui dit-il. La farine est-elle belle?

— Très-belle, mon père, vous la verrez demain, reprit-elle en souriant tristement.

Le Père Jérôme s'éloigna en palpant l'or que Pierrette lui avait remis. Elle était à peine dans sa chambre qu'elle entendit quelqu'un passer sous sa fenêtre entr'ouverte.

— Adieu, mademoiselle, disait André à demi-voix. Que Dieu vous donne une bonne nuit pour compenser cette cruelle journée!

La nuit devait être bonne, en effet.

X.

C'était, comme nous l'avons dit, le quinze août au soir.

La chambre de Pierrette avait deux fenêtres: l'une sur la rue, l'autre sur la cour. Elle était indépendante de la maison, car elle se trouvait dans un pavillon qui avait servi autrefois de colombier. Ce pavillon ouvrait sur une galerie extérieure qui communiquait à la cour par un escalier en bois.

La galerie avait été la joie de Pierrette dans les premiers temps de son installation dans cette chambre. Elle avait obtenu d'y mettre des fleurs, et comme le soleil n'y arrivait que le soir, c'est là qu'elle passait presque tous les jours de l'été. Elle chantait assise en travaillant à l'aiguille dans ses heures de paix, et de là sa fraîche voix se répandait dans toute la maison.

Elle se levait de bonne heure, et c'était une grande joie pour elle de voir et d'écouter les mouvements et les bruits de la basse-cour; les écuries se trouvaient en face: on pansait les chevaux; on pliait les bœufs sous le joug; les charrues partaient; les coqs et les poules se précipitaient vers la jeune fille, qui leur jetait des grains du haut de son balcon; puis elle envoyait un bonjour frais comme l'aurore à chacun des domestiques qu'elle voyait, puis les pauvres commençaient leur journée par là. Chacun des jours s'annonçait pour elle par les bénédictions qui montaient, et auxquelles répondait la pluie des petites pièces de monnaie économisées sur sa toilette; ensuite, elle descendait à la pompe, remplissait son arrosoir et baignait le pied de ses fleurs... Mais, depuis des mois déjà, la chanson ne s'entendait plus; les poules s'étaient déshabituées de venir picoter sous la galerie; les pauvres ne s'arrêtaient plus; presque toutes les fleurs étaient mortes.

La porte de la galerie s'ouvrait d'abord sur un grenier. L'économie du père Jérôme avait imaginé ce vestibule à l'appartement de Pierrette. On n'y déposait que l'excédant des récoltes : quelques bottes de foin entassées dans un coin, quelques sacs de blé répandus dans un autre. Elle avait d'abord souffert de ce voisinage : puis, elle s'y était faite, et elle répétait souvent le matin que ses rêves avaient traversé le parfum du foin pour arriver plus chauds dans sa jeune tête.

Quant au blé, Jérôme venait le visiter de temps en temps. Pierrette en prenait pour ses oiseaux, et quelquefois même pour ses pauvres. Jérôme se plaignait du déchet. — Ce sont les rats! disait-elle. Et Jérôme, qui s'était trouvé dans ses moments de libéralité, secouait les épaules et redisait après elle : — Les rats nous font bien du mal cette année!

Au bout du grenier était la chambre. Les murs blanchis à la chaux éclataient sous le soleil qui entrait par la fenêtre de la rue, et le soir, s'éclairaient à une faible lampe. Un lit voilé de rideaux de serge verte qui retombaient carrément des quatre côtés d'un baldaquin long, un prie-Dieu, une table à ouvrage, une immense armoire de noyer, une glace assez grande pour représenter Pierrette jusqu'au bas de la taille, quelques gravures coloriées, deux rameaux de buis, un vase presque toujours plein de roses, formaient le simple ameublement.

Rien n'était riche, mais tout sentait bon, tout brillait sous une propreté fastueuse, tout souriait, pour ainsi dire, et quand la jolie fille passait là-dedans, quand elle s'asseyait sur un meuble, quand elle faisait ruisseler sur son cou de perles l'eau bleue de la source, quand elle peignait ses longs cheveux châtains, quand elle entrait légèrement dans son lit comme l'Amphitrite dans le lit des vagues, tout devenait charmant.

Il était près de huit heures lorsque Pierrette rentra. Brisée de fatigue, aussitôt que sa prière fut faite, elle se coucha à la hâte, laissant sa lampe allumée sur une table.

Superstitieuse comme elle l'était, il lui paraissait que, puisqu'elle n'avait pas succombé dans sa lutte avec Thomas, puisqu'elle n'était pas morte de cette épouvante, c'était sans doute parce que Dieu voulait enfin la conduire au bonheur par ces chemins détournés et ardus.

Pierrette se trouvait ainsi dans une disposition d'esprit à espérer. Qu'espérait-elle? Il lui aurait été impossible de le dire. Les lettres de Savinien ne lui laissaient aucune illusion sur l'issue de son procès. Reviendrait-il seulement au pays, et s'il y revenait, pouvait-on admettre un instant que Jérôme changerait sa détermination et consentirait à marier sa fille avec un homme ruiné?

Pendant ce temps-là, la situation de Pierrette n'empirait-elle pas? Chaque jour de retard, n'était-ce point un pas de honte dans l'avenir? Toutes ces probabilités l'accablaient de leur évidence, et cependant, après avoir échappé aux hideux dangers qui l'avaient menacée, elle espérait!

Dieu n'était-il pas tout-puissant? Ne tournait-il pas tous les événements vers un but qu'il leur avait assigné lui-même? Savinien avait été noble, digne et courageux. Pierrette avait vaillamment supporté toutes les injustices de son père : elle avait été patiente avec tous les désappointements, elle avait été religieuse avec toutes les épreuves. Le Ciel accepterait l'encens pur et calme de toutes ces résignations mystérieuses, de tous ces sacrifices

faits au temps. Le prix des larmes de leur vertu ne leur serait-il point payé! Leur acceptation volontaire du présent ne comptterait-elle pas à leur avenir?

Pierrette, dans la mystique extase de sa pensée, attendait avec ardeur le messager inconnu qui allait lui ramener Savinien. La naïve enfant se disait que si deux créatures humaines avaient mérité un miracle par leur foi, ce devaient être Savinien et elle. Et ce miracle, la reconnaissance de Gaétan, l'intervention de la Sèche, qui sait? peut-être l'attendrissement de Jérôme au dernier moment, pouvait le produire. Les cœurs religieux et tendres ont une lampe qui leur éclaire toutes les obscurités; cette lampe, c'est la miséricorde lumineuse de Dieu.

Une des raisons qui entraînaient le plus Pierrette à l'espérance, c'était que personne ne s'était douté encore de sa situation. Elle ne pouvait s'expliquer comment l'envie si éveillée autour de sa jeunesse et de sa beauté, n'avait point encore ouvert les yeux sur ce qu'il lui était impossible de cacher. Comment Thomas, dans cette lutte ardente, n'avait-il point senti, en posant la main sur son cœur, qu'un autre être palpitait au fond d'elle-même? Comment les jeunes filles, en la voyant passer tous les jours, lente et courbée, n'avaient-elles rien soupçonné encore? Et si on avait remarqué ce changement, comment aucune indiscrétion n'était-elle venue l'avertir?

Elle ne paraissait plus à la danse; elle n'allait plus laver ses robes à la fontaine; pendant la messe elle n'osait plus se prosterner son front, dans la crainte de ne pas pouvoir se relever sans appui; un cercle bleu se creusait au-dessous de ses yeux, et on la citait toujours comme la plus belle et plus pure, et on disait que Savinien ne lui avait rien laissé, sinon l'ombre d'une tristesse et le regret d'une illusion perdue!

Et elle revenait d'elle-même à sa douleur et à sa honte, et, mystérieux caprice du cœur, elle s'en enivrait presque! Cet enfant n'arriverait que lorsqu'elle serait rendue au bonheur. Il arriverait comme la réminiscence aimée d'un passé qui ferait rougir encore, mais qui ne ferait plus pleurer. Il arriverait, ce pur rayon de l'amour, pour leur éclairer le chemin de la vie, en leur rappelant qu'ils s'y étaient d'abord égarés. Et quand elle songeait à ce cher fardeau qu'il fallait dérober, elle l'aimait encore plus pour ce qu'il lui faisait souffrir. Les mères ont dans l'âme de mystérieuses effluves et elles les versent sur ceux des fruits de leurs entrailles qui les ont déchirées davantage. Il semblait à Pierrette que cette sainte consécration de l'hymen, venue avant l'hymen, le rendrait encore plus sacré et plus doux. Le lien existait entre eux avant que leurs mains eussent été unies! Cet être sorti d'eux serait une preuve que, dans les intentions de la nature, leurs destinées étaient d'avance confondues! Qui pourrait les séparer maintenant?

Comme elles font toutes, elle rêvait sans cesse à la figure de celui qui allait venir. Elle le rêvait avec un front pensif, de même que celui de son père, et avec des yeux doux comme les siens, qu'elle savait doux! Elle le voyait grandir, atteignant d'abord à peine son genou, puis sa main, puis son cœur, puis le dépassant, puis le quittant pour suivre sa carrière, puis revenant pour lui fermer les yeux.

Elle ne doutait pas un instant que ce ne fût un fils. S'il est vrai que la pensée maternelle façonne et modèle la créature qui repose encore dans le sein; si la vision qui passe devant les yeux de la femme s'incarne et se transfigure au fond d'elle-même, Pierrette devait concevoir son enfant dans la force et dans la beauté. Son idéal rêvé pendant tant de mois, aurait sa réverbération au fond d'elle-même. En regardant dans la profondeur du songe qu'elle avait, elle voyait se reproduire son front et son image, de même qu'en se penchant au bord d'un puits.

Pierrette s'endormit au milieu de cet essaim de pensées bénies qui bourdonnaient autour de son cœur, comme des abeilles, et lui apportaient toutes leur miel.

Elle retrouvait dans le sommeil ce qu'elle avait entrevu dans la veille. Le rêve continuait la rêverie. Il lui paraissait que son enfant avait des ailes comme un ange et l'entraînait avec lui dans l'espace, pour rejoindre au ciel Savinien qui les attendait. Elle se perdait ainsi dans l'immensité du songe et dans le vague de l'extase, traversant des régions de délices inconnues, buvant l'azur à pleine poitrine et s'idéalisant elle-même à mesure qu'elle se dégageait, quand soudain une sensation étrange la réveilla.

Lorsque Pierrette eut conscience d'elle-même et que ses paupières se furent ouvertes, elle posa la main sur son front, comme pour se recueillir et s'écouter dans plus de calme. Ce qu'elle avait éprouvé d'abord lui revint. C'était une contraction légère des nerfs, suivie d'un inexprimable bien-être ; c'était comme le premier signal de l'existence, donné par le petit être qui allait venir. Pierrette n'avait aucune expérience. Mais la nature est la plus accomplie des institutrices. Elle comprit sur-le-champ que l'heure était venue, que cette nuit serait sa veille d'agonie et qu'elle allait être mère.

Lorsque la femme a été éprouvée par des tortures morales ou physiques, l'enfant, s'il n'en meurt pas, devance son terme et se hâte de quitter cette enveloppe qui lui a été douloureuse. Ainsi était-il arrivé pour Pierrette. D'après des calculs qu'elle avait timidement faits, d'après des questions dont elle avait surpris la réponse, elle avait encore deux mois à attendre, deux mois pendant lesquels le mot de sa destinée pouvait être dit, cruel ou tendre. Mais toutes les angoisses traversées, tous les espoirs perdus, mais la scène si barbare dont la vigne de Jérôme avait été le théâtre, mais la lutte subie dans la maison de Thomas, cette course précipitée, cette terreur, cette apparition d'André, lui avaient emporté ces deux mois.

Au premier moment, et malgré la nature, Pierrette crut qu'elle s'était trompée. L'épouvante de son délaissement et de sa honte fit revoler l'extase dans lequel son esprit nageait tout à l'heure. Elle se dit qu'elle n'était pas réservée encore à cet accouchement horrible dans la nuit, dans la solitude, dans l'imprévoyance, dans la honte. Elle eut horreur d'elle-même et de sa destinée. Cette épreuve ne pouvait point être le prix de son courage.

Mais l'incertitude ne fut pas longue : la douleur revint, plus aiguë et plus fréquente. Elle s'était assise sur son lit, et à la troisième convulsion elle se leva, se dressa sur ses pieds nus, comme pour remplir la maison de ses cris et pour appeler du secours. Elle voulait fuir devant cette torture qui allait l'étreindre. Elle se sentait en face d'un ennemi implacable, contre lequel elle ne savait point se défendre. Elle parcourait la chambre, comme si Dieu allait lui ouvrir un refuge.

Au moment de toucher à la porte, un autre fantôme lui barra impitoyablement le passage. C'était l'image de son père, qui la tuerait sous sa brutalité et sous ses violences, et qui en la tuant anéantirait aussi l'avenir de Savinien et de son amour. C'était la vision de son opprobre, c'était tout son passé pur et respecté, toute sa vie de jeune fille si longtemps chaste, qui lui défendaient de faire un pas de plus et qui la livraient à cette expiation atroce. Il fallait que la jeune fille mît bas toute seule, comme une bête fauve dans le bois. Il fallait que les lois de la société, pour avoir été méconnues par elle pendant une minute d'oubli, la laissassent exposée au plus épouvantable délaissement ! Il fallait que la morale fût vengée, dût cette innocente coupable périr !

Elle le comprit ainsi, et dans l'intervalle de ses souffrances, elle eut la force de se mettre à genoux, et de demander à Dieu du courage, du courage toujours, et, sinon le salut de la mère, au moins le salut de l'enfant. Prête au sacrifice, elle se purifiait par une prière devant celui qui allait la voir s'immoler. Elle remonta ensuite sur sa couche de douleur et elle attendit.

Au delà de sa délivrance, elle ne voyait rien, elle ne prévoyait rien. Le faire vivre, c'était tout ! A chaque heure suffit sa peine et surtout la peine dont on peut mourir. Si elle parvenait à traverser cette tempête sans être submergée, si elle pouvait vivre assez longtemps pour tendre la créature dans ses bras à ceux qui arriveraient le lendemain, tout ne serait-il pas sauvé ? Qu'importait qu'elle rentrât sous la terre, elle, quand elle y aurait laissé ce cher survivant ?

Pourtant, lorsque la pensée de la mort lui fut bien présente, elle revint tout entière par l'amour et pour un instant à Savinien. Elle se leva encore, alla prendre les lettres de son fiancé, les baisa de tous les baisers de ses lèvres, puis aussi une pauvre fleur qu'il lui avait donnée, triste floraison de l'hiver recueillie par un jour de neige, seul souvenir laissé, et elle l'arrosa, comme pour y faire reverdir le parfum et le réchauffer des larmes de ses yeux. Elle se trouva plus forte après s'être rapprochée des reliques de Savinien, et lorsqu'elle regagna son lit, il lui parut que les bras de son fiancé la soutenaient, et qu'ils ne la laisseraient pas échapper dans ceux de la mort.

Cependant tout était calme dans la nuit et dans la cour de la ferme. Les étables frémissaient sous le souffle des grands bœufs étendus sur la litière, le chien dormait sur le perron ; les coqs fermaient encore leurs yeux que la première lueur de l'aube devait entr'ouvrir. Il était minuit, toutes les lumières du bourg s'étaient éteintes, et au fond des cieux les étoiles rayonnaient sur ce silence et sur cette paix.

Si au lieu de dire à la première femme : « Tu enfanteras dans la douleur ! » Dieu lui avait dit : « Tu enfanteras dans l'ivresse des sens et de l'âme ! » l'enfant aurait-il été plus aimé de la mère ? Non ! En même temps qu'il eût changé son organisation, il eût fallu que Dieu lui retournât le cœur. Rien n'a de valeur que par le prix que cela a coûté ! Rien n'est cher de ce qui s'est offert de soi-même ? Pour que le souvenir s'enracine dans le cœur, il est nécessaire qu'il se rattache à une peine !

Mais ce mystère qui fait qu'une moitié de l'humanité souffre seule pendant ce legs douloureux de la vie, cette loi qui condamne seule les plus faibles aux convulsions, aux déchirements qui accompagnent la première apparition du nouvel être, s'ils ont tort devant notre intelligence, ils proclament cette vérité auguste, que, comme Dieu ne peut pas faiblir, nous ne découvrirons les mots de tant de problèmes qu'après la mort, et que la tombe où nous croyons descendre dans les ténèbres est un tabernacle resplendissant de lueurs éternelles.

Pierrette était remontée au martyre. La douleur lui arrivait comme par bouffées ; elle ne respirait un moment qu'afin de prendre assez de force pour supporter un nouvel assaut, pareille à ces naufragés qui, roulés de vague en vague, ne reviennent à la surface pendant une minute que pour prolonger leur agonie.

Ceux qui disent qu'à ces moments suprêmes le sentiment de l'amour soutient la mère, ont flatté l'humanité. Elle n'a pas un tel héroïsme. Elle est tout entière à la frénésie et à l'épouvante de la douleur. Ne demandez pas d'y voir à des yeux d'aveugle ; ne demandez pas à un esprit d'être sublime lorsqu'il est enfermé dans une enveloppe saignante et déchirée. Il est vrai que le premier vagissement de l'enfant emporte tout, que par l'extase où la jette ce premier son de la vie qu'elle vient de donner, la femme recommencerait la torture, mais il faut qu'il se soit fait entendre. L'amour ne jaillit alors du sein de la mère que comme le lait : lorsque l'enfant est venu.

Et l'agonie de Pierrette ne se terminait pas. Les heures lui descendaient dans l'air du timbre fêlé de l'horloge de l'église. Elle n'avait pas la consolation de mettre sa main dans celle de son amant ou de sa mère, comme les privilégiées de cette veille d'angoisses. Elle se figurait à chaque convulsion plus épouvantable qu'elle accoucherait d'un enfant mort, et qu'ainsi s'accomplirait la prédiction dont elle avait parlé à Savinien. Sa destinée devait s'accomplir, pensait-elle. Il y a dans les choses fatales et inévitables une nécessité qui a sa grandeur. Puisqu'elles sont permises, c'est qu'elles sont prévues. Puisqu'elles sont prévues, c'est que leur dénoûment sera utile. Il n'est défendu de supposer autrement contre la sagesse de Dieu!

Elle eut assez de courage pour ne point perdre le triste bénéfice de la solitude. Elle ne poussa pas un cri; elle étouffa dans ses draps, gémissements, sanglots et larmes; elle se dévora, elle s'anéantit pour ainsi dire elle-même dans sa douleur. Cette mélopée funèbre qui accompagne l'angoisse physique et qui, en la communiquant au cœur d'autrui, la dégage pour un instant, ne retentit point entre les rideaux de la jeune fille. Tout se passa dans le silence et dans les ténèbres. Si elle était destinée à y survivre, à coup sûr cette nuit projetterait son ombre sur toute sa vie.

A la fin il y eut une crise suprême. Pierrette se leva sur ses genoux, s'attachant des mains aux colonnes de son lit. Vingt lames lui percèrent le corps, un sourd gémissement fut poussé. L'enfant était né.

Elle demeura quelque temps sans respiration, renversée, le front abattu au niveau des genoux.

C'est le moment où d'ordinaire la famille se presse autour du chevet de la malade : on la couvre de bénédictions secrètes : on se passe de main en main ce nouvel éclos à la vie. Et la mère, à demi-morte de joie, se laisse glisser peu à peu dans un sommeil réparateur : elle sait qu'elle a accompli sa tâche de femme : elle se dit vaguement, qu'emportée à la dérive du fleuve, elle a pieusement déposé son fardeau en sûreté sur le rivage, que la mystérieuse loi de la nature s'est expliquée par elle : et elle s'endort avec la confiance de s'endormir sous le regard de Dieu et sous la protection de ceux qui l'entourent.

Mais Pierrette était seule, ensevelie dans sa honte, incapable de donner des soins à son enfant, entraînée aussi dans ce sommeil qui pouvait être la mort du nouveau-né, et sachant qu'elle ne se réveillerait que pour être maudite!

Certes, le mariage est le plus divine de toutes les institutions humaines : cette union devant Dieu de deux créatures destinées à traverser la vie sur la même vague de la fortune; cette base de la famille reposant sur l'amour même; cette admirable confusion de deux avenirs; cet allégement mutuel des souffrances et ce partage des joies est la loi fondamentale de toute société, et elle ne saurait être honorée par trop de respects.

Nous reconnaissons aussi que la pudeur a ses exigences, et que, dans l'état actuel des mœurs, une jeune fille préférerait souvent une torture clandestine à une honte publique.

Mais, sans altérer en rien cette estime due au mariage et ces réserves de la pudeur, nous dirons qu'une société où une mère est exposée à mourir, elle et son enfant, sans qu'aucun secours lui vienne, est une société qui a une lacune criminelle à réparer; que les hospices de la maternité seront inefficaces tant que l'opinion attachera une sorte d'infamie à celles qui seront entrées; que la délivrance même de la mère est ce qui la rend sainte et ce qui lave en elle toute souillure, et enfin, qu'une société doit travailler assez puissamment sur les préjugés de ceux qui la composent pour empêcher partout, dans le palais comme dans la mansarde, dans le couvent comme dans la taverne, qu'une jeune fille accouche clandestinement, par une susceptibilité de pudeur qui serait considérée de même qu'un attentat sur soi-même, sur son enfant, sur la miséricorde divine, dans une civilisation perfectionnée et vraie!

Lorsque Pierrette fut revenue à elle-même, elle se leva et alla chercher du linge pour envelopper la petite créature. Qu'on ne crie pas au miracle : c'est une victoire de la volonté sur la faiblesse, c'est un acte d'héroïsme, qui se renouvelle toutes les nuits quelque part. Où prenait-

elle cette force qui semble dépasser les conditions humaines? Dans l'amour, qui est plus puissant que le levier d'Archimède.

Elle eut une immense tentation : celle d'allumer sa lampe pour voir son enfant, pour que cette vue chère compensât toutes les larmes qu'elle avait versées, mais elle y résista : la lumière aurait pu être découverte, son père aurait pu arriver; ce fut son plus grand acte de courage.

Elle dut donc se résigner à attendre le premier rayon du jour pour voir ce jeune front; elle trempa ce corps frêle dans l'eau froide afin qu'il fût robuste; elle pria sur lui afin qu'il fût béni, et elle se contenta de l'appuyer sur son cœur et de l'inonder de tous ses baisers.

Ce fut alors qu'elle comprit combien l'amour qui naît si vite et si entier est une compensation descendue d'en haut sur toutes les souffrances.

L'enfant devant la mère, c'est une étoile sur le chemin. Il lui éclaire toutes les incertitudes; il la préserve de tous les égarements. Ce babil qui s'éveille lui parle incessamment du devoir et de la vertu; cette petite main frêle la conduit à Dieu.

Lorsqu'elle sentit ce souffle sur sa joue, il lui sembla que Savinien lui était rendu. Ce gage de l'amour ne pouvait pas lui annoncer autre chose que l'amour. Le serrant dans ses bras, elle se dit qu'ils seraient trois dans la vie. Toutes les promesses d'autrefois retentirent dans son cœur; toutes les illusions qu'elle avait longtemps caressées lui revinrent comme des évidences. Un calme horizon se déroula encore.

Elle vit clairement, ce qu'elle n'avait qu'entrevu. Cette maison de la Mare obscure si longtemps fermée se rouvrit pour eux. Le jour y entrait, la paix l'inondait. L'heure n'y arrivait jamais que pour y sonner une joie. Voilà le père pensif, oubliant sa pensée au sourire de l'enfant! Voilà la mère sereinement sérieuse, presque enfant elle-même, et portant déjà la chère responsabilité d'un douce maison à conduire. Voilà l'enfant qui chante. Le voilà qui prie!

En hiver, la vie est plus resserrée autour du foyer, et les réunit davantage. Savinien ne les quitte que pour sa classe, il revient deux fois par jour, il enchante les longues soirées par sa conversation, et à toutes ses paroles il y a sans cesse un refrain d'amour.

Au printemps, les arbres du jardin ont poussé : l'année dernière le petit n'était pas si haut que les rosiers, aujourd'hui il les dépasse de la tête, et il en effeuille les fleurs sous les pas de Pierrette, qui revient de la fontaine avec sa corbeille remplie de linge ruisselant et neigeux.

En été, la distribution des prix s'apprête. On pare l'école. Pierrette monte dans les bois avec son fils; elle en rapporte des faisceaux de branches de chêne pour en tresser des couronnes, et dans ces couronnes il y en a toujours pour lui. Savinien, doux comme un pasteur des âmes, fait un beau discours dont les femmes pleurent.

En automne, ce sont les vacances. La famille part. Ils dépensent sur les routes leurs épargnes de l'année; ils vont visiter les parents et les amis; ce sont des fêtes perpétuelles, et Pierrette voit qu'elle est toujours belle, et rapporte à Savinien toute sa beauté et tout son amour.

Et ces saisons semblables se répètent pendant des années, et elles font une douce et longue vie mêlée çà et là de quelques clairs obscurs, mais qu'un rayon colore toujours.

Et c'est lui! cet être à peine créé, qui, dans un pareil moment, donne de telles visions à la mère! Et elle s'enivre de ce rêve.

Et elle s'enivre bien plus de son enfant! de même qu'elle lui a donné un corps avec sa chair et avec son sang, elle lui donne une âme alors, en lui versant toute l'extase et toute la chaleur débordante de la sienne. Ne pouvant le voir, elle l'imaginait plus beau qu'un ange. Comme les aveugles, elle suivait avec son doigt les lignes indécises de sa figure, et de la sorte, elle le voyait réellement. Le baiser, cet intarissable flot de souffle et de parfum qui coule de toutes les lèvres aimantes, ruisselait sur la faible créature endormie. C'est la langue la plus comprise et la plus harmonieuse, et la plus éloquente, puisqu'elle dégage et traduit cette éternelle hymne de l'amour. Pierrette lui fit rendre toutes les délicatesses, toutes les ferveurs, tout l'élan enthousiaste de son adoration pour son enfant. Et si un être plus immatériel que l'homme eût pu recueillir alors le sens mystérieux et passionné de ces confidences, il aurait entendu la plus expressive musique qui soit jamais sortie d'un cœur maternel !

Pendant que roulaient ces premières effluves de l'adoration, Pierrette n'eut pas une seule fois la pensée de s'inquiéter de ce qu'elle allait faire immédiatement de son enfant, et des moyens de le cacher et de l'élever. Le lyrisme de son extase l'emportait à l'idéal. Il était là, sur son sein : n'était-ce pas sa place légitime ? Qui pourrait s'étonner de voir le fruit attaché à la branche ? Qui aurait l'audace de dire qu'elle n'avait pas le droit d'abriter ce front sous le toit de son père ? Les règles d'exception disparaissent dans l'enthousiasme. La bienséance est bien petite devant la nature. La loi des hommes est bien misérable et faible quand elle se heurte à la loi du ciel.

L'enfant était né, elle eut l'audace et l'insolence de ne point se dire que, vis-à-vis de la société, il n'existait pas.

Il était déjà coupable et condamné pour avoir respiré une heure.

Il ne pouvait pas être inscrit officiellement sans déshonorer sa mère.

Il n'aurait qu'un nom de hasard ; il n'aurait point de patrimoine quoique sa famille fût riche.

L'inconvenance qu'il avait eue de venir au monde suffisait pour appeler la risée et le mépris sur la maison de Jérôme.

Ce fut une circonstance presque futile qui rappela à Pierrette toutes ces saintes considérations oubliées d'abord.

L'enfant aurait soif dans quelques heures. Comment aller lui chercher du lait avant que le sien ne fût venu ? comment ne pas laisser découvrir la vérité en ne paraissant point pendant toute la journée du lendemain ?

Alors elle tomba dans une épouvante indicible. Son père, qui avait toujours ignoré la pitié, ne l'apprendrait certainement point par une découverte qui allait décourager toutes ces prévisions. Le moins qu'il pût commettre serait de faire mourir Pierrette de chagrin, et puis, Pierrette morte, de faire mourir après son enfant.

Ensuite le spectre de la honte se leva aussi devant elle.

D'un côté, il y avait son enfant qui lui tendait les bras, de l'autre, il y avait la foule qui la montrait au doigt.

Quant à Savinien, il n'était réellement nulle part.

Elle se heurtait dans ces angoisses et dans ces impossibilités.

La nuit était profonde encore. La raie de l'aube ne teignait pas le ciel. Nul passant dans le chemin. Nul œil ouvert dans tout le bourg.

Cependant elle s'entendit appeler sous sa fenêtre.

XI

Le premier sentiment de Pierrette en s'entendant ainsi appeler fut celui de la terreur. Qui pouvait venir ? Jamais personne n'était venu à une pareille heure, pas même Savinien. Est-ce qu'elle n'avait pas été assez maîtresse d'elle-même pour étouffer ses cris ? Est-ce qu'elle n'aurait pas même cette nuit, cette dernière nuit, pour être seule avec son enfant et avec sa honte ? Est-ce que déjà avant le jour on allait venir fouiller sa chambre ? Pierrette s'imagina qu'elle avait rêvé, que c'était le chant d'un oiseau, l'essieu d'une voiture sur la route ; mais le doute ne fut pas longtemps possible, le bruit recommença. C'était bien sous sa fenêtre qu'on s'était arrêté, c'était bien son nom qui était prononcé par une voix douce. Il y eut même un moment où, entendant que rien ne venait, le visiteur inconnu effleura le volet de Pierrette avec une branche.

Alors, revenant aux idées superstitieuses qu'elle avait eues tout à l'heure, elle se dit que par miracle un secours inespéré pouvait lui arriver ainsi. L'appel était mystérieux et timide. Qui sait ? c'était peut-être Savinien lui-même !

A ce soupçon elle rassembla toutes ses forces, descendit de son lit et alla ouvrir la fenêtre !

L'obscurité était profonde encore. Pierrette ne put pas reconnaître la figure de celui qui était à quelques pieds au-dessous d'elle, mais elle distingua la voix, quoiqu'on parlât tout bas. Ce n'était point Savinien, c'était André.

— Pardonnez-moi, mademoiselle ! dit-il, mais j'ai cru qu'il arriverait malheur, si je tardais. C'est une lettre de M. Savinien qui est à mon adresse, comme toujours ; on vient de me l'apporter malgré l'heure, en me disant qu'elle était très-pressée. — Tu as bien fait de venir, répondit-elle. Une lettre de Savinien ! l'as-tu lue ? — Depuis que vous pouvez lire vous-même, vous savez, mademoiselle, que je ne me suis pas permis..... — Oui, dit-elle, mais il m'est défendu d'avoir de la lumière ; mon père couche en face de moi, il verrait et viendrait. Retourne chez toi, lis, et raconte-moi ensuite. Je t'attends à la fenêtre. — Mais, mademoiselle, c'est peut-être d'un intérêt sérieux. Pour une fois, et pour cinq minutes, vous pouvez bien allumer la lampe. — Non, reprit-elle tristement : c'est impossible !

André ne répondit rien ; cette obstination de Pierrette, si peu motivée, le faisait rêver.

— Qui t'a remis cette lettre ? nous devinerons sans doute...

— C'est Thomas !

— Thomas ! et pourquoi te l'a-t-il apportée si vite ? Est-ce qu'il soupçonne qu'elle est pour moi ?

— Je crois qu'oui, mademoiselle. Vous n'avez pas mal placé votre miséricorde. Il se repent et il voudrait vous obliger.

— Et comment a-t-il cette lettre, lui ?

— Son charretier est arrivé de la ville à minuit. Il a trouvé quelqu'un qui la tenait lui-même de M. Savinien.

— Mon Dieu ! interrompit-elle, on l'a vu hier ! Comment va-t-il ? Était-il toujours triste ?

— Je ne sais pas ; nous l'apprendrons au jour.

— André, je t'en prie, va lire et reviens !

— Non ! dit-il. Si la nouvelle est bonne elle vous fera plus de bien en vous arrivant directement ; si elle est mauvaise, je n'oserai jamais vous la dire. Et puis j'en sais déjà trop de vos affaires auxquelles je suis si inutile !

— Toi, André ! est-il possible que tu croies cela, quand ce soir même...

— Eh bien ! je n'ai pas pu empêcher que vous ayez souffert ! Je m'aperçois à votre parole que vous n'êtes pas bien portante et que vous n'avez pas dormi ! Quel malheur ! de pouvoir si peu de chose pour vous. Tenez, voici la lettre.

Et il la jeta dans la fenêtre, et il fit quelques pas pour s'éloigner.

Mais elle lui dit, comme frappée d'une inspiration subite :

— André, nous sommes mal là pour causer. J'ai à te parler pour longtemps. Viens !

— Moi ! dans votre chambre ! reprit l'enfant. Si le père Jérôme le savait...

— Il le faut, dit-elle. N'es-tu pas mon frère ? Ouvre la porte de la cour. La clef est sur une pierre qui s'avance en dedans du mur. Ne fais pas de bruit. Ne réveille pas le chien. Mais, auparavant, quelle heure est-il ?

— Deux heures !

— Nous aurions encore le temps... c'est le seul moyen :

3

— Ah! reprit-il tout joyeux de la pensée qu'il allait la servir, est-ce que vous auriez assez de confiance en moi pour m'envoyer à un danger, mademoiselle?

— Non, il n'y a pas de danger, mais il me faudra toute ton amitié pour venir.

Pierrette n'avait pas fini cette phrase qu'André ouvrait déjà la porte de la cour.

La résolution de la jeune fille avait été subite; elle lui était inspirée par l'impossibilité de prolonger quelques heures de plus sa situation actuelle. C'était un immense sacrifice; elle le faisait au repos de son père, à la considération propre, et aussi, — car ses craintes sur la dureté de Jérôme n'étaient pas exagérées, à l'avenir de son enfant. Nous verrons bientôt en quoi il consistait, et à quelle catastrophe il devait aboutir.

Pendant qu'André s'introduisait dans la cour, Pierrette retourna vers son lit, enveloppa son enfant, le baisa cent fois en une minute, et le transporta sur le foin, dans le grenier qui aboutissait à sa chambre. André y entrait au moment où elle allait en sortir; elle le prit par la main, pour le guider au milieu des ténèbres, et revint avec lui dans sa chambre.

— Qu'avez-vous? dit-il d'un ton ému. Il s'est passé ici quelque chose d'extraordinaire. Vous avez souffert, mademoiselle Pierrette?

— Oui, reprit-elle, j'ai bien souffert, mais tu peux me guérir.

Puis elle reprit, effrayée de ce qu'elle avait laissé entendre :

— Qu'est-ce que je te dis? je crois! Je n'ai souffert que de mes terreurs d'hier. Je suis heureuse maintenant. Dieu vient de m'inspirer une pensée qui peut assurer le sort de Savinien et celui de sa femme; car tu le sais, n'est-ce pas, André, je suis sa femme?

— Vous la serez bientôt, mademoiselle!

— Je la suis, te dis-je. Quand deux cœurs se sont donnés l'un à l'autre devant le ciel, l'union est complète. Arrivons à ce que je veux te dire. D'abord, tu as une grande affection pour moi, André.

— Il est cruel de me le demander.

— Ce n'est pas une question, c'est une vérité que je me dis à moi-même pour te rassurer. Tu ne doutes pas que je n'aie de bonnes intentions dans l'âme, et que je n'aie jamais rien fait de mal sciemment?

— Pourquoi me parlez-vous ainsi? S'il y a un cœur bon et fidèle sur la terre, c'est le vôtre.

— Voyons, interrompit-elle, tu as assez de croyance en moi pour me promettre ce que je vais te demander! Me jures-tu que tu te commanderas assez à toi-même pour ne pas te souvenir de ce que tu verras peut-être tout à l'heure?

Je ne me souviendrai que d'une chose, c'est que vous avez besoin d'un ami et que j'ai été choisi!

— André, me jures-tu aussi, au nom de Savinien, de ne rien comprendre, de ne rien interpréter, et de me garder demain la même estime et la même foi?

— Oui, répondit-il en lui prenant la main. Je crois en vous pour toute ma vie!

— Merci! dit-elle, merci! Oui, j'ai senti saigner mon cœur : comme tant d'autres je me suis crue seule et perdue dans le monde. L'inquiétude m'a déjà fait vieillir à dix-sept ans! Tout cela est vrai! mais ce qui le sera aussi, c'est que jamais aucune n'aura été soutenue, consolée, raffermie, comme je l'ai été par toi. Merci encore, mon frère André, seule famille que j'aie, hélas!

André ne lui répondit pas, seulement elle sentit qu'une larme était tombée sur sa main, qu'il tenait toujours. Mais à ce moment elle n'en comprit point toute la valeur d'affection. Ce mot de famille ramena sa pensée à son enfant.

— Il est là tout près, dit-elle. S'il poussait un cri, je n'aurais plus rien à cacher! Oui, mais ce cri il ne le pousse pas? serait-il mort? mort de l'abandon où je l'ai laissé, mort déjà du projet que je combine! Et presque éperdue

d'inquiétude, elle se traîna jusqu'au grenier, sans rien dire à André.

Là, elle se mit à genoux et posa son front sur la bouche de l'enfant, qui dormait de ce premier sommeil par lequel commence la vie.

Elle revint plus légère auprès d'André et reprit ainsi :

— Combien faut-il de temps pour aller à la ville en voiture?

On désignait ainsi dans le bourg le chef-lieu de canton voisin.

— Il faut une heure, reprit André.

— Nous pourrons être arrivés ici avant le jour, continua-t-elle. André, tu vas me conduire à la ville... Il importe que personne ne se doute de ce voyage. Cherches-en le moyen dans ton amitié.

— Il y a la jument de mon père, reprit-il après avoir réfléchi un instant. La carriole est sous la grange. La cour est pleine de fumier. On n'entendra rien.

— Sais-tu conduire?

— J'essaierai.

— Et tu seras ici?

— Dans vingt minutes.

Il partit avec la ponctualité du soldat qui a reçu un ordre et qui ne le retarde point.

Pierrette resta seule de nouveau et ramena son enfant dans la chambre.

— Adieu! lui dit-elle; je vais te quitter. Tu n'auras point fait un long séjour sous notre toit, pauvre exilé! Je t'emmène sans pitié dans un autre air que celui respiré par toi depuis quelques heures. Mais tu me pardonneras un jour cette barbarie qui me frappe plus que toi! Tu es entre Savinien et moi; rapproche-nous.

Elle n'avait point de longs préparatifs à faire. Cet enfant, qui avait pris au dépourvu sa jeune et innocente imprévoyance, était arrivé sans qu'elle eût rien pour le recevoir. Elle passa à son cou une petite croix qu'elle avait portée au même âge, et l'arrangea chaudement dans un panier qu'elle établit en berceau.

Quelques minutes après, la carriole arrivait sans bruit sur la route. Et peu d'instants après, elle emmena les trois voyageurs.

Une demi-heure ne s'était pas écoulée que quelqu'un vint frapper à la porte de la cour, qui avait été soigneusement fermée par Pierrette. Le chien aboya. Le père Jérôme vint ouvrir lui-même, une lanterne à la main, et fut fort-surpris en reconnaissant la Sèche.

— Mon fils, lui dit-elle, je viens éprouver ton obligeance. Tu m'as souvent dit sur tous les tons que tu serais bien aise de me rendre service. Le moment est venu. Je suis obligée d'aller cette nuit à Saint-Loup pour une affaire pressée, et je suis venue voir si tu ne pourrais pas me prêter ton cheval et ton cabriolet.

Saint-Loup était un village qui se trouvait à deux lieues de Pont-l'Abbé, dans la direction opposée à celle qu'avaient suivie Pierrette et André.

— Vous voulez aller à Saint-Loup, ma mère, répondit Jérôme, que ce voyage contrariait et inquiétait, et qui, par politique, dissimulait ces deux impressions. Les chemins sont mauvais et vous auriez meilleur compte d'attendre le jour.

— A soixante-quinze ans comme je les ai, reprit-elle en insistant sur ce chiffre, qui produisait toujours un certain effet sur les réflexions du père Jérôme, à soixante-quinze ans, on n'attend plus. Tu penses bien que je ne suis pas levée pour rien, et que je serais mieux sur ma paillasse que sur la route... Mais, si ça contrarie trop de me prêter ton cheval, j'ai encore assez de jambes et j'irai à pied.

— Vous savez que tout ce qui est ici est à vous, dit Jérôme, qui aurait bien voulu que la Sèche lui en dît autant pour ce qui était chez elle.

— Alors appelle un domestique et fais atteler.

— C'est inutile; ça les dérangerait et ils travailleraient

moins demain. Je vais atteler moi-même, et je vous accompagnerai, répondit-il en entrant avec sa lanterne dans l'écurie.

— Tu ne m'accompagneras point, mon fils ; je saurai bien conduire toute seule. Du temps de Sèche, nous avions aussi un bidet avec lequel j'étais très-familière.

— Oui, mais du temps de Sèche, vous aviez quarante années de moins sur le corps. Je ne vous laisserai point vous exposer.

— Je te croyais plus fin que cela. Quand je te dis que je veux être seule, c'est que j'ai mes raisons.

— C'est donc un affaire qu'un homme ne doit point voir ? Alors je vais appeler la Pierrette, qui vous tiendra meilleure compagnie que moi.

Pendant cette conversation le cheval avait été attaché aux brancards. Jérôme remit les guides à la Sèche et fit quelques pas du côté de la chambre de Pierrette. Mais la Sèche, que cette démarche paraissait alarmer, l'arrêta en lui disant :

— Méchant cœur ! tu crains d'éveiller tes domestiques et tu ne crains pas d'éveiller ta fille !

— Dam ! le sommeil des domestiques me rapporte et celui de Pierrette ne me rend rien.

L'ancienne usurière, ne trouvant pas à répondre à cette objection, prit le parti de couper court à toutes ces instances, monta assez prestement dans le cabriolet, et fouettant le cheval, dit à Jérôme en sortant de la cour :

— Laisse dormir la Pierrette et va te reposer. Je serai de retour ici avant qu'on ne mange la soupe, et tu me garderas mon écurie.

Et elle disparut dans le chemin de Saint-Loup ; quand elle eut fait cinquante pas, elle tourna la voiture et l'engagea au grand trot sur la route qui conduisait à la ville.

Nous savons déjà que la Sèche, par ses habitudes nomades et inquisitoriales, était au fait de tous les secrets. Pénétrant chaque jour dans chaque intérieur, par des questions qui paraissaient insignifiantes, il était rare qu'elle n'apprît pas le mot de l'énigme. Ainsi, pendant cette nuit de janvier qui avait réuni les deux amants, elle avait vu Pierrette entrer dans la maison de Savinien au crépuscule et en sortir le lendemain. Ensuite, seule dans tout le bourg, elle s'était aperçue des progrès insensibles de la grossesse de la jeune fille. Elle s'en était alarmée, car elle aimait Savinien et Pierrette. Elle avait compté sur le terme habituel, et se réservait d'employer les derniers et décisifs moyens qu'elle avait à sa disposition pendant les deux mois qui restaient encore.

Ce fut par cette sorte de génie persévérant et sagace qu'elle devina la délivrance de Pierrette, ses inquiétudes et sa détermination.

Dans la soirée, elle avait passé auprès de l'île du moulin, entendu les cris de Pierrette, et ne s'en était allée que quand elle avait vu qu'André lui portait secours. Elle entra toute songeuse dans sa maison de la Mare obscure. Elle ne put pas s'endormir, car elle comprenait combien la terreur ressentie pouvait influer sur l'état de la jeune fille. Elle se leva, rôda silencieusement sous les fenêtres de Pierrette, et, n'entendant aucun bruit, elle regagna sa mesure.

Au moment de se remettre au lit, elle aperçut la lumière d'un fallot dans la maison de Mathurin. Le fallot éclaira la marche de celui qui le portait et s'éteignit sous les fenêtres de Pierrette. La Sèche n'ignorait pas les relations qu'André avait avec la fille de Jérôme. Quelque temps après, elle entendit le bruit de la carriole qui prenait la même route que le fallot. Deviner que c'était Pierrette qui allait à la ville, fut pour la Sèche l'affaire de quelques secondes. Pourquoi y allait-elle à une pareille heure ? Il fallait une raison bien absolue à ce voyage. La raison ne pouvait elle pas être un accouchement inopiné ? N'était-il pas vraisemblable que Pierrette allait conduire son enfant à la ville ? La Sèche n'avait aucune certitude pour se fixer dans toutes ses conjectures. Mais le doute suffisait à la

rendre anxieuse. Elle voulait savoir ce qui se passerait à la ville, et pour cela y arriver avant Pierrette. Le cheval du père Jérôme souffrit de cette tendre curiosité, et le cabriolet dépassa la carriole.

Un autre voyageur suivait aussi la même route et toujours par le même motif. Ce voyageur était Thomas.

Nous avons dit que le charretier de Thomas avait été chargé de remettre à André la lettre de Savinien dans la soirée précédente. Thomas avait eu un vrai repentir. La générosité de Pierrette l'avait touché. Il se serait donc senti heureux de pouvoir lui rendre un bon office, et malgré l'heure avancée, il envoya la lettre à André. Son domestique lui dit en revenant qu'il avait laissé le jeune homme dans un grand trouble, et qu'il paraissait se disposer à aller immédiatement trouver Pierrette. Ce rapport jeta à son tour Thomas dans une vraie perplexité.

Que Pierrette lui préférât Savinien, son fiancé, et bientôt sans doute son époux, il ne s'en était pas étonné. Mais que signifiait cette visite d'André à la jeune fille au milieu de la nuit ? Aurait-il été joué par tous les deux ? La coquetterie de Pierrette aurait-elle donné André pour successeur à Savinien, tandis qu'elle l'avait repoussé, lui, avec tant de dédain ?

La scène du moulin n'aurait-elle servi qu'à le rendre ridicule vis-à-vis de deux amoureux qui se seraient moqués de lui ? Toutes ces questions préoccupaient tellement Thomas, qu'il se leva aussi et arriva auprès de la maison de Jérôme au moment où Pierrette montait dans la carriole avec André !

Quand il se fut assuré de la direction qu'ils avaient prise, il revint en grande hâte à son écurie et enfourcha un vigoureux poulain qu'il lança à toute vitesse à la poursuite de la carriole. Ce qu'il aurait à faire, il le déciderait à la ville. Si c'était une fuite, il l'empêcherait ; si c'était un malheur quelconque auquel il pourrait obvier, il s'efforcerait de se rendre utile.

Cependant André et Pierrette avançaient sur la route au petit trot de la jument de Mathurin, sans se douter des pas qui les suivaient. La carriole était dure, les soubresauts si violents, qu'à chaque instant, au clair des étoiles, André, en se retournant, voyait pâlir Pierrette. Le regard qu'il adressait s'était trempé dans l'admiration, car André, ainsi qu'il l'avait promis, semblait indifférent à ce qui se passait : mais il avait tout deviné.

Il avait deviné avec épouvante, et peu à peu, ne voulant pas croire d'abord à un si grand malheur, et ne pouvant pas croire à un si grand courage. Les précautions mêmes de Pierrette, les promesses qu'elle lui avait fait faire, la sollicitude avec laquelle elle surveillait le panier qui était déposé sur ses genoux, l'avaient mis sur la voie de ce lamentable secret, et n'eut une certitude que lorsqu'elle lui eut dit tout bas, et en retenant ses paroles pour ainsi dire, que c'était à l'hôpital qu'elle voulait être conduite.

Rien ne pouvait altérer la pureté du culte qu'il avait pour Pierrette : aussi sa première impression fut de la plaindre profondément. Comme il était sérieux et méditatif, il se réjouit de penser que son maître Savinien aurait une si brave compagne, et comme il était ingénieux et attentif, il s'appliqua à sauver la dignité de Pierrette en lui laissant croire qu'il n'avait rien soupçonné.

Après un grand cahot de la voiture, un gémissement se fit entendre dans le panier. André dit simplement :

— Cette pauvre carriole d'osier se plaint de cette mauvaise route ; on jurerait que c'est un enfant qui pleure !

Pierrette comprit cette délicatesse exquise et vit que son secret était tombé dans un cœur loyal et respectueux. Elle en aima encore davantage André, et si les sourires intérieurs se voyaient, il aurait vu sourire l'âme de la jeune fille.

Ils eurent tous les deux une immense frayeur quand ils entendirent la voiture de la Sèche qui arrivait. Ils se crurent poursuivis. La route devait être déserte à cette heure. André essaya de pousser son cheval, mais il ne put parvenir à modifier son allure, et la Sèche les eut bientôt gagnés de vitesse. André faillit laisser tomber les guides d'épouvante en reconnaissant, malgré l'obscurité, la voiture du père Jérôme. Pierrette se recommanda à Dieu et se cacha au fond de la carriole pour ne pas être découverte. Cependant, comme la voiture ne s'était point arrêtée et qu'il n'avait pu distinguer le conducteur, il espéra qu'il s'était trompé et qu'une ressemblance fortuite l'avait alarmé.

Mais, ce danger passé, un autre plus sérieux, parce qu'il dura plus longtemps, vint réveiller toutes les angoisses. Un cheval, courant à fond de train, ralentit sa marche dès qu'ils les eut rejoints, et se maintint à trente pas en arrière de la carriole. Il était incontestable que c'étaient eux qui étaient suivis. André hasarda la tête en dehors, sans pouvoir toutefois apercevoir le cavalier. La persévérance de cette poursuite déconcertait toutes les conjectures. Le père Jérôme ne montait plus à cheval depuis longtemps, et quel autre, à Pont-l'Abbé, avait intérêt à se mettre à leur recherche.

André avait eu le temps de réfléchir. Quand il se fut convaincu que le cavalier obéissait à un parti pris et qu'il conservait toujours sa distance, il crut nécessaire d'intervenir, et il dit à Pierrette :

— Nous sommes suivis, mademoiselle ; j'ignore ce que vous allez faire à la ville, mais je pressens que votre démarche ne doit pas avoir de témoin.

— Non ! interrompit Pierrette, pas d'autre témoin que Dieu !

— Ce cavalier est là pour nous. M'autorisez-vous à le forcer de nous quitter.

— Mais comment feras-tu, André ?

— Je n'en sais rien : je sais seulement que pour un danger sérieux je me sens un fermeté sérieuse.

— Non ! s'écria Pierrette, laissons les événements s'arranger d'eux-mêmes. A aucun prix je ne veux que tu t'exposes !

— Mademoiselle, reprit-il d'une voix que la circonstance rendait imposante, nous n'avons pas le droit de ne point diriger les événements quand nous le pouvons encore. Réfléchissez : si nous voulons retourner sur nos pas, cet homme est derrière et nous barrera le passage ; si nous continuons la route, il nous accompagnera et arrivera en même temps que nous. Dans ces deux hypothèses, votre projet devient irréalisable ; et de l'exécution de ce projet, si je ne me trompe, dépend votre vie.

Elle ne répondit rien. André prit ce silence pour un consentement.

Il arrêta la jument et fit incliner la carriole de façon à ce qu'elle fût sur la largeur de la route, et que le cavalier se trouvât obligé de lui parler pour obtenir le passage.

Thomas pressa la rêne de la main, et ne comprenant pas cette manœuvre, il attendit de son côté. Pourtant, comme la carriole ne faisait aucun mouvement, la patience lui manqua et il s'avança au galop, en criant à André :

— Rangez-vous.

André reconnut Thomas à la voix, et il dit bas à Pierrette :

— Ne craignez plus rien ; je réponds de tout maintenant.

Et il descendit, lui abandonnant la guide.

— Thomas, reprit-il en allant vers le garde-moulin, pourquoi me suis-tu ?

— Je ne te suis pas, je vais à la ville où j'ai affaire.

— Le mensonge ne t'a pas réussi hier au soir, ne t'en sers plus !

— Eh bien ! reprit Thomas irrité, mais en même temps contenu par cette réponse, je te suis parce que tu n'es pas seul.

— Qui te l'a dit ?

— Mes yeux !

— Alors, puisque tu as vu, tu devrais avoir une raison de plus de respecter ce voyage.

— Ne le prends pas sur ce ton avec moi, répondit Thomas que la jalousie poussait. Hier, j'ai plié devant vous parce que j'avais cru que vous agissiez tous deux par loyauté envers Savinien ; mais, maintenant que je découvre que c'est toi qui es le galant de Pierrette, maintenant que tu l'emmènes, je n'ai plus de scrupules ; je vais essayer à mon tour de réussir comme toi ; je pousse ma botte et je me mets de la partie.

En même temps, il descendit de cheval et marcha sur André.

Pierrette, accablée de honte à ce discours, avait caché sa tête dans ses mains ; André sentait l'indignation et la pudeur lui monter au visage à cette supposition, mais il attendit avec calme l'attaque de Thomas, et lui répondit à voix plus haute :

— Hier au soir, tu as essayé une mauvaise action, tu avais pourtant une sorte d'excuse dans ton emportement et dans la tentation ; mais à présent que sans aucune preuve tu lances une accusation infâme contre une jeune fille fidèle et un ami loyal, tu es encore plus méprisable et plus odieux !

— La preuve !... interrompit Thomas. J'ai la preuve que tu as été chez elle au milieu de la nuit, qu'elle t'a reçu dans sa chambre, et qu'elle part avec toi ! Est-ce assez, oui ou non ?

— Thomas, reprit tranquillement André, te rappelles-tu m'avoir envoyé une lettre il y a deux heures ?

— Je me le rappelle. Mais qu'est-ce que cela fait à la chose ?

— De qui était cette lettre ?

— De Savinien, mon charretier me l'a dit.

— Et était-elle pressée ?

— Elle était pressée, puisque je te l'ai envoyée tout de suite.

— Alors n'était-il pas naturel d'aller la porter immédiatement à mademoiselle Pierrette ?

— J'en conviens, mais ces commissions-là ne sont pas désagréables.

— Cette lettre nous apprenait que Savinien est à la ville, et qu'il attendait mademoiselle Pierrette cette nuit même. Tu sais qu'il est le maître de sa destinée. Elle ne pouvait pas venir seule ; je l'ai accompagnée, voilà tout !

— Si c'était vrai pourtant !

— Si c'était vrai, tu ne demanderais pas mieux que de rendre un nouveau service à mademoiselle Pierrette pour lui prouver une seconde fois ton repentir !

— Je ne dis pas !

— Alors, écoute-moi. Mets-toi du complot. Nous sommes très-inquiets. Tu sais que le père Jérôme ne veut plus entendre parler de mariage.

— On m'a raconté quelque chose comme ça.

— Il est important qu'il ne nous trouve pas à la ville.

— Il n'y a pas de danger à cette heure.

— Il y a un tel danger que s'il y avait de la lune, tu reconnaîtrais sa voiture à un kilomètre d'ici.

— Il m'est avis que j'entends le bruit de ses roues.

— Nous ne sommes pas sûrs que le père Jérôme soit dans le cabriolet. A ta place je sais bien ce que je ferais.

— Si mademoiselle Pierrette veut me le dire, j'essaierai.

Il s'approcha de la carriole.

— Tiens, dit-il en revenant vers André, elle ne nous entend pas ; elle dort !

— Pauvre petite ! pensa André, la nature est plus forte qu'elle !

— Voyons, parle vite, que faut-il faire ? demanda Thomas.

— Il faut rattraper cette voiture, et quelle que soit la personne qu'elle contienne, comme il est probable qu'elle a été envoyée par le père Jérôme, surveiller ses démarches à la ville.

— Je te réponds que je ferai bonne garde, répondit Thomas, dont les soupçons s'étaient entièrement dissipés. Mais quand elle se réveillera, promets-moi que tu lui diras encore que je suis fâché de tout ce qui s'est fait, et que je voudrais pour beaucoup lui être bon à quelque chose.

Thomas remonta à cheval et partit en avant. André revint à la carriole et s'applaudissait de ce que le hasard lui avait envoyé un robuste auxiliaire dans Thomas. Sa conscience si susceptible ne lui reprochait pas le mensonge qui les avait délivrés.

Pierrette dormait toujours.

La carriole suivait une côte et montait lentement.

L'enfant se mit à crier. Pierrette ne bougeait pas.

André n'osait pas la réveiller. Mais comme les cris continuaient, cette immobilité de la mère commença à l'inquiéter. Il se rapprocha d'elle. Il mit la main sur son bras : elle ne remua point ; il passa son front sous sa bouche : nul souffle n'arrivait entre ses lèvres ; il toucha sa tête et ses mains : elles étaient glacées.

Pierrette était-elle évanouie ou morte?

André regarda la route : elle était déserte ; il regarda le ciel : il était noir !!! Alors il se sentit dans le cœur les vagues les plus lourdes qu'il eût jamais portées.

L'effort de Pierrette pour se contenir pendant la conversation qu'elle venait d'entendre avait usé la force qui lui restait. La pensée qu'elle était tombée si bas dans l'opinion publique, qu'on pouvait lui supposer non-seulement un premier, mais un second amant, dépassait tout ce qu'elle avait jamais rêvé d'humiliations possibles. Elle ressentit un coup qui la traversa des pieds à la tête ; une couche de glace se répandit dans ses veines à la place du sang. Devant cette mort qui arrivait, elle songea encore à son enfant. Comme elle ne trouvait plus de voix pour parler, elle fit des gestes qui ne furent point aperçus, et elle tomba peu à peu au fond de l'abîme de l'évanouissemen

Le valeureux André ne s'abandonna point lui-même dans cette extrémité. Il arrêta sa jument, prit dans ses bras Pierrette qu'il déposa sur le bord de la route, et ensuite, dans la prévision où la carriole pourrait partir seule, et afin de ne pas séparer l'enfant de la mère, il transporta aussi le panier.

Pierrette était étendue sur un champ de blé coupé. André regarda autour de lui ; la ville était loin encore! Aucune maison ne se dessinait à la silhouette dans l'horizon de la nuit. Aucun bruit ne se faisait entendre, si ce n'est le chant des grenouilles au bord du fossé. Il regretta amèrement d'avoir laissé partir Thomas, qui aurait pu aller chercher du secours. Il défit la ceinture de la jeune fille. Il alla chercher de l'eau du fossé dans le creux de sa main, et il en mouilla les tempes de Pierrette ; il se pencha sur elle, et comme un amant ivre d'amour, il essaya de la couvrir de son corps et de la réchauffer, et collant sa bouche sur ses douces lèvres fermées, il tenta de lui souffler sa propre respiration.

Mais elle restait sans mouvement et sans chaleur. La terre semblait déjà fêter l'arrivée de cet être mort qui demandait à descendre dans son sein : elle s'affaissait sous ce poids inerte comme pour lui creuser une couche ; les insectes rôdeurs des nuits d'été bourdonnaient déjà autour du front pâle et dans les boucles des longs cheveux épars. Alors André crut que tout était fini et que Dieu avait décidé contre eux ; il se tordait de désespoir sur ce sein où il le devinait une vie qu'il ne lui était pas permis de ranimer : il pleurait son inexpérience et sa fatale complicité dans ce voyage plein de dangers qu'il aurait dû prévoir ; il se jetait à genoux pour demander une inspiration qui n'arrivait point ; il parlait à Pierrette comme si elle avait pu l'entendre, et ses paroles roulaient sur la pente aride de la montagne.

Enfin, épuisé de ressources, il alla chercher l'enfant pour le rapprocher une dernière fois de cette image maternelle qui devait s'évanouir. A son insu, c'était là l'inspiration qu'il avait demandée! Comme si elle avait senti que cette chair qu'on faisait toucher à la sienne était sa chair, comme si elle avait voulu reprendre à la faible créature cette haleine qu'elle venait de lui donner, Pierrette tressaillit au contact de son enfant. Ses mains crispées se détendirent, ses paupières cherchèrent à se soulever, de même que si un rayon les avait entr'ouvertes. Bientôt des paroles confuses voltigèrent sur ses lèvres. Elle disait : — Savinien... l'enfant... la honte!... la mort... D'où suis-je arrivée?... du ciel!... Il est bien triste le ciel, quand on n'y emmène pas ceux qu'on aime !

Et elle répétait encore : — Savinien!... l'enfant... André...

Lui, s'enivrait de cette voix qu'il avait crue éteinte. Elle le reconnut bientôt, et voyant qu'André lui avait apporté son enfant, elle lui dit : — Mon ami, tu le savais, n'est-ce pas? Pardon et pitié!

André embrassa la petite créature.

— Que voulez-vous faire maintenant, mademoiselle, dit-il, où faut-il aller? Quand vous vous sentirez plus forte, nous partirons.

L'heure est venue, oui, malgré tant de douleur, elle a passé.

— André, reprit Pierrette, laisse-moi me remettre un instant, renveloppe le petit qui prendrait froid et remets-le dans la carriole ; nous serons à la ville dans une demi-heure... je n'ai pas d'autre parti à prendre... tu es de mon avis maintenant.

Il prit l'enfant et replaça le panier. Comme il se retournait pour redescendre auprès de Pierrette, il aperçut un homme qui avançait sur la route et qui n'était plus qu'à cinq pas de lui : il faillit tomber à la renverse lorsque dans cet homme il reconnut le père Jérôme.

Celui-ci avait été très-alarmé par le voyage de la Sèche. Il n'avait point été dupe de ce qu'elle lui avait dit : il savait que ce n'était point à Saint-Loup qu'elle avait affaire, et il avait vu tourner le cabriolet. A la ville, il y avait plusieurs notaires : on pouvait y déposer un testament. Jérôme résolut de suivre la Sèche sans qu'elle s'en doutât, et de tâcher de découvrir où elle aurait été. Comme il était à pied, il arriverait longtemps après elle ; du reste, il tenait non pas à voir, ce qui l'aurait exposé à être vu lui-même, mais à savoir ce qui la déterminerait pour l'avenir.

La circonstance était suprême ; si André faiblissait, tout se découvrirait : il ne faiblit point ; s'il n'avait pas recours à l'adresse et à l'énergie, il perdait Pierrette : l'adresse et l'énergie ne lui manquèrent point.

Avant que Jérôme n'eût eu le temps de le reconnaître, il courut auprès de Pierrette et lui dit tout bas à travers le fossé :

— Au nom de Savinien, pas d'épouvante ni de faiblesse!

Puis il revint vers la carriole.

Le père Jérôme le reconnut aussitôt.

Il n'avait pas le moindre soupçon. Il croyait que sa fille dormait encore dans sa chambre.

— Tiens! c'est toi! dit-il. Que diable viens-tu faire à une pareille heure !

— Mon père m'a donné une commission pour la ville, reprit tranquillement André, et je profite de la fraîcheur pour ne point fatiguer ma jument.

— Tu as raison. Mais tu es seul dans la carriole?

— Je suis seul, répondit André, qui dévorait Jérôme du regard.

— C'est drôle : j'avais cru que tu parlais.

— Vous vous êtes trompé, père Jérôme. Vous allez aussi à la ville?

— Oui, et ma foi ! puisque tu es seul, tu vas me donner une place.

André pâlit:

— Je vous donnerais une place de grand cœur, père, mais la jument n'est guère forte.

— Je monterai la côte à pied.

— Vous monterez la côte à pied? répliqua vivement André.

— C'est la carriole de ton père que tu as là !

— Oui, elle est bien dure et vous fatiguera peut-être?

— Bah ! je ne suis pas une petite maîtresse pour me ménager.

— Qu'est-ce que tu portes donc là dans ce panier? dit-il en s'approchant de plus près ?

— Je n'en sais rien, dit intrépidement André; mais, s'il vous gêne, je le mettrai sous mes pieds.

— Tu ne sais pas ce que tu emportes ? m'est avis que ta réponse n'est pas franche.

— Je vous le dirais bien en secret. Vous savez que mon père a un procès?

— Oui, pour du vin qu'il a vendu.

— Eh bien ! je crois que c'est un cadeau à M. le juge de paix; mais n'en parlez pas, père Jérôme.

— Les cadeaux décident plus de procès que les lois, répliqua Jérôme en souriant malicieusement.

Il avait souri, donc il était dupe.

— Nous allons nous mettre en route, n'est-ce pas, père Jérôme. — Oui, je marche en avant.

— Moi je vais arranger la ventrière qui s'est détachée, et je vous rejoins.

Quand Jérôme fut à cent pas, André se précipita vers Pierrette, et sans dire un mot, la prit dans ses bras et la plaça dans la carriole.

— Maintenant, murmura-t-il à son oreille, nous sommes sauvés. Pas un mot! et cachez-vous le plus que vous pourrez !

En même temps il prit à une haie qui était dans le champ de blé une branche d'épines très-fortes, et monta en voiture.

La côte était rapide : André la fit au pas. La nuit était toujours épaisse. Pierrette priait dans son épouvante. André se préparait.

Le père Jérôme était arrivé au haut de la montée.

— Dépêche-toi donc ! cria-t-il à André. Je voulais acheter la jument de ton père, mais je m'en garderai bien : c'est une rosse !

Cependant la carriole parvenait aussi à l'endroit où la route descendait brusquement vers la ville, dont on distinguait, malgré l'obscurité, les murailles blanches.

— Montez, père Jérôme ! dit André.

Mais en même temps il frappa avec sa branche d'épine le flanc de la jument qui était opposé au côté de la route que suivait Jérôme. La nonchalante bête se cabra pourtant sous une douleur vive et imprévue. André, comme pour vérifier ce qui la faisait bondir ainsi, s'avança hors de la carriole, et pendant que d'une main il caressait l'épaule de la jument, de l'autre il lui enfonçait jusqu'au sang la branche d'épine. L'animal redoubla ses bonds, et emporté par une sorte de vertige, il s'élança sur la pente rapide et entraîna la carriole au galop. Alors André appuya solidement les guides et continua à meurtrir son cheval, et, comme pour effrayer davantage Jérôme et motiver sa fuite, il poussa un long cri d'effroi. Ensuite il dit à Pierrette : — Si rien ne se brise, je réponds de nous!

Rien ne se brisa et la jument continua sa course furieuse, qui ne s'arrêta qu'à la porte de l'hôpital.

Pierrette épuisée et hors d'haleine dit à demi-voix à André :

— Combien d'avance avons-nous sur mon père?

— Trois quarts d'heure au moins. Mais il ne viendra pas nous chercher ici, et s'il vient, je l'occuperai. Êtes-vous toujours décidée, mademoiselle?

— Plus que jamais! Tant que l'enfant sera à Pont-l'Abbé, je ne puis pas répondre qu'il vive!

— Cependant vous voyez combien nous avons rencontré d'avertissements et de dangers sur la route.

— Des dangers, reprit-elle, Dieu les a tous écartés par toi !

— Alors courage, mademoiselle Pierrette, je vais vous attendre.

— André, lui dit-elle, vous direz bien un jour à Savinien que je ne me suis séparée de l'enfant que pour lui conserver sa mère.

— Ah ! répondit-il, Savinien le devinera bien quand son fils lui sera rendu !

André l'aida à descendre; elle prit le panier, et sans rien ajouter, elle traversa la petite place d'un pas vacillant, et se mit à genoux devant la porte du tour de l'hôpital.

<h2 style="text-align:center">XII</h2>

Dans les longues réflexions qu'elle avait faites depuis qu'elle avait conscience de sa grossesse, Pierrette repoussait toujours avec horreur l'idée de mettre son enfant au tour. Elle n'avait jamais cru d'ailleurs qu'elle accoucherait avant d'être unie à Savinien; elle n'avait pas vu ce précipice sous ces pas. Mais quand elle y fut tombée, quand elle analysa avec terreur toutes les impossibilités qui s'élevaient contre le séjour de l'enfant dans la maison de Jérôme, quand elle sentit la honte de plus près, elle comprit que cette séparation serait l'expiation de sa honte, qu'un scandale que son père ne lui pardonnerait pas compromettrait pour jamais son mariage, et qu'enfin elle n'avait qu'à choisir entre la mort certaine de son enfant ou son éloignement momentané.

. . . .

Deux personnes se trouvaient déjà cachées sur la place de l'hôpital au moment où Pierrette parut : la première était la Sèche; la seconde, Thomas.

La Sèche savait que le tour de la petite ville de… avait été supprimé depuis quelques jours par un vote irréfléchi ou barbare du conseil général. Elle n'avait pas hésité un instant sur le but du voyage de Pierrette. Si le tour eût été ouvert, elle aurait laissé les choses s'arranger suivant les hasards de la loi. Mais elle fut épouvantée du désespoir de Pierrette, quand elle viendrait frapper sans qu'elle ouvrît à cette porte de honte, quand il lui faudrait revenir avec ce fardeau qui la condamnerait à l'infamie, quand la société lui aurait dit par son refus de protection : — Va-t-en et meurs si tu veux !

La Sèche, comme nous en avons eu plusieurs fois la preuve, aimait presque involontairement Savinien et Pierrette. Elle s'était en quelque sorte imposé d'abord cette affection, qui avait grandi ensuite en elle, par ce mouvement naturel des racines du cœur humain, qui les force à pousser toujours quelque part. L'amour de son or stérile commençait à ne plus suffire à la Sèche. Elle se sentait triste de partir bientôt de la terre, comme un voyageur qui ne s'est attaché à rien sur la rive qu'il a visitée. Il lui semblait que son âme serait vide dans l'autre vie si elle n'avait pas su la remplir ici-bas. Plus elle vieillissait, plus elle avait besoin de laisser quelque chose d'elle au fond d'un souvenir. Elle ne voulait point n'être regrettée par personne.

Elle saisit alors, avec cette ardeur des derniers désirs, l'occasion qui lui était offerte. Elle recevrait l'enfant de Pierrette; elle le ferait élever en secret dans quelque village voisin, et quand elle aurait réussi à marier les deux amants, elle le leur ferait rapporter. En surveillant ainsi une jeune existence, ne pouvait-elle pas espérer qu'on lui pardonnerait là-haut les fautes de la sienne? L'argent qu'elle dépenserait pour cette éducation n'épurerait-il pas un peu celui qu'elle avait si mal gagné? Ce berceau ne lui adoucirait-il pas sa tombe? Toutefois l'avarice n'était pas tellement morte dans les habitudes de la Sèche, qu'elle n'eût considéré comme un grand malheur que quelqu'un parvînt à découvrir ce secret.

Si on savait qu'elle se chargeait des frais de cette éducation, ne penserait-on pas qu'elle a de l'argent? et si on le croyait, non-seulement personne ne lui donnerait plus rien, mais on viendrait sans doute chercher son trésor dans sa pauvre masure. Ce serait elle, la mendiante presque séculaire, mèlant son ombre à celle de toutes les haies depuis tant d'années, qui aurait la consternation de voir d'autres pauvres venir frapper à sa porte! On lui ferait cette injure de l'appeler riche, et de lui prouver de la sorte qu'elle avait menti toute sa vie! Heureusement il faisait nuit, et elle avait la certitude de ne point être reconnue.

Elle s'était blottie dans un renfoncement de la porte, et elle pouvait avoir l'air d'être là pour attendre les enfants et pour monter la garde de la maternité publique. Elle savait que le tour étant fermé, les sœurs de l'hôpital ne se dérangeraient plus et laisseraient sonner dans le vide cette cloche qui implorait la plus nécessaire des assistances.

La Sèche s'était voilée la figure pour commettre sa bonne action, comme un criminel pour exécuter son crime. Sa capuche était renversée jusque sa bouche, de façon à déguiser même sa voix, si elle était obligée de parler. Toutes ces mesures avaient été prises pour que son incognito fût complet.

La seconde personne cachée sur la place était Thomas. Il avait scrupuleusement suivi les instructions d'André. Son cheval, lancé au galop, rejoignit facilement la voiture signalée. Quand il vit qu'elle était conduite par la Sèche, il se perdit en conjectures sur la mission qu'elle pouvait avoir reçue. Toutefois, jugeant inutile de se montrer, il ralentit son cheval avant que sa tête n'eût dépassé la capote du cabriolet, et sans avoir été remarqué par la Sèche, il la suivit.

Arrivée dans la ville, la vieille femme descendit à une petite auberge et laissa sa voiture aux mains d'un garçon d'écurie qu'elle avait réveillé à grand'peine. Thomas en fit autant pour son cheval, et il l'eut bientôt retrouvée dans les rues encore désertes. Il la vit avec un profond étonnement se cacher derrière les deux marches qui précédaient la porte du tour. Ce mystère annonçait une complication qui l'intéressait. Il était évident qu'une surprise se préparait ou qu'un piége était tendu. Thomas en serait d'abord spectateur, puis acteur, s'il pouvait être utile à Pierrette.

Thomas n'aimait point la Sèche; quand il la voyait venir au moulin, il aurait volontiers lancé ses chiens à sa tête. Il partageait le préjugé public sur elle : il la croyait méchante et sournoise. Il n'aurait pas juré qu'elle n'avait point la puissance de jeter des sorts, ni que les lueurs de feux follets qu'on voyait quelquefois dans les bois au-dessus de la Mare obscure n'étaient point des signaux au moyen desquels on la conviait à quelque sabbat. Il s'inquiétait de la voir mêlée aux affaires de Pierrette, et se réserva d'intervenir à temps.

Au milieu de la place s'élevait une sorte de pyramide. Il se glissa dans l'ombre, et afin de voir et d'entendre sans être remarqué, il se blottit derrière le flanc de la pyramide qui était opposé à la porte du tour.

André se tenait à distance avec la carriole, de façon à être assez près pour pouvoir être utile à Pierrette en cas de besoin, et assez loin pour ne pas la gêner.

Quatre heures et quart tintaient à l'hôpital au moment où ces différents personnages y étaient arrivés.

Pierrette n'avait aucune idée de la manière dont les choses se pratiquaient au tour. Elle avait imaginé que le tour devait être un berceau roulant, qui allait rejoindre une sœur hospitalière qui l'attendait. Elle savait seulement que son enfant serait allaité et soigné, et qu'en précisant la nuit et l'heure à laquelle elle l'avait apporté, il lui serait rendu avec une fidélité presque providentielle.

Elle pensa cela, et cependant, au moment de l'*exposer*, il lui parut qu'elle allait le lancer à l'inconnu!

Est-ce qu'il y a toujours une fille de Pharaon pour recueillir les berceaux qui flottent sur ce grand Nil du hasard?

Est-ce que tout ne s'arrange pas dans des ténèbres, est-qu'une épouvantable méprise n'est point possible?

Est-ce enfin qu'il y a un autre œil que l'œil d'une mère, pour éclairer toutes les ombres sur le front de son enfant?

Et pensant à ces chimères de la crainte, elle l'éleva aussi haut que ses bras purent monter vers le ciel obscur, puis le regarda comme si la lumière avait plu du firmament, puis versa encore sur lui ses baisers et ses larmes, qui avaient été jusqu'à présent les seuls témoignages de sa tendresse.

Ensuite elle prit de nouveau son courage; et d'une main, soutenant son fils sur son sein, de l'autre, elle tâta au-dessous d'elle à l'endroit où devait être la tour.

Mais au lieu du tour elle trouva un mur.

Le réglement envoyé par la préfecture s'était ponctuellement suivi. La pierre dure, à la main défaillante qui cherchait, annonçait le cœur dur.

Cependant Pierrette crut qu'elle s'était trompée; elle chercha encore, elle rencontra une sonnette.

Cette sonnette avait été placée là autrefois pour que l'exposante pût avertir dans le cas où le jeu du tour serait paralysé.

A peine la vibration se fût-elle fait entendre, que la Sèche, cachée dans l'ombre à deux pas de Pierrette, étendit les bras.

Ce fut l'instant suprême pour Pierrette. Elle détourna la tête et remit son enfant. Elle crut qu'elle avait affaire à une sœur de l'hôpital, et que la cérémonie du dépôt se passait ainsi toujours. Elle dit en paroles interrompues :

— Ma sœur, souvenez-vous! c'est aujourd'hui le 16 août! Il a une croix d'or suspendu au cou.

Puis elle redescendit les marches; puis, ayant la tête perdue, elle les remonta et dit encore :

— Laissez-moi l'embrasser une dernière fois!

Et elle avança ses lèvres, mais elles ne rencontrèrent que le vide. La Sèche s'était retirée derrière le pilier d'une colonne voisine qui la dérobait entièrement.

— Oh! me refuser, ajouta Pierrette, c'est mal! Ce baiser lui aurait porté bonheur peut-être.

Et Pierrette, qui n'avait plus conscience de sa volonté, fit tout à coup un geste de désespoir et cria tout haut, de telle sorte que sa voix retentit dans la place et alla frapper au cœur André, qui attendait avec la carriole.

— Rendez-le moi! j'ai changé d'idée! rendez-le moi! c'est ma chair! c'est mon sang! Il est bien à moi! Seigneur! Seigneur!

Mais sa supplication fut vaine. La Sèche, quoique troublée par cet accent maternel, comprit mieux que Pierrette le péril de cette restitution et ne reparut point. C'était Savinien qu'elle sauvait; elle demeura inébranlable.

Pierrette s'attachait au mur comme s'il avait eu des entrailles et eût pu être fléchi. Au delà du mur il y avait des âmes compatissantes et religieuses qui seraient sans doute attendries. Elle meurtrissait ses mains et son front. Elle poussait des cris qui allèrent réveiller les voisines. Il fallut qu'André arrivât et qu'il l'entrainât presque de force.

— Calmez-vous, disait-il en la ramenant; vous allez faire un scandale qui retombera sur vous! Votre père cherche par la ville et va vous entendre!

— Que m'importe mon père? répondit-elle, que m'importent la ville et le monde! c'est lui qu'il me faut!

— Il est trop tard! L'enfant n'est plus à vous, il est à la société, qui ne vous le cédera qu'à ce jour prochain où vous viendrez le chercher avec Savinien?

Ce nom rendit du courage à Pierrette. Elle refit de nouveau le sacrifice de la maternité à l'amour et à l'honneur. André lui répéta que toutes les difficultés allaient être aplanies, que dans une heure elle serait de retour à la maison, qu'elle prétexterait une maladie, que son père, qui l'aimait malgré les apparences, finirait par donner son consentement, que Savinien reviendrait bientôt, et qu'il recevrait d'elle deux fois plus de bonheur qu'il n'en attendait, puisqu'elle lui donnerait en même temps une femme et un enfant.

— Vous n'avez pas oublié que vous avez une lettre de lui?

— Oui, elle est là ! impossible de la lire jusqu'à présent.

— Il fera jour tout à l'heure ! Du reste, quelle que soit la chose qu'il annonce, une considération domine tout. Votre honneur est sauf, vous avez un lien sacré entre vous. Dieu veut que vous soyez unis et il vous unira !

Pierrette était presque calme lorsqu'elle eut rejoint la voiture. L'espérance lui dorait encore le ciel de la jeunesse.

Rien ne les pressait plus. Pourvu qu'ils arrivassent de nuit à Pont-l'Abbé, les choses s'arrangeraient toutes seules. Le seul danger qui restât, c'était de rencontrer Jérôme aux premières maisons de la ville; ils ne le rencontrèrent point.

Le malheur les suivait pourtant pas à pas sans qu'ils s'en doutassent.

Thomas avait tout vu. Ce fut avec une consternation profonde qu'il découvrit que Pierrette s'approchait du tour. Il le connaissait, parce que souvent il lui était arrivé de venir se cacher dans le voisinage avec d'autres jeunes gens pour voir passer les filles-mères. Mais, quand il eut la preuve que c'était le but du voyage de Pierrette, il se reprocha encore plus amèrement sa violence de la veille.

La position de mère était respectée même par les plus profanes. Le remords ne servit qu'à le confirmer dans son intention de faire du bien, s'il pouvait, à celle qui avait failli être sa victime. Cette intention première devenait presque un besoin pour lui.

A peine la carriole était-elle partie, qu'il se précipita vers le tour. La Sèche, au même moment, redescendait ses degrés, tenant l'enfant caché sous sa mante.

— Un instant, la vieille, lui dit-il en lui barrant le passage : il y a un témoin ici que vous n'aviez pas soupçonné !

La Sèche trembla dans tous ses membres. Si elle était découverte, le secret de sa vie était divulgué. On la savait riche : elle était perdue. Elle espéra un instant que Thomas ne l'avait pas reconnue, et elle essaya de continuer sa route.

— Je sais qui vous êtes, reprit-il en l'arrêtant par sa mante. Vous êtes la Sèche, la rôdeuse qui tend sa main à toutes les portes, la traîneuse de besace, la jeteuse de sorts, mais vous êtes encore quelque chose qu'on ne croyait pas, vous êtes une voleuse d'enfants !

Malgré son émotion en s'entendant injurier de la sorte, la Sèche se réjouissait de ce que Thomas n'avait pas encore deviné la vérité.

— Monsieur Thomas, répondit-elle, vous n'avez jamais été charitable pour moi; jamais on ne m'a donné un morceau de pain dans votre maison où il y a tant de blé. Mais je vous pardonnerai, si vous me laissez passer, et je prierai Dieu pour vous tout de même.

— Je n'ai pas besoin de vos prières, qui ne s'adressent qu'au diable. Ce n'est pas l'heure de mentir. Vous en êtes à faire votre confession sincère. Voyons, pourquoi emportez-vous l'enfant de la Pierrette?

La Sèche aurait facilement persuadé Thomas. Il n'y avait qu'à lui apprendre que le tour était fermé, et qu'elle s'était senti de la pitié pour le déshonneur de Pierrette. Mais en se montrant généreuse elle perdait le bénéfice de quarante années de ruse et d'avarice. Pour aucune considération au monde elle n'eût consenti à cet aveu. Elle préférait laisser s'ouvrir toutes les autres suppositions, et elle répondit :

— De quoi accusez-vous une honnête fille et une pauvre femme? La Pierrette n'a point d'enfant, et c'est une parente à moi qui m'a remis celui-là.

— A d'autres! reprit impétueusement Thomas. Comme si je n'avais pas vu! Comme si je n'avais pas entendu les mots qu'elle vous a dits! Comme si je n'avais pas aperçu la manière dont vous avez sournoisement trompée, en vous faisant prendre pour une autre! Ça ne sera pas ainsi.

La Pierrette a voulu mettre son enfant au tour. Sa volonté sera exécutée. Nous allons le déposer à sa place.

Il remonta les marches, chercha longtemps et ne rencontra que la muraille fraîchement élevée.

— Qu'est-ce que cela veut dire? fit-il.

— Cela veut dire que le tour est fermé, et que les enfants des filles-mères mourront à présent comme des chiens, ajouta-t-elle crûment. Mais raisonnons un peu la chose. Quel profit voulez-vous que j'aie à recueillir l'enfant de la Pierrette, puisque vous prétendez qu'il est à elle?

— Le profit? c'est tout simple, parbleu ! Tu vas l'élever avec les sous qu'on te donne; puis, lorsqu'elle sera mariée et qu'elle s'inquiétera de son fils, tu menaceras de faire du bruit, et tu vendras à la mère ce que tu lui as volé aujourd'hui !

— Vous avez de l'imaginative, monsieur Thomas ! répliqua-t-elle en ricanant.

— Au surplus, quel que soit ton projet, répondit-il en la tutoyant par mépris, je m'y oppose ! Cette créature ne pourrait être dans tes mains que pour son malheur. Sa place est auprès de sa mère, et je vais te la lui rendre !

Il s'avança et fit un geste comme pour prendre l'enfant.

Alors la Sèche s'oublia elle-même pour ne penser qu'au danger que cette maladroite intervention allait créer à Pierrette. Elle oublia sa faiblesse, son grand âge et l'infériorité de ses moyens. Il lui sembla qu'en défendant son fardeau elle défendait le repos de Pierrette et le bonheur de Savinien. Elle tenait comme à sa propre vie au droit qu'elle avait usurpé, et elle prit une attitude de défense tellement aggressive que Thomas lui dit :

— Vous n'allez point me forcer à me battre contre une femme, j'espère.

— Vous ferez ce que vous voudrez, mais vous n'aurez que par la force celui que je tiens dans mes mains. Au bout de mes mains il y a des ongles.

— Ou des griffes, vieille hanteuse du sabbat !

— Les injures ne font rien.

— Je vais appeler et vous faire arrêter.

— Et vous prétendez que vous êtes partisan de l'honneur de Pierrette? vous, qui allez publier son malheur en pleine place publique ! Et quel droit avez-vous de plus que moi sur l'enfant?

— J'ai le droit de le rendre à Pierrette.

— Prenez garde au bruit que vous ferez. Si l'on vient, je dirai ce que je sais sur vous, et je sais long !

— Et que savez-vous? répondit-il, un peu abasourdi par cette menace.

— Je sais que je passais hier près de l'île, que vous étiez seul au moulin avec Pierrette, et qu'elle a poussé des cris comme si.....

— Sur le salut de votre âme, taisez-vous, répondit Thomas, que ce souvenir poussait à la rage.

— Soyez tranquille, reprit la Sèche en redoublant d'ironie, je sais aussi qu'il n'en est rien pour vrai, et que vous êtes demeuré tout penaud devant son cotillon.

Cette dernière injure porta à l'exaspération l'exaltation de Thomas.

La Sèche était sur la seconde marche de l'escalier du tour, lui sur la première.

D'une main il prit l'enfant qu'elle cachait toujours, de l'autre il la renversa violemment. La tête vint se briser contre un des angles de la pierre qui soutenait la colonne. Le sang jaillit. La Sèche ne se releva pas; elle avait perdu connaissance.

Thomas, s'étourdissant sur l'action qu'il venait de commettre, se réjouissait d'avance du plaisir qu'il allait faire à Pierrette et traversa la place en courant. Il revint à l'auberge où la Sèche avait laissé le cabriolet de Jérôme.

Celui-ci venait d'arriver à l'auberge après avoir fait de longs détours dans les rues, et questionnait au fond de la cour le garçon d'écurie sur le chemin qu'avait dû prendre la Sèche.

Le père Jérôme tournait le dos à son cabriolet.

Thomas réfléchissait qu'il importait de rejoindre Pierrette le plus vite possible, et qu'un enfant était très-embarrassant à transporter à cheval. En ce moment, il vit le cabriolet tout attelé et le père Jérôme qui ne le regardait pas. Monter, fouetter le cheval, partir au galop, cela fut aussitôt fait que pensé par Thomas.

Jérôme se retourna au bruit des roues. C'était sa voiture qui s'éloignait ainsi. Il supposa que la Sèche était rentrée pendant qu'il faisait des questions sur elle, et que c'était elle qui emmenait son cheval. Il courut et l'appela; mais on ne lui répondit pas. Il trouvait bien que la Sèche avait des manières d'agir un peu lestes, mais, comme il n'avait pas son franc parler avec elle, il résolut d'ensevelir au fond de lui-même ce nouveau grief, et son séjour à la ville n'ayant plus de motif, il suivit à pied les traces de son cabriolet, comme une heure auparavant il avait suivi celles de la carriole de Mathurin.

La Sèche resta longtemps étendue sur le pavé. Ce ne fut qu'à l'angelus qu'elle fut aperçue par l'aumônier de l'hôpital, dont l'escalier aboutissait à ces degrés par une porte.

Il comprit qu'un crime avait eu lieu : mais, comme la Sèche ne recouvrit pas l'esprit sur-le-champ, et que lorsqu'elle l'eut recouvré elle ne voulut rien dire; comme, d'un autre côté, toute cette scène s'était passée sans bruit, excepté les faibles cris de Pierrette, on en fut réduit aux conjectures.

La Sèche avait été placée dans une salle de l'hôpital. La blessure à la tête fut jugée grave.

Elle était peu connue à la ville, personne ne s'intéressait à elle. On ne fit rien dire à Pont-l'Abbé.

. . . .

Thomas eut bientôt regagné l'avance que la carriole avait sur lui. Il coupa la route, mit pied à terre, et arrêta par la bride la jument d'André.

Celui-ci le reconnut vite et s'inquiéta vaguement de cette intervention.

— Que veux-tu? lui dit-il. Si tu as à me parler, tu me retrouveras à Pont-l'Abbé. Nous sommes pressés.

— Mam'zelle Pierrette, répondit Thomas, un homme peut s'égarer dans le chemin qu'il prend, mais, quand on lui fait voir qu'il s'est trompé, s'il n'est pas fou, il revient sur ses pas.

— Vous avez raison, dit Pierrette, et vous êtes de ceux qui reviennent.

— Comme aussi, continua-t-il, une fille peut avoir commis une erreur dans sa jeunesse, et si elle a bon cœur, elle retrouve plus tard sa réputation.

Ces deux sentences redoublèrent les alarmes d'André; Pierrette pâlit.

— Enfin, reprit André, à propos de quoi nous arrêtes-tu pour nous dire cela?

Alors il raconta la fermeture du tour, la mauvaise action de la Sèche, la manière dont il avait pénétré sa ruse, et il termina en posant l'enfant sur les genoux de Pierrette.

Avant qu'on eût eu le temps de lui répondre, il remonta en voiture et partit.

La première impression de Pierrette fut la reconnaissance et la joie. Elle serra l'enfant sur son cœur, comme si elle l'avait pour la première fois; puis tout à coup, quand la vérité eut frappé ses yeux, de même qu'un obstacle imprévu qu'on rencontre au détour d'une route, elle fondit en larmes et ouvrit les bras de telle sorte que l'enfant serait tombé si André ne l'eût pas retenu.

Elle avait tout compris en une seconde. Son secret appartenait à trois personnes, à André, à la Sèche et à Thomas. Elle était avilie, dégradée, perdue, à la merci d'une involontaire indiscrétion. Non-seulement on connaissait sa faute, mais on savait qu'elle avait voulu la dissimuler lâchement. André, son compagnon, presque son complice, ne dirait rien sciemment... Il était jeune,

imprudent peut-être, on pouvait le faire parler. La Sèche avait joué d'abord une misérable comédie, dans laquelle elle s'était hypocritement donné un rôle de protectrice : elle n'avait pas eu d'autre but, en s'emparant du nouveau-né, que d'exploiter plus tard les craintes maternelles. Thomas voudrait se faire payer son silence; si on ne le payait pas, il se vengerait...

Et ce sentiment de la pudeur, qui avait été le plus impétueux chez Pierrette pendant toute sa jeunesse, dérisoirement profanée à cette heure; sa considération traînée dans la boue, ses amours racontés, commentés, aggravés, tous ces infaillibles résultats de la publicité de sa honte la frappèrent si douloureusement, que c'est à peine, pendant cette période d'épouvante pour elle-même, si elle se souvint qu'elle aimait son enfant. Savinien viendrait-il la relever par la main lorsqu'elle aurait été dégradée par tant d'opprobre? Pouvait-elle espérer encore qu'un seul rayon tomberait sur elle de tous ces soleils qui se lèveraient encore à ses yeux? Elle ne vit plus son amour que réduit en cendres; elle se pleura elle-même comme une morte.

A cet attendrissement succéda la colère. Elle eut même, dans cet égarement de son esprit, un murmure passager d'imprécations contre Savinien, qui lui laissait ainsi tout cet écrasant fardeau à porter. Ensuite, du fond de son malheur et de son délaissement, elle entrevit les questions sociales et anathématisa cette société qui lui rejetait son enfant, et qui lui rejetait avec lui son passé en dérision, son avenir en débris, la souillure, la ruine, la mort! A ce moment, la pauvre fille était une de ces voix gémissantes ou courroucées qui forment le grand chœur de malédictions que la société pourrait apaiser en voulant être juste et chrétienne.

La rencontre de Thomas ralentit le voyage. L'aurore commençait à teindre la route. A cette pâle lueur, André vit sur la physionomie de Pierrette toutes les angoisses qui remuaient son âme. Elle avait eu d'abord le voile de la tristesse, ensuite la coloration impétueuse de la colère; maintenant, elle était impassible et immobile comme une figure de marbre. Cette prostration qui accusait la véhémence de la lutte subie, consternait André plus que les autres symptômes. Si la jeune fille restait indifférente à cette nouvelle blessure, ses forces étaient-elles épuisées? et, se sentant irrévocablement condamnée, se détachait-elle de la vie?

Elle n'avait pas dit une parole depuis qu'elle avait cessé d'entendre Thomas ou d'embrasser son enfant. Son regard vide semblait se retirer de la contemplation extérieure pour rentrer au fond d'elle-même. André essaya de réveiller cette torpeur.

— Mademoiselle, dit-il, vous devez vivre et votre enfant doit vivre. — Nous vivrons, André! répondit-elle.

— Aucun de ceux qui ont vu et entendu ne parleront. Votre malheur restera invisible comme la nuit dont nous sortons. — Assurément, dit-elle, personne n'aura de soupçons.

— Il faut revenir à votre premier projet et garder l'enfant dans votre chambre pendant un jour ou deux. Durant ce temps, nous chercherons ce qu'il y a à faire, et puisque l'on dit que ceux qui cherchent dans les intentions de Dieu trouvent toujours, nous trouverons. — Nous trouverons, André; vous avez raison.

Ce consentement à tout ce qu'il demandait effrayait André. Elle sortit cependant de sa léthargie pour lui dire avec un accent d'épouvante : — Mon Dieu! voici le jour!

Elle ne l'avait pas vu encore!

— Eh bien! dit-il, le jour vaudra mieux que cette affreuse nuit! — Mais je ne puis pas rentrer ainsi! répondit-elle vivement; mais on me verra! mais je serais perdue!

Cette crainte rendit l'espoir à André. Elle redoutait que sa position ne s'aggravât; donc elle ne se croyait pas arrivée à son heure suprême, donc, si rien ne se compliquait, elle entrevoyait un avenir moins désolé, donc elle vivrait !

— Je vais attendre là pendant une heure, André ; un peu plus tard, je retournerai à la maison sans que personne puisse s'en étonner. Maintenant, pour vous remercier, mon frère, il faudrait avoir des paroles qui ne sont pas de ce monde ! Je ne vous remercierai que plus tard, au ciel, quand nous nous y retrouverons, car, ajoutat elle avec un triste sourire, j'aurai assez souffert ici-bas pour mériter mon paradis ! Vous, André, rentrez chez votre père. Votre absence paraîtrait étrange. Je resterai là. J'aime cette place ; vous savez ce qu'elle me rappelle ! Ensuite, je me traînerai bien avec lui jusque dans ma chambre ! Adieu ! à revoir !

Elle descendit de la carriole et prit son panier.

André supposa qu'elle avait un peu de fièvre et qu'elle allait avoir besoin de secours ; il s'éloigna pour aller chercher quelqu'un qui, sans rien savoir, serait utile à la jeune fille. Il partit.

Pierrette s'était arrêtée à l'endroit où la route passait à trente pas de la Mare obscure, entre la maison de la Sèche et celle de Savinien, toutes deux inhabitées maintenant.

Elle s'assit sous un saule. L'aube la baignait doublement de ses reflets rouges : une fois dans le ciel, une fois dans le miroir troublé de la Mare.

Un vent tiède, qui paraissait avoir traversé ce foyer splendide de l'aurore, frissonna dans ses cheveux.

A cette place, nul ne pouvait la voir.

Elle prit l'enfant et déplia lentement la lettre de Savinien.

XIII

Nous avons dit que Pierrette était au bord de la Mare, et qu'elle prit la lettre de Savinien. Pendant sa veillée d'angoisses, elle n'avait pas oublié un instant qu'elle tenait là, renfermé sous un pli, le mot sans doute suprême de sa destinée. Mais, outre que les moyens matériels pour lire cette lettre lui avaient manqué, elle se l'était réservée comme une consolation décisive ou comme un désespoir sans issue. Elle était superstitieuse : elle croyait que Dieu se lassait de frapper sur une même victime, et aussi que, lorsqu'il avait envoyé un éclair de joie, il le faisait suivre parfois d'une obscurité plus complète. Elle s'était dit que, si elle parvenait à conduire son enfant jusqu'à l'asile de la pitié publique, cette lettre la plongerait peut-être dans une incertitude nouvelle, mais que, si quelques circonstances l'empêchaient d'arriver jusqu'au tour, elle lui apporterait une espérance qui la relèverait.

Cette croyance était en elle comme en tous ceux qui ont déjà pesé sur la vie. Le bonheur et le malheur ont tous les deux un sommet. Lorsqu'on y est arrivé, on descend fatalement sur la pente opposée, à moins que l'on ne soit condamné par la mort à l'immobilité. A ce moment donc, Pierrette espérait d'autant plus dans la lettre qu'elle allait lire, qu'elle avait plus cruellement souffert.

Mais elle hésitait à interroger cette sibylle de vie ou de mort. Elle tenait tout son secret dans sa main, et elle n'osait pas l'ouvrir. Le crépuscule est l'heure du doute. L'incertitude entre sa nuit et la lumière répond à l'incertitude de l'âme entre la joie et l'anéantissement. Le paysage était en harmonie avec ses impressions. Malgré sa croyance superstitieuse, elle se troublait, comme, malgré la lueur naissante, les objets se replongeaient encore pour une seconde dans les ténèbres.

Devant elle, il y avait la cime boisée de la petite montagne qui s'éclairait par le haut, tandis que la base restait obscure. Le léger vent qui courait arrachait aux taillis et aux futaies le nuage de feuilles déjà mourantes, amollies par la rosée, et qui ne devaient pas voir la journée.

A gauche, la triste masure de la Sèche, plus triste encore, comme si elle avait eu le sentiment que sa pauvre hôtesse ne l'habitait plus, disparaissait peu à peu dans le brouillard qui s'élevait de la Mare obscure.

A droite, la maison de Savinien, plus exposée aux rayons obliques du soleil montant, lui renvoyait une blanche nappe de lumière, de même que si elle eût voulu lui éclairer la porte par laquelle la jeune fille pourrait rentrer dans la joie.

Au delà des prés, si elle s'était retournée, elle aurait à peine entrevu Pont-l'Abbé, noyé dans les vapeurs de la prairie, et que la Gelise entourait d'une ceinture brumeuse.

Auprès d'elle, les saules secouaient à la brise leurs têtes que la nuit avait rendues humides. Mais, pendant les premiers instants, tout cela paraissait, puis fuyait, puis revenait plus distinct, jusqu'à ce que le jour eût déroulé tout entier son manteau vainqueur sur la terre reconquise.

Le bruit était revenu aussi lentement que la lumière.

Les coqs s'étaient réveillés et répondu les uns aux autres dans toutes les cours. Quelques moissonneurs, dont les récoltes étaient tardives, suivaient les sentiers pour aller couper les avoines sur la montagne. Les vaches, conduites par le berger public, coupaient le silence du tintement de leurs grelots, et allaient paître dans les communaux de Pont-l'Abbé. Quelques volets, hâtivement ouverts, retombaient bruyamment sur le mur des maisons. Les portes étaient entrebâillées en grinçant ; l'angelus ruisselait du clocher sous la main vigoureuse du sonneur qui avait hâte d'aller à d'autres travaux ; le curé ouvrait la sacristie ; quelques passants s'engageaient dans la route avec leurs sabots ferrés pour gagner de là les sentiers et les champs ; mais tous ces bruits étaient loin de Pierrette. Depuis la disparition de Savinien, personne n'avait affaire du côté de la Mare obscure. La route n'y déposait que rarement ses voyageurs. Pierrette était seule.

La pauvre fille avait fait de grands progrès depuis quelque temps : elle lisait couramment, surtout les lettres de Savinien, lettres d'amour, dont le sens se continuait et se devinait dans son cœur. Celle-là était longue, et Pierrette se reprit à vingt fois avant d'en avoir bu l'amertume jusqu'à la dernière goutte. La voici ; nous la copions textuellement :

« A..., le 14 août 1850.

« Ma bonne Pierrette,

« Il faut cependant que je t'écrive et que je te dise tout. Depuis une heure je suis là, dans ma petite chambre de l'hôtel, occupé à sécher mes paupières avec mes doigts, ou à comprimer les palpitations de mon cœur, ne pouvant pas prendre sur moi de tracer ces lignes qui vont t'apporter tant d'épouvante. Pierrette, il vaut mieux que tu le saches tout de suite : tout est fini. Oublie-moi ! oublie celui qui n'a plus rien à voir dans ce monde, puisqu'il lui est défendu de regarder du côté de Pont-l'Abbé, et qui ne cherche maintenant qu'une occasion de mourir honorablement. Oublie-moi ! tout est dans ce mot que la destinée m'arrache, et ensuite ne lis pas le reste de cette lettre, que je t'écris que pour que tu apprennes tout plus tard, quand tu seras libre de notre malheureux amour, et tu reporteras ta pensée vers Savinien, qui voudrait — tu lui pardonneras cela un jour — effacer jusqu'à sa trace dans ton souvenir.

« Voilà donc comme cela s'est passé. Ils m'ont fait venir, ils m'ont accusé d'être démocrate. Je n'avais rien à répondre, tu le sais, puisque cette croyance politique est née en moi en même temps, pour ainsi dire, que ma faculté de penser et de sentir. Je me suis bien demandé un instant, si notre bonheur, si notre avenir, valait cette abjuration politique : mais je me suis répondu aussitôt qu'il n'y aurait plus de bonheur pour celui qui l'aurait acquis par une lâcheté, et qu'il n'y aurait plus d'avenir pour qui aurait rougi d'un passé que sa conscience approuve ; je me suis dit encore que tu étais trop pure pour que je te fisse porter le nom d'un traître, et que, si j'achetais ainsi la place qui nous est nécessaire pour vivre, il arriverait un jour un événement imprévu, par lequel je serais puni de ma lâcheté. J'ai persisté dans mon opinion : j'ai déclaré que j'étais toujours coupable de la même amitié et de la même estime pour M. Gaétan ; ils m'ont répondu par une condamnation. Il ne m'est plus permis d'être instituteur. Le pain m'est retiré de la bouche, je suis dégradé comme un criminel. Il ne s'est rien passé autre chose.

« Maintenant je suis sans ressources. La pauvre vieille Sèche, qui a été si compatissante pour nous, et que tu devrais aimer comme une mère, m'avait prêté trois cent francs que j'ai dépensés jusqu'au dernier sou. A présent, regarde ma position dans toute sa misère, et quand tu l'auras analysée comme moi, tu n'auras pas la cruauté de blâmer ma dernière résolution que je t'apprendrai tout à l'heure.

« Vois-tu, cela est ainsi : j'ai consacré toute ma jeunesse à acquérir une certaine instruction, qui ne me rend apte qu'à une profession spéciale. La République est arrivée ensuite, et elle a proclamé que tout citoyen avait le droit d'exercer et de publier le vote qu'on lui demandait. J'ai cru loyalement à cette vérité loyale ; je me suis trompé, à ce qu'il paraît, puisque la société va me laisser sombrer dans la misère, et que, de quelque manière que j'implore, elle me retire sa main.

« Mais non, je ne me suis pas trompé ! Quel serait le prix de la vérité, si elle ne faisait pas couler des larmes, répandre le sang des blessures souffertes pour elle, et si, d'année en année, elle ne recrutait pas au milieu de la foule quelques enthousiastes qui deviennent ses martyrs. J'aime encore davantage mon idée depuis que je meurs pour elle. Tout serait pour le mieux si je n'avais pas l'épouvantable crainte de t'entraîner dans ma chute. Chacune de mes larmes solitaires versées lui recruterait quelques nouveaux adeptes, et tomberait, comme l'eau d'un baptême, sur des fronts inconnus encore ; mais tu es là, et je me demande quelquefois si cela est juste.

« Je te disais donc que je n'ai aucune ressource ! Malheur à qui arrive lorsque toutes les places sont prises ! Il y en a bien, parmi les penseurs aimants, qui disent que la société étant instituée d'après ce que l'homme a cru deviner des lois de Dieu, ne devrait pas permettre qu'un seul de ses membres pût mourir faute d'assistance ; que, dispensatrice des remèdes, des consolations et des biens, elle aurait la mission de répandre sur tous ses remèdes, ses consolations et ses biens. Mais pendant combien de siècles encore faudra-t-il que cette vérité soit criée pour être entendue ?

« Comprends bien cela, Pierrette ! Toutes les places sont prises ; j'avais la mienne, je l'ai volontairement perdue. J'ai un peu d'intelligence, mais beaucoup de ceux qui en ont aussi, et qui sont arrivés avant moi, ont pris les positions pour lesquelles l'intelligence est nécessaire ; j'ai des bras vigoureux, mais quels que soient les immenses besoins de l'organisation sociale présente, elle ne parvient pas à occuper tous les bras qui se tendent vers elle. Comme homme d'instruction, je suis inutile ; comme homme de peine, on ne veut pas même de moi, on me refuse jusqu'à l'outil qui devait déchirer mes mains, jusqu'au fardeau qui allait meurtrir mes épaules ! On me dit : «— Nous détournons les yeux de toi ; va mourir ailleurs ! »

« C'est ce que je vais faire, Pierrette, je m'achemine du côté vers lequel on peut mourir avec dignité et avec vertu. Jusqu'à un certain âge, il est permis à un citoyen de se faire soldat. Je n'ai pas cet âge et je me suis engagé dans un des régiments d'Afrique. Je vais courir une aventure pleine de dangers. Au bout de ces dangers, pour quelques-uns, il y a de l'avancement et de la gloire, pour les désespérés comme moi, il ne peut y avoir que la mort !

« Pardonne-moi de t'écrire ainsi. Mille idées se croisent dans ma tête comme des éclairs dans un ciel d'orage. Je m'en vais à la dérive, de même qu'une barque sans voiles et sans rames sur une mer furieuse. Les gémissements, les imprécations, les sophismes, les regrets, tombent pêle-même de ma plume. Il m'est bien impossible de mettre un peu d'ordre dans tout ce chaos.

« J'entends la pluie tomber dans la cour de l'hôtel, mais dans ma pauvre cervelle, ouverte et fêlée, il pleut bien plus de contradictions qu'il ne pleut de gouttes d'eau dans la rue. Et puis, la honte me prend parfois. Je n'ai pas encore touché le prix de mon engagement : je partirai d'ici en laissant des dettes ; je n'aurai pas même de quoi payer l'huile de la lampe fumeuse à la clarté de laquelle je t'écris. Certainement, je serai mort avant d'avoir tout payé. Je vais ainsi de la honte au ressentiment, de la douleur à l'épuisement, de la colère au marasme ! La seule rive où je n'aborde plus maintenant, cette terre chérie où nous avons fait tant de pas ensemble, ô ma bien-aimée ! c'est la rive de l'espérance. Je nage dans mon désordre d'imaginations et de chimères, comme un dormeur malade nage dans les vapeurs de son rêve. Il me semble quelquefois que notre résignation et notre amour auraient mérité une autre récompense. Quand je regarde autour de moi, je vois ton image, et si je me penche pour la saisir comme l'enfant qui veut prendre sa propre figure dans un bassin et qui ne prend qu'un peu d'eau filtrant entre ses doigts, je ne prends aussi qu'un peu de cette espérance d'autrefois qui m'échappe vite et qui glisse dans ma main.

« Pourtant, je t'aurais bien aimée, quand j'y pense ! Non, ce n'est pas cela ! t'aimer ! je t'aimerai toujours ! partout ; dans l'exil, dans la tombe, si dois y dormir, dans un autre monde, si je dois y arriver. Mais je t'aurai rendue bien malheureuse, ô ma pauvre Pierrette ! Nous nous étions dit ensemble, tous les deux, là-bas, pendant un certain nombre d'années : le soleil se lèvera pour nous faire des journées claires et chaudes ; nous ne demandions rien au monde, moi, que ton âme ; toi, que mon âme, et nous nous l'étions donnée sans réserve. Chacune de ces deux âmes données entourait l'autre d'un cercle d'adoration et de bonheur ! Notre amour nous aurait suffi éternellement, ainsi que l'air suffit à la respiration. Nous aurions flotté en pleine joie, de même que deux ailes planent dans un azur immense. Suivant l'expression vulgaire, nous étions faits l'un pour l'autre ; le sang ne courait dans nos veines que pour nous embraser éternellement du même feu. Nos cœurs se confondaient et s'unissaient comme deux voix dans un même accord ; mais la nature n'appareille ainsi deux êtres que pour que la société les sépare. Il y a lutte éternelle entre l'amour qui unit et les préjugés qui divisent. Celui qui est entre nous s'appelle ma pauvreté. N'essayons pas de le combattre ; il est trop enraciné pour que nos efforts le puissent ébranler.

« Toi, cependant, ma Pierrette ! vis, non pas heureuse, cela n'est plus possible, mais vis calme. Apprends-le, comme presque tous l'apprennent : l'amour est un parfum qu'on ne respire qu'une fois, c'est un voile levé sur l'infini, c'est un rêve duquel l'œil ne regarde pas à deux reprises ; c'est un rêve des premiers sommeils, rêve enivrant que l'on ne refait jamais ; c'est une vision de cet Éden perdu dont les jeunes amants, après en avoir vu l'ombre et les délices, sont séculairement exclus par le mauvais ange qui veille. Ils y atteignent un jour sur les ailes de l'idéal, mais ils n'y atteignent que pour en être précipités. Hélas ! c'est à peine si nos pieds s'y sont posés pendant quelques heures ! Notre saison nous a été parcimonieusement mesurée. Mais vis l'avons entrevu ! c'est assez pour que nous en remerciions Dieu et pour que nous fassions notre devoir. Le tien est de vivre, et pour vivre il ne faut plus te souvenir.

« Ce que j'ai à te dire maintenant soulève mon cœur et va révolter aussi ta vertu. Je te parle comme si j'étais déjà de l'autre côté de la tombe et comme si j'avais dépouillé tous mes intérêts et toutes mes passions. Pierrette, il faut te marier ! J'ai pesé longtemps ce conseil, j'ai senti tout ce qu'il y avait de révoltant à cette heure, j'ai compris aussi combien il serait nécessaire pour l'avenir. Or, l'avenir, il est important de le préparer.

« Tu as dix-sept ans : il serait sacrilége envers ta jeunesse de t'ensevelir dès à présent dans des habits de veuve. Le célibat est une exception contre laquelle une révolte secrète ou une catastrophe proteste toujours. Nous ne sommes seuls que dans la mort; dans la vie on doit être deux ! Ceci est la vérité de toutes les positions, mais plus encore de la tienne !

« Ton père, — permets-moi de te le dire, — n'a aucune de ces délicatesses, mouvements gracieux du cœur qui font voir du côté qu'il aime. Il s'irriterait contre des regrets dont il ne saisirait pas la moralité et la douleur, et il te ferait une existence odieuse. Tu n'acquerras un peu de liberté que par le mariage. Épouse un honnête homme, auquel tu confieras d'abord par quelles épreuves tu as passé. Laisse-toi diriger par lui. Puisque les femmes n'ont point le droit de fixer le but, il importe au moins qu'elles n'aient point non plus les soucis de la route. Ne pense plus à l'amour que comme à une joie ou à une tristesse que tu ne retrouveras nulle part, et enferme-toi, et consacre-toi, et condamne-toi à ton foyer.

« Il y a dans les soins et dans l'harmonie d'un ménage bien tenu une certaine jouissance paisible qui doit aller à ta bonne nature. Chacun des pas que l'on fait dans l'enceinte étroite du devoir donne un joyeux tressaillement aux êtres purs. La conscience satisfaite a des murmures d'approbation qui empêchent d'entendre les autres voix. On se suffit à soi-même lorsque l'on suffit à sa tâche. Une vie heureuse se compose d'une série de jours également remplis.

« Tu sentiras en toi ta vertu, qui te consolera peut-être de ce que tu auras perdu d'illusions. Tu auras une large aisance de fermière. Tu donneras aux pauvres son compte comme tes vaches te donneront leur lait. Le sang coulera paisiblement dans tes veines ainsi que l'huile dans ta lampe : tu auras la lumière et non la flamme, la paix et non l'ivresse.

« Ta beauté se conservera longtemps, pareille aux fleurs dont on n'a guère respiré le parfum. La prière te sera facile, et le volontaire sacrifice du commencement te fera exaucer toujours. Tes gestes répandront leurs bénédictions, tes regards leur calme, tes paroles leur vertu. O Pierrette ! dans cet horizon si devant toi, je te vois fêtée, religieuse, fidèle même à mon souvenir; car tu n'auras pas donné une seconde fois ton amour. Pierrette, je te vois heureuse !

« Mais ne retourne jamais du côté de ma pauvre maison, ne regarde jamais entre les saules de la Mare cette étoile que nous avons vue se lever ensemble, lorsque notre âme était pleine d'amour; de même que l'eau était pleine du ciel !

« Ne repasse plus dans les sentiers où je te suivais du regard; ne monte plus sur le petit tertre, dans mon jardin, d'où j'épiais ta venue ! Bannis-toi de notre village, habite un autre pays. Là-bas, chaque coin du paysage tendrait un piège involontaire à l'innocence de tes pensées; chaque écho te répéterait des paroles qui te jette, raient hors du calme présent; notre amour en lambeaux pendrait à toutes les branches des buissons, de même qu'un vêtement de fête qui a laissé ses débris à toutes les ronces d'un chemin fleuri; il attristerait tes yeux qui ne doivent voir que des spectacles tranquilles. Exile-toi, oublie-moi ! c'est la condition absolue de ton bonheur !

« Oublie-moi ! je ne suis que la corde de la lyre qui a vibré un instant sous tes doigts ! Je ne suis que l'oiseau d'un printemps qui a chanté pendant une saison sous ta fenêtre.

« Oublie-moi ! je ne veux pas laisser plus de vestiges dans ta mémoire que je n'ai laissé d'ombre sur la prairie où nous avons marché.

« Oublie-moi ! Nous aurons été l'un pour l'autre le songe des nuits d'été et d'amour; le songe est remonté et nos yeux se sont ouverts depuis longtemps.

« Oublie-moi ! je suis aussi mort que les couchers du soleil vus ensemble sont éteints; je suis aussi perdu que les gouttes de rosées dans les fleurs que nous avons cueillies !

« Oublie-moi ! Ceux qui sont étendus depuis trois cents ans dans le cimetière du Pont-l'Abbé ne sont pas plus trépassés que je ne le vais l'être !

« Oublie-moi ! au nom de la félicité future de ta vie, et au nom du repos de mon âme !

« Je vais te demander encore plus : avant de partir pour mon régiment, il est indispensable que je repasse encore par notre pays. Je ne sais pas encore quel jour j'arriverai : mais, je t'en conjure, si tu prends un intérêt quelconque à ce que je ne me lance pas dans une témérité furieuse, et à ce que je respecte mon ancien caractère, ne cherche pas à me voir, ne te rencontre pas sur mon chemin, ne me laisse pas entendre ta voix; si j'apercevais seulement le bas de ta robe, j'aurais la tête perdue et je ferais une extravagance qui nous entraînerait tous les deux. Je tiens à conserver une réputation irréprochable; je veux qu'on dise : — Pierrette a aimé un brave garçon qui s'est fait tuer quand il a appris que leur union était impossible ! Je prends en horreur d'avance les aventures dans lesquelles je me lancerais si je te voyais.

« Je ne quitterai pas le pays comme une bête fauve, en laissant des traces sanglantes : je le quitterai comme un oiseau voyageur, par le ciel dans lequel on ne traîne point sa trace ! Pierrette, cette supplication doit t'être sacrée : ne viens pas ! ne parais pas ! ne me condamne pas à un acte qui n'est point dans mon caractère et que le désespoir me ferait commettre !

« Je ne demeurerai que peu d'heures à Pont-l'Abbé : je les prendrai pendant la nuit, si c'est possible, afin d'éviter toute tentation. Tu sauras bien, toujours par quelque émanation de l'amour, par quelques frémissements de tes fibres, que j'aurai passé là.

« Du reste, j'écrirai sur le quatrième saule qui est à droite de la barque le numéro du régiment dans lequel je servirai. Si une circonstance que je crois impossible à présent te rapprochait un jour de moi, je veux que tu saches où me retrouver dans le cas où je vivrais encore.

« Adieu ! J'ai eu déjà plusieurs fois du courage dans ma vie, mais je n'en ai jamais dépensé autant qu'à cette heure, où je m'arrache à la dernière lettre que tu recevras de moi.

« Adieu ! bonheur ! adieu vie ! adieu amour ! adieu Pierrette ! »

Pendant qu'elle lisait ainsi, il semblait à la jeune fille parcourir une éternelle nuit sans arriver jamais à l'aurore, errer dans les catacombes et chercher à tatons le fil et la lumière; ou, dans les profondeurs mystérieuses des limbes, entendre sonner la cent millième heure d'un supplice qui aurait dû durer encore cent mille ans ! Il n'y avait pas un rayon dans toute cette lettre. Savinien la tenait prosternée sous leur destinée, et pas une seule fois il ne lui disait : — Espère ! tu te relèveras !

Elle eut cependant la force de relire : car elle s'était peut-être récité à elle-même l'hymne de la douleur, et il était impossible que Savinien la laissât livrée à un tel désespoir.

Quand elle eut relu, ses forces l'abandonnèrent comme elles abandonnent un nageur qui vient de traverser deux fois le courant d'un fleuve.

Le découragement la fit trembler : elle sentit une couche d'indifférence arriver à son cœur. Son œil terne et et sans regard refléta le paysage, les deux maisons, les saules, au pied des saules l'herbe, et sur l'herbe son enfant qu'elle y avait posé, et son œil renvoya ce reflet aussi indifférent que l'eau de la Mare. Tout était mort en elle et autour d'elle. Le désespoir avait inondé son âme, et il en avait emporté tous les sentiments. Dépouillée de son amour, cette âme était une église sans Dieu.

La prostration ne dura pas longtemps: la vie revint, et avec la vie l'indignation.

Ce qui n'avait été, une heure auparavant, qu'un léger ressentiment contre Savinien se changea presque en haine. Elle l'accusa de sa disgrâce, de sa ruine qui retombait sur elle; elle l'accusa surtout de n'avoir pas deviné la complication de son malheur. — S'il avait eu un peu de prévoyance, pensait-elle, il se serait dit que de notre rapprochement un être avait pu naître. Je lui ai plu un instant. Mon aventure est vulgaire. Je ne suis qu'une fille séduite, et lui qu'un soldat qui ne pensera plus à se faire tuer dès qu'il aura les galons de caporal. Toutes les chaumières ont entendu raconter une histoire semblable. Il quitte le pays: que lui importe que ma réputation soit perdue, que la honte étouffe mon sein, que ma blessure soit mortelle! Il ajoute l'outrage à l'abandon, et il me conseille de me marier!... Il part pour la guerre! dans un mois il ne s'inquiétera plus qu'il y avait une nouvelle fosse dans le cimetière de Pont-l'Abbé.

Et elle retomba encore plus avant dans sa désespérante analyse. Devant chacune de ces hypothèses se dressait l'inflexible réalité: il n'y avait plus un seul espoir permis même à l'imagination la plus féconde. Aucune modification n'était possible.

Oublie-moi! et dans quelques jours il lui faudrait traîner son enfant en public, et avec son enfant l'opprobre!

Oublie-moi! et son déshonneur ferait les frais de tous les commérages, et avec ses larmes d'aujourd'hui on ferait des éclats de rire!

Oublie-moi! et, aussitôt qu'il aurait découvert la vérité, le père Jérôme la frapperait impitoyablement, comme il frapperait un cheval rétif ou un bœuf hors de service!

Oublie-moi! et, quand elle passerait dans la rue, les mères éloigneraient leurs filles d'elle et les jeunes gens l'insulteraient!

Oublie-moi! et de génération en génération, lorsqu'on parlerait d'une femme facile, ce serait le nom de Pierrette qu'on dirait d'abord!

Oublie-moi! et sans Savinien, tout était impossible, odieux, avilissant!

Oublie-moi! et leur enfant, rejeté par la société, rejeté ensuite par sa famille, sera toute sa vie un paria, un proscrit, un bâtard!

A cette pensée ses larmes coulèrent. Elle se rappela que depuis une heure elle ne lui avait pas donné ses soins. Lui au moins était innocent de tous ses malheurs; il en pouvait même devenir la compensation solitaire, si on ne l'arrachait pas de ses bras. Que quelqu'un eût tenté de le faire, et la jeune fille épuisée et mourante aurait trouvé des forces de lionne pour le défendre! Tant qu'elle conserverait un souffle dans la poitrine, il respirerait.

Les environs de la Mare obscure restaient déserts. Pierrette prit la créature qui dormait toujours, et dont la faible haleine était visible au milieu du brouillard qui luttait contre le soleil. Elle l'enveloppa en le roulant sur son sein, mais elle découvrit sa tête et s'enivra longtemps, et pour la première fois, à le regarder. Il était beau et calme. Il ressemblait à Savinien. Ses traits chéris descendirent au fond du cœur de Pierrette et y laissèrent leur empreinte comme sur une cire molle. Ce cœur se détendit: le peu de haine qu'il avait pu contenir se fondit. L'enfant fit pardonner au père.

Il fit plus: il le fit de nouveau adorer. Elle retrouva le Savinien de ses rêves, aussi à plaindre qu'elle, plus à plaindre, puisqu'il lui était réservé d'apprendre! Elle se reprocha ses blasphèmes de tout à l'heure, et elle se dit que ce dont elle souffrait et ce dont elle souffrirait encore en serait à peine l'expiation.

Si Savinien se fût présenté alors, non-seulement elle aurait mis l'enfant dans ses bras et l'en aurait remercié comme d'une bénédiction, mais elle se serait mise à ses genoux pour mieux lui faire comprendre la reconnaissance de la maternité. Comme Savinien n'était pas là, elle se mit à genoux devant Dieu, élevant l'enfant sur ses mains, comme pour le baigner mieux dans toute la lumière de l'aurore, et elle murmura cette prière:

— Seigneur! protégez cette tête frêle! Remplissez d'un souffle égal cette faible poitrine! Faites mûrir cette âme à la chaleur de votre bénédiction! Donnez-moi toujours assez de vertu pour que ma vertu lui soit un abri, et assez de courage pour que mon courage lui soit une défense! Prenez tous les jours de ma vie du ciel, afin qu'il soit heureux ici bas!

Elle aurait continué longtemps cette invocation qui coulait de la sève même de son amour, si elle n'avait pas vu à trente pas d'elle, André qui revenait avec la femme qu'il avait allé chercher.

Il avait réfléchi qu'il était impossible que Pierrette rentrât avec son fils dans la maison de Jérôme. La femme qu'il amenait était depuis longtemps gouvernante chez M. de Montarcher et distribuait ses aumônes. Généreuse et dévouée, nulle ne méritait plus qu'elle la confidence d'un secret. André lui confia celui de Pierrette. Il avait été convenu qu'elle élèverait au château le fils de Savinien, que M. de Montarcher couvrirait de sa protection aussitôt qu'il serait instruit. Seulement, comme ils connaissaient tous deux l'extrême susceptibilité de Pierrette pour ce qui touchait à son honneur, il avait été convenu aussi qu'ils ramèneraient Pierrette au château, sans que la vieille femme parût rien soupçonner, et que peu à peu on démontrerait à Pierrette la nécessité qu'il y avait à laisser son enfant dans cet asile si supérieur au tour.

André n'avait point prévu que Pierrette, qui savait qu'il était accompagné, eût ainsi porté l'enfant dans ses bras. Quand il comprit qu'ils pouvaient avoir été vus, il s'arrêta avec la vieille femme.

Pierrette n'avait pas poussé un cri, mais elle était devenue plus blanche que le linge qui enveloppait son enfant.

Elle avait un témoin de plus. Sa honte était divulguée encore une fois.

La pâleur eut une réaction subite. Le sang de la fièvre lui monta au front.

Elle ne vit plus rien que l'infamie de sa position. Ce sentiment de la pudeur qui avait été pour ainsi dire la qualité exagérée de toute sa jeunesse, ce sentiment outrageusement violé domina toutes ses facultés de penser et de percevoir.

Elle cacha son fils dans sa robe, et, pour ne pas être découverte, elle se mit à fuir, et courut de saule en saule le long de la Mare.

En ce moment un cheval passa au galop sur la route.

Pierrette crut que c'était le cheval de son père et qu'il venait à sa poursuite.

Le vertige la prit. L'eau était un manteau; elle pensa que l'eau la cacherait ainsi que son enfant.

Sa pauvre tête se troublait tellement qu'elle n'eût pas compris alors celui qui lui aurait dit qu'elle allait commettre un crime.

Cependant elle s'arrêta et parut hésiter.

Pour qu'aucune hésitation ne fût possible, elle prit son enfant, et, sans le regarder, penchée sur une pierre qui surplombait à l'endroit où l'eau était le plus profonde, elle le jeta dans la Mare obscure, comme un gage suprême de sa propre immolation.

Ses pieds avaient déjà quitté la pierre et elle allait rejoindre son fils, lorsqu'un bras nerveux la soutint.

C'était André? Tout cela avait duré une minute.

Le brouillard était profond; la vieille femme n'avait rien vu.

Pierrette était évanouie quand on la transporta au château.

XIV

On était au premier septembre. Savinien, comme il l'avait annoncé, revint dans sa maison. Il n'avait pas grand chose à y faire, mais il y était attiré par cet aimant mystérieux qui reste aux lieux où l'on a aimé, et qui vous y ramène malgré toute la distance que le malheur a mis entre eux et nous.

> Il voulut tout revoir : l'étang près de la source,
> Le sentier où l'aumône avait vidé leur bourse...

Tout à été dit sur ce sentiment qui prend les âmes veuves et qui les pousse à ce douloureux voyage. Victor Hugo a répandu ses larmes immortelles sur ces paysages où l'on rentre seul après y avoir passé deux. Le pauvre instituteur but à son tour dans cette inépuisable coupe de tristesse d'Olympio.

Il était arrivé de très-bonne heure et sans prévenir personne. Il entra furtivement dans sa maison. Il ne fit qu'entr'ouvrir les volets. Elle semblait toujours inhabitée, et nul ne soupçonnait que dans ce demi-jour funèbre un souvenir vivant venait se familiariser avec l'abandon.

Savinien ne devait y passer qu'un jour. Il écrirait à la Sèche; il lui abandonnerait ce qu'il possédait encore, et quand son regard se serait imbibé de tous les détails de la scène de son amour perdu, il partirait pour ne jamais revenir.

Il ignorait tout ce qui s'était passé. Il ne s'était pas inquiété de n'avoir point reçu de réponse de Pierrette. Ce silence prouvait qu'elle lui obéissait, et que l'heure de l'oubli commençait. La nécessité héroïque de ce sacrifice lui avait été démontrée. Il s'était pieusement résolu à disparaître, pour assurer une sorte de repos à la jeune fille.

Cependant, lorsqu'en regardant de tous les côtés, par l'étroite ouverture, il vit que rien n'était resté de lui dans cette vallée, pas un arbre planté dans la terre, et probablement bientôt pas un souvenir laissé dans une mémoire, une immense désolation envahit son âme. Il se pleura lui-même, comme un mort qui aurait soulevé la pierre de sa tombe, et qui sentirait qu'il est oublié par tous.

— Comment! se disait-il, j'ai eu ici des amitiés vraies; là bas dans cette maison, une jeune fille existe qui s'est donnée à moi; et je n'entends rien dans l'air qui me dise que quelqu'un se souvient et pas un œil ne fixe mon toit, et aucun pas n'arrive dans mon chemin, et mon image s'est fondue aussi complétement qu'une goutte de la pluie d'hier se serait fondue dans le pré!... Et mon absence n'a duré que des mois; j'élevais tous les enfants; et une de mes paroles entraînait dix convictions; j'obtenais autant le bruit de gloire que les échos d'un village peuvent en donner! Et elle, la jeune fille aimée, arrivait à mes moindres signes, familière et soumise comme une colombe; je remplissais sa tête de mes pensées, de même qu'un peintre remplit sa toile de ses couleurs. Et je suis sûr pourtant qu'elle m'aime encore, qu'elle ne m'obéit que pleurant, et que sa vie a été dévastée par mon éloignement. Mais, si elle m'avait trop obéi pourtant, si déjà elle formait d'autres projets! Ah! j'ai été trop dur envers moi-même! Être là, et ne faire que voir dans le lointain; sans rien entendre, sans rien savoir, c'est un martyre qui est au-dessus de mes forces! Ces perspectives d'autrefois, ces lignes de souvenirs retrouvées, ces horizons où le passé m'appelle, me versent trop de tentations : il faut que j'y cède, il faut que j'y boive!

Et alors il se retenait les deux mains aux murs de la maison pour ne pas en sortir, et pour ne pas voler vers Pierrette. Il savait d'avance qu'il deviendrait fou s'il revoyait Pierrette; et, malgré cette certitude, il fut sur le point de courir à elle. Mais Savinien était un homme éprouvé et sérieux; quand il s'était juré une chose, il se tenait parole. Cette exaltation ne fut que passagère, et il en avait triomphé lorsqu'il entendit quelqu'un près de sa porte.

Il tressaillit. Qui pouvait venir? Qui pouvait avoir découvert que la maison était habitée? il ne répondit rien d'abord, mais une voix se fit entendre du dehors et dit :
— Monsieur Savinien, je sais que vous êtes chez vous : ouvrez-moi.

C'était là voix d'André. Savinien ouvrit.

L'enfant fut assez maître de sa physionomie pour qu'elle ne trahît rien en revoyant cet acteur si ignorant du drame lamentable qui venait de se jouer. Ne pas céder à son attendrissement lorsqu'on retrouve un ami sur lequel un malheur encore inconnu de lui va tomber comme la foudre, ne pas le plaindre, ne pas l'avertir par un regard de pitié, c'est une des épreuves les plus difficiles que l'homme puisse rencontrer. Cette épreuve, le jeune André la traversa sans faiblir. Sa figure n'exprima rien que la joie de revoir son maître.

Il courut à lui en l'embrassant.

— Comment as-tu pu découvrir que j'étais ici? lui demanda Savinien.

André se garda bien de répondre que, depuis le désastreux voyage qu'il avait fait avec Pierrette, il n'avait pas perdu de vue un seul instant, ni de jour, ni de nuit, la maison de Savinien.

— Votre fenêtre était ouverte ce matin, tous les autres jours elle était fermée. — Mais alors d'autres yeux que les tiens auront pu le remarquer, et il importe qu'on ne me sache pas ici... — Il n'y a que les yeux d'un ami pour apercevoir cette différence. Heureusement, à cette heure, personne ne s'occupe de vous ici; personne, excepté elle...

Savinien le remercia par un regard.

— Mon Dieu! André, je n'osais pas te le demander. Comment va-t-elle? Tu l'as vue? quand l'as-tu vue?

André savait tout. Il savait que l'enfant avait disparu. Il savait que Pierrette était coupable d'un crime. Comme se justifiait-il par le suicide que la jeune fille avait tenté? Il se posait souvent cette question; il ne parvenait pas à la résoudre. Mais il avait pu détourner les soupçons de tous les autres. La vieille femme de confiance de M. de Montarcher, ne retrouvant pas l'enfant à côté de la mère, avait tout compris sans doute, au regard qu'elle avait échangé avec André; il avait acquis la certitude qu'elle ne dirait rien.

Quant à Thomas, il ne lui avait pas été difficile de désorienter ses conjectures, en lui racontant que Pierrette avait trouvé un asile pour son enfant, dans un village éloigné, et qu'au bout de peu de jours l'enfant était mort. Thomas, dont la conscience était lourde, et qui avait vu les explosions de la tendresse maternelle lorsqu'il rapportait son fils à Pierrette, ne chercherait évidemment plus à approfondir ce mystère, si c'en était un pour lui.

Lorsque André fut ainsi certain qu'aucune accusation ne pouvait être élevée, et que ce secret était enseveli au fond de la Mare et au fond de sa conscience, il se dit qu'il n'avait plus d'autre chose à faire que de dissimuler éternellement vis-à-vis de Pierrette l'involontaire complicité de son regard, et plus tard, d'essayer de la réconcilier avec elle-même. Ce qui importait avant tout, c'était que Savinien ne se doutât jamais ni de la grossesse de la jeune fille, ni de son sinistre dénoûment.

— Mademoiselle Pierrette, reprit-il, a été un peu malade pendant ces derniers jours. Votre destitution, Monsieur Savinien, a détruit toutes nos espérances... — Elle a été malade! interrompit Savinien, avec une voix épouvantée. Et à présent? — A présent elle va mieux; elle n'a plus besoin que d'un peu de repos, et je crains qu'en vous revoyant... — Je ne la reverrai pas! interrompit douloureusement Savinien. Mais, dis-moi, n'as-tu pas lu ma dernière lettre? — Non, dit-il.

Pour qu'elle ne l'ait pas montrée, à toi son confident, son frère et son maître, il faut qu'elle ait l'esprit bien troublé, qu'elle ait été bien malade! André, ne me cache rien, je suis assez fort pour tout entendre.

— Je ne vous cache rien, monsieur. Mademoiselle Pierrette avait mis toute sa confiance dans le bonheur que vous deviez lui rapporter. En le voyant ajourner pour un temps si long, elle s'est sentie rudement atteinte. Mais je vous jure qu'elle est à moitié sauvée à présent.

— A moitié! reprit Savinien. — Oui; elle ne sera tout-à-fait sauvée que le jour où vous l'aurez épousée. Les forces s'usent dans les larmes. Que Dieu permette que vous ne la fassiez pas trop attendre!

Savinien ne répondit pas, et se promena longtemps dans la chambre.

A ce moment, la cloche de l'église de Pont-l'Abbé fit entendre le glas des morts. Savinien s'arrêta précipitamment, et, tournant sur André un regard impossible à rendre, il lui dit : — Cette cloche!...

André comprit sa pensée, et frémit de ce que Savinien avait pu croire.

— Cette cloche, reprit-il, sonne pour la pauvre vieille Sèche qu'on enterre aujourd'hui... — La Sèche! reprit Savinien en pâlissant. — Oui, elle est morte hier, vous ne saviez pas, monsieur Savinien?

Nous devons revenir sur nos pas et reprendre cet épisode de notre récit.

On se rappelle que la Sèche, gravement blessée à la tête dans sa lutte avec Thomas, était tombée à la porte du tour.

On l'avait conduite à l'hôpital. La maladie fut sérieuse dès le principe. La Sèche ne reprit connaissance que le lendemain, et elle eut la force de ne rien répondre à toutes les questions qui lui furent faites. Cependant, comme elle ne se croyait pas frappée mortellement, et que l'image de son trésor lui revenait sans cesse, elle se fit connaître et demanda à être portée à Pont-l'Abbé. Les médecins considérèrent qu'à l'âge de la Sèche, ce voyage serait dangereux, et d'ailleurs, cette maladie leur présentait des phénomènes assez curieux pour qu'ils ne voulussent pas se priver de cette étude. Il était évident que la vieille femme mourrait avec un secret, et, malgré toutes leurs recherches, ils ne purent parvenir à le savoir.

Il y avait des moments où, abattue par le mal et comprenant sa position, elle ne pouvait pas se consoler de mourir dans un hôpital, loin de sa chaumière, où la vue de son or lui créait des palais enchantés. Il y avait d'autres moments où, au contraire, lorsque la fièvre se calmait, elle se figurait qu'elle allait rentrer en possession de toutes ses richesses, et en possession complète; car, depuis assez d'années, se disait-elle, elle vivait de privations; elle allait se donner du bon temps et jouir de sa fortune! Elle serait riche devant tout le monde, elle habiterait une belle maison, elle mangerait de bonnes choses; elle ferait envie, elle qui avait toujours fait pitié; elle n'aimerait plus personne, puisqu'on lui avait enlevé l'enfant de Savinien, le seul être qu'elle aimât au monde.

Et alors sa physionomie exprimait une joie que ne s'expliquaient pas les médecins. Et pendant qu'elle faisait ces rêves de prodigalité, elle revenait à ses anciennes habitudes; elle était parcimonieuse pour l'hôpital comme elle l'avait toujours été pour elle-même; elle regrettait le morceau de sucre qu'elle coûtait et l'huile qu'on brûlait pour la veiller, et en même temps elle remuait en fantaisie des monceaux d'or. Ce fut ainsi qu'elle mourut, le quatorzième jour de sa maladie.

Elle avait obtenu d'être enterrée à Pont-l'Abbé. Ses obsèques avaient lieu pendant qu'André était chez Savinien. Tout le village y assistait, car cette fin tragique et maladive rendue intéressante.

— Comment! la pauvre Sèche est morte? reprit Savinien. — Oui, dit vivement André. Elle avait été à la ville pour mendier de porte en porte, comme cela lui arrivait quelquefois, quand elle ne trouvait plus sa vie ici; elle a fait un faux pas, elle s'est blessée, et sa blessure l'a tuée. — Cette femme a été bonne pour moi, interrompit Savinien; je déplore qu'il me soit impossible d'aller lui dire un dernier adieu au cimetière. Tu le sais, André, elle m'a prêté l'argent qu'elle avait, et cette maison est maintenant à ses héritiers. — Oh! elle n'aura point fait de testament : elle n'a point de parents dans le pays, et la maison vous restera quand vous reviendrez pour épouser mademoiselle Pierrette.

— Écoute, André, à toi je peux le dire. Je pars, mais je ne reviendrai jamais. Ma carrière est brisée. J'en recommence une autre qui ne me mènera à rien. Dans le chemin que je prends, je ne puis que rencontrer le fusil ou le sabre d'un Arabe, et c'est pour cela que je l'ai choisi. — Mais vous ne songez point, monsieur Savinien, que votre mort sera celle de Pierrette, et que vous n'avez pas le droit de la payer ainsi de son amour et de son malheur.

— Tu es jeune, mon André, répondit-il doucement; malgré ton expérience hâtive, tu n'as pas encore chassé toutes les illusions de la tête. Pierrette a été pour moi l'ange de l'amour et de l'espérance; et c'est parce que je ne me connais pas le droit de l'entraîner avec moi dans ma chute que je m'éloigne et que je la quitte. Moi de moins dans le pays, toute possibilité de mon retour étant détruite, la voix de sa belle jeunesse parlera en elle. Si elle ne retrouve pas l'extase de son premier amour, elle retrouvera, malgré elle, les perspectives plus tranquilles du bonheur qui lui convient. Regarde comme je suis déjà oublié et obéi! Je lui ai commandé de ne pas venir, et elle n'est pas venue! — Vous êtes injuste, interrompit André, emporté par ce qu'il ne voulait pas dire. Si vous saviez comme on voit la tristesse de son âme à travers ses yeux; si vous saviez comme on devine quand elle marche qu'elle porte une douleur avec elle!... — Eh bien! dit-il, je serai courageux pour elle et contre moi jusqu'à la fin. Je fais des vœux pour qu'un autre œil, en se posant sur elle, fasse fondre cette tristesse de son regard, dont tu me parles : je fais des vœux pour que sa marche soit plus légère quand elle courra vers une joie nouvelle! Quant à moi, tout est fini; je n'ai plus rang parmi ceux qui peuvent encore être heureux dans ce monde...

Au moment où Savinien prononçait ces paroles entrecoupées de larmes, on frappa de nouveau à la porte. Savinien regarda par la fenêtre.

— Les affaires ne perdent point leur temps, dit-il. Voici le notaire qui vient prendre possession de ma maison, au nom des héritiers de la Sèche. Tu vas voir!

C'était le notaire, en effet. Il croyait faire une démarche inutile et ne pas rencontrer Savinien.

Vous me rapportez le billet que j'ai fait à la pauvre Sèche, lui dit Savinien. A qui appartient maintenant cette maison?

— Mais à vous, monsieur Savinien, reprit le notaire qui avait improvisé vis-à-vis de l'instituteur une contenance plus respectueuse qu'à l'habitude. Dites-moi donc, monsieur, ajouta-t-il, comment vous avez fait pour deviner et pour séduire à ce point la vieille femme!... — Monsieur, reprit Savinien simplement, je n'ai rien deviné et je n'ai séduit personne. La Sèche était compatissante; et, me voyant dénué de toute ressource, elle m'a prêté cent écus sur sa maison. — Quel testament, et quelle fortune? Que voulez-vous dire? — Ne le savez-vous pas mieux que moi, ne vous savait-elle pas dit que vous étiez son héritier? — Son héritier! interrompit Savinien. Je remercie toujours la pauvre vieille femme. J'aurai deux maisons vides, voilà tout! — Mais voilà tout, monsieur Savinien! Vous en parlez bien légèrement : vous héritez de soixante mille francs. — Que dites-vous? interrompit Savinien qui devint pâle. — Je dis soixante mille francs, et à vous sans conteste. — Monsieur, dit Savinien, vous savez que ma position est extrême, et que plus qu'un autre j'aurais besoin, en effet, qu'elle fût améliorée. Ne me leurrez pas avec un espoir impossible. Il est de notoriété publique que la Sèche n'avait rien que sa masure.

Voici comment les choses se sont passées, dit le notaire. Il y a sept mois, quand cette révocation que j'ai déplorée plus que personne, ajouta-t-il en insistant sur ces mots, vous a été signifiée, la Sèche vint dans mon étude, et, avec un embarras visible, me remit un papier qu'elle m'assura être son testament. J'étais incrédule comme vous; je souris de la prétention de cette mendiante, et jetai le papier dans un coin. Mais quand j'ai su qu'elle était morte, l'idée m'est venue de le lire. Le testament vous nomme en toutes lettres et indique sous quelle pierre de son foyer se trouve l'entrée d'une cachette dans laquelle elle a déposé cette fortune. J'ai lu hier et j'ai vérifié aujourd'hui : la somme indiquée dans le testament est intacte. Je vous la rapporte : je vais vous faire délivrer le legs, et je n'ai plus qu'à me féliciter d'avoir été le premier à vous apprendre une si heureuse nouvelle.

Et le notaire partit.

Comment la Sèche avait-elle été amenée à faire cette étrange disposition? Comment avait-elle déconcerté ainsi toutes les conjectures de Jérôme?

Il est certain que, lors de sa première rencontre avec celui-ci, elle avait sérieusement pensé à le faire son héritier. Sa fortune serait solidement placée chez ce paysan qui n'était pas un dissipateur. Les pères de famille auraient de la considération pour la mémoire de cette vieille femme qui avait si habilement arrangé ses affaires et choisi pour son légataire l'homme réputé le plus sage de tout le canton.

Mais Jérôme perdit la partie par les soins même qu'il prit pour la gagner. Cette reconnaissance témoignée à la Sèche pour une somme de 1,000 fr. prêtée à si gros intérêts, ne lui parut pas naturelle. Il se glissait un calcul dans chacune des attentions que le père Jérôme lui prodiguait. S'il y avait calcul, il y avait espérance, et s'il y avait espérance, il y avait danger.

Ce que la Sèche pardonnait le moins, c'était qu'on pût la croire riche. Son vieux matelas étendu sur son trésor était le seul obstacle qu'elle pût opposer à des voleurs. Le jour où quelqu'un aurait la certitude de sa fortune, elle serait exposée.

Ainsi, quand Jérôme faisait asseoir la Sèche à la meilleure place, quand il l'écoutait respectueusement, quand il imaginait mille prétextes pour lui faire des cadeaux, il travaillait sans le savoir à la ruine de son ambition. Jérôme manqua entièrement dans cette circonstance de la finesse qui lui avait si bien réussi autrefois. En admettant qu'il eût toujours traité la Sèche en mendiante, qu'il l'eût à peine tolérée sur le banc de la cour, et même qu'il lui eût quelquefois refusé l'aumône, il est certain qu'il aurait hérité d'elle.

Malgré tout, cependant, elle aurait peut-être songé à lui dans l'incertitude du choix, si elle n'avait point rencontré Savinien. Celui-ci la considérait complètement comme une pauvresse. Il n'avait aucune idée qu'elle pût avoir fait quelques économies. Il ne lui donnait pas toujours. Il ne lui témoignait pas d'autre respect que celui qu'il accordait à toutes les femmes. Mais la Sèche était bien certaine que, si elle l'appelait à son secours, la nuit, à travers la Mare obscure, il arriverait courageusement pour la défendre.

Nous avons dit que la Sèche aimait Pierrette. Elle se sentait entraînée vers elle, parce que la jeune fille était franche, et peut-être même parce qu'elle ne répondait que par une sorte d'antipathie instinctive à une affection qu'elle ne soupçonnait pas. Cette affection se développa surtout lorsque la Sèche vit que Savinien était amoureux de Pierrette. C'était elle, pauvre vieille femme, qui avait été la bonne fée. Elle s'était réjouie au fond de l'âme en se mêlant si mystérieusement à ces jeunes amours. Cette union, si inespérée, arrivant à bien, après tant de difficultés, prouvait à la Sèche quelle était sa puissance cachée.

Aussi, quand Jérôme renvoya brutalement Savinien, quand tout fut rompu, et que le paysan intraitable refusa même à la Sèche de parler plus longtemps de cette affaire, elle en conçut un terrible ressentiment. Dès lors sa résolution fut prise. Elle considéra Savinien comme son héritier. Elle lui prêta d'abord cette somme de trois cents francs. Elle aurait trouvé moyen de lui en faire accepter d'autres sans se trahir, si la mort ne l'eût pas prise, quand elle voulut recueillir l'enfant de Savinien. Mais au moment suprême son esprit était tranquille de ce côté-là. Le mariage était certain dans un avenir peu éloigné. Le testament avait été déposé.

Ce fut là le plus grand trait de courage de toute sa vie. Oser se présenter chez le notaire, un testament à la main, elle qui redoutait par dessus tout qu'on pût supposer qu'elle avait un liard! Annoncer d'une manière solennelle qu'après sa mort on trouverait quelque chose chez elle! Confier un pareil papier à un homme qui pouvait le lire, ne fût-ce que par ironie! L'amour maternel inspira rarement une résolution aussi héroïque. Elle fut un peu rassurée en voyant le notaire jeter dédaigneusement de côté ce testament si imprévu. Mais par prudence, en rentrant chez elle, elle en fit un double.

André n'avait pas manifesté un grand enthousiasme en apprenant la nouvelle apportée par le notaire. Cet enfant, dont l'intelligence était si pénétrante et si tristement méditative, comprit sur-le-champ que cette fortune arrivait trop tard.

Depuis la scène de la Mare obscure, il n'avait pas pu parvenir à voir Pierrette. Il avait essayé une fois, mais la figure de la jeune fille s'était tellement décomposée en l'apercevant, qu'il s'était éloigné. Il s'expliquait cette impression malgré son cœur si parfait; — car pour André l'événement de la nuit du 15 août ne compromettait pas le cœur de Pierrette, — elle devait l'avoir pris en horreur : il était un des témoins de son crime.

Mais ce qu'il souffrit pourtant de cette répulsion instinctive, nous le saurons plus tard.

Si Pierrette parvenait à reprendre courage à la vie, si les bras morts de son enfant ne l'attireraient pas dans sa tombe, si elle pouvait ne plus se considérer elle-même comme une meurtrière, ce ne serait que lorsque le temps, une longue expiation, de grandes douleurs traversées, auraient éloigné d'elle le fantôme de cette nuit sanglante. Il la connaissait assez pour être certain qu'à l'heure présente elle ne songeait qu'à recommencer ce qu'elle avait déjà tenté de faire.

L'amour dans le lointain pouvait la guérir peut-être : l'amour aujourd'hui lui inspirerait un effroi mortel.

Si Savinien la voyait, il pouvait la tuer.

Et maintenant comment empêcher qu'il ne la vît?

Quel prétexte invoquer pour retarder cette entrevue, à cette heure où Savinien tenait, pour ainsi dire, l'amour et la fortune à pleines mains? Comment éviter cette conversation où un secret mortel pour tous deux serait peut-être livré par l'une ou deviné par l'autre? André frémissait à la pensée que Savinien pût apprendre une telle vérité, même quand de longues années en auraient éloigné l'horreur.

Quant à Savinien, il était tout entier à ce bonheur si inespéré. Il n'y avait plus aucune incertitude dans sa destinée. Toutes les difficultés s'étaient changées en victoires. Cette fortune, c'était l'amour, c'était l'avenir, c'était l'assurance irréfutable de pouvoir être heureux et libre, de donner tout le champ possible à ses généreuses idées et de faire de Pierrette la plus radieuse de toutes les épouses. Savinien eut un élan vers Dieu, qui laissait descendre sur lui une telle félicité, ensuite il retourna sur la terre, où cette félicité l'attendait matériellement.

Il ouvrit le testament d'une main tremblante, comme si ce papier pouvait contenir encore un piège. Il le relut.

Tout y était constaté; il indiquait à quelle place se trouvait la pierre qu'il fallait soulever, ainsi que dans les contes arabes. Alors, comme s'il avait douté, et comme s'il avait eu soif de preuves, il sortit sans rien dire à André, longea en courant la rive de la Mare obscure et arriva à la maison de la Sèche.

Avant d'ouvrir cette pauvre porte, il tomba à genoux et remercia encore Dieu et sa bienfaitrice, puis il entra.

Il eut un saisissement en pénétrant dans ce froid asile, où s'était écoulée toute cette vie malheureuse, qui devait donner tant de rayonnements à la sienne. Il revit la vieille femme ayant froid, ayant faim, sur cette fortune, dont elle ne touchait pas à une obole pour ne pas l'en appauvrir peut-être, pensait-il. Il écarta les matelas et souleva la pierre.

À ce moment, il éprouva une crainte superstitieuse, de même que s'il allait commettre un vol. Mais l'image de Pierrette et le sentiment de la reconnaissance lui rendirent le courage, et il regarda. L'or était là, brillant sous cette lumière du soleil qu'il n'avait pas vu depuis longtemps. Savinien plongea les mains comme un avare; le trou était profond, et le trésor lui sembla inépuisable. Il y avait là des pièces à toutes les effigies; le millésime de quelques-unes remontait à quarante ans. Que de ruses, que de soins, que d'héroïsme, de patience il avait fallu à cette femme pour ramasser une telle fortune.

Elle était purifiée aux yeux de Savinien par la destination que la Sèche lui avait donnée. Il la regardait avec ivresse, sans convoitise sordide, et comme il eût regardé l'aube de toutes les belles journées qui devaient se lever sur leur amour. Elle ne représentait pas les satisfactions matérielles, mais un avenir idéalisé. Jamais ce métal éblouissant n'attira des regards plus chastes, plus tendres et plus mouillés de douces larmes.

À côté de l'or se trouvaient des billets de banque, soigneusement attachés, puis ensuite des pièces d'argent, puis enfin des pièces de cuivre, les dernières sans doute que la Sèche avait arrachées à la pitié publique. Savinien se jura que lorsqu'il aurait fait à Pierrette une existence paisible, il rendrait à l'aumône intelligente tout le surplus que l'aumône banale avait mis à lui. Il s'oublia, pendant longtemps, à remuer ces monceaux d'or. Le bruit cristalin qu'il en tirait résonnait dans ses oreilles comme un écho joyeux que lui renvoyaient les bruits harmonieux de leur avenir.

Enfin, épuisé d'ivresse, il referma la pierre plus soigneusement qu'il ne l'avait jamais refermée la Sèche, et vint trouver André. Il était radieux : la joie et l'orgueil, mais une joie pure et un orgueil généreux illuminaient sa figure.

— Pardonne-moi, dit-il à André en revenant, j'avais besoin de savoir si tout cela n'était pas un rêve. — Eh bien? — Le rêve sera la réalité de toute notre vie. Maintenant adieu! Ne pouvant pas te payer tout ce que tu as fait pour nous à présent, je suis obligé de remettre ma dette à l'avenir... tu devines, n'est-ce pas? — Vous n'avez point de dette, monsieur Savinien? — Tu ne veux pas deviner. Écoute alors. Tu as seize ans: Pierrette et moi nous pouvons avoir une fille, tu seras encore jeune si longtemps! tu aimeras bien la petite fille de Pierrette? M'acquitterai-je envers toi en te donnant notre enfant? André pâlit à ce souvenir que Savinien réveillait involontairement en lui, et peut-être parce qu'il avait touché une corde douloureuse et cachée, il reprit en détournant la conversation : — Pourquoi me dites-vous adieu, monsieur Savinien? — Parce qu'il faut que je te quitte pour aller la trouver. — Mais vous ne pensez pas pouvoir lui parler ainsi sans préparation. Je vous ai dit qu'elle était encore souffrante! — Oh! le bonheur la remettra! — Entre l'extrême joie et l'extrême douleur, il y a un abîme qu'il ne faut pas franchir trop brusquement, dans la crainte d'y tomber.

Savinien le regarda anxieusement.

— Les faibles y tombent! continua André. — Je te disais bien que tu me cachais quelque chose. Elle est donc encore malade et faible? — Oui, répondit André qui voulait à tout prix gagner du temps. La pauvre demoiselle ne vous a pas tout dit, monsieur. Son père, qui lui en voulait de votre malheur, l'a condamnée à un rude travail qui épuisait ses forces. Je l'ai vue quelquefois tomber de fatigue dans la vigne qu'elle piochait. — Le misérable! interrompit Savinien. Et que faisais-tu alors? — Je la fortifiais en lui faisant lire vos lettres et en lui apprenant à vous répondre. Mais comme ce travail a duré pendant plusieurs mois, il est résulté de cette extrême fatigue une susceptibilité nerveuse telle, que je ne puis pas répondre que mademoiselle Pierrette ne ressente point un saisissement en vous revoyant. — Tu as raison, mais sans lui apprendre brusquement que je suis ici, ne pourrais-tu pas aller lui dire par quel événement nous sommes enrichis tous les deux? — Tu lui demanderas quand je pourrai la voir, et moi j'irai trouver le père Jérôme, afin que ce traitement cesse. — Il a cessé depuis sa maladie. — Sa maladie? Tu m'en parles toujours! Qu'était-ce donc, mon Dieu! — Quelque chose d'indéfinissablement triste. Elle vous a cru un instant perdu pour elle, et à force de fixer sa pensée sur vous, cette pensée s'est troublée quelquefois. Il lui arrive encore de dire des mots qui vous surprendraient. Mais ne vous inquiétez pas, monsieur Savinien, tout cela se dissipera dans le bonheur. Elle est plus belle que jamais : il suffira à la fleur d'un rayon de soleil pour qu'elle relève sa tête. Pourtant, si ce rayon vient trop tard, il la séchera sur pied. Pouvez-vous me promettre de ne pas chercher à la voir avant que je l'aie prévenue? — Je te le promets, André. Mais ne t'oppose pas à ce que j'aille parler à son père, à ce que je voie sa maison et à ce que je passe sous sa fenêtre... — Faites, monsieur Savinien, et que Dieu vous conduise!

André se retira. Mais il réfléchit que le bonheur, revenant tout à coup, serait une cruelle ironie pour la jeune fille; qu'elle se sentirait plus coupable à mesure que toutes les difficultés se dénoueraient, et que, s'il y avait un remède pour elle, il ne pourrait se trouver que dans une longue expiation, par l'attente et par la souffrance, il retourna vers Savinien et lui dit :

— Si le malheur veut que vous la rencontriez avant moi... — Le malheur! interrompit Savinien. — Le malheur! il vaut mieux que vous ne la voyez pas maintenant. Enfin, faites une chose pour vous deux, si cela arrive. Ne lui racontez rien : laissez-lui croire que votre mariage est aussi impossible aujourd'hui qu'il l'était hier. Arrangez-vous pour qu'elle n'apprenne cela que peu à peu. Je vous assure que je dois vous parler de la sorte, et que, si vous connaissiez l'état de son esprit, vous me comprendriez et vous m'approuveriez, monsieur.

Le ton de ces paroles épouvanta Savinien. Il se dit que Dieu ne lui laissait pas longtemps sa joie nouvelle sans la mêler d'amertume. Mais ces craintes ne firent que redoubler son immense désir de revoir Pierrette et de s'assurer par lui-même de sa position. Il ne partit qu'avec terreur néanmoins. Il était brave : si on lui eût dit d'aller combattre une réalité, il eût été résolument, mais il marchait contre un fantôme, contre une chimère mystérieuse, et il tremblait...

XV.

Il est temps de soulever un voile que nous avons laissé sur André, comme il le laissait lui-même, le pauvre enfant!

André aimait Pierrette.

Chez les adolescents précoces, qui ont toute la grâce de leur âge, et toute la maturité qui n'arrive que plus tard aux autres, l'amour est la première révélation de la tristesse de la vie. Il ne se travestit en plaisir et en distraction que lorsqu'on l'a assez expérimenté pour n'en prendre que la chaleur et le parfum.

Les pages licencieux qui en remontrent en rouerie aux châtelaines, le frivole et coquet Chérubin dissimulant tant de perversité sous sa candeur, sont des types qui n'ont jamais existé que dans l'imagination des trouvères ou dans la verve légèrement sceptique de Beaumarchais. Richelieu a été timide devant sa première bonne fortune, et don Juan, à quinze ans, n'aurait jamais osé pendre son échelle de soie sous les fenêtres de doña Anna.

La timidité est toujours triste et rêveuse. Nul n'est moins exigeant qu'un enfant épris : une main qui aura passé dans ses cheveux, un pied nu posé sur l'herbe, un tutoiement par hasard, suffiront à le jeter dans d'incomparables ivresses suivies de mélancoliques langueurs. S'il aime une petite fille, il pleurera les années qui les séparent encore; s'il aime une femme plus âgée que lui, il se sentira continuellement humilié de son infériorité; il se croira ridicule quand il ne sera que charmant, et trop téméraire quand, au contraire, il n'aura pas compris.

Il se reprochera ce qu'il aura fait, il se maudira pour ce qu'il n'aura pas fait. Il se forgera contre lui-même des reproches éternels. Les insomnies, les jalousies incapables, étreignent et broient ces enfants comme des hommes. La vie n'est tellement qu'une longue étude de l'amour que les enfants qui n'ont pas aimé et les vieillards qui n'aiment plus sont l'exception. Il y a des amoureux de douze ans qui ont aimé jusqu'au suicide.

Dans les circonstances qui s'étaient présentées, il n'aurait pas été possible qu'André ne s'éprît point de Pierrette. Tous les jours, pendant les heures des leçons, il avait été près d'elle à l'ombre du bois; il avait vu ces beaux yeux s'éclairer à la lueur de l'instruction et de l'intelligence qu'il lui donnait; il avait entendu cette voix fraîche prononcer purement après lui la belle langue française qu'il lui apprenait; il avait tenu sur l'ardoise, dans la sienne, cette adorable main; il avait suivi du regard, durant de longues journées, le soleil glissant sur ce corps souple et profilant en ombre sur la mousse les lignes élégantes de sa taille; ensuite elle avait pâli et souffert d'un mal qu'il ne comprenait pas, mais qui la lui rendait encore plus chère; ensuite, il l'avait protégée contre les insultes de Thomas, et il avait eu un instant ce suprême bonheur d'exposer sa vie pour la sienne; ensuite, enfin, la nécessité l'avait rendu le confident de ses plus intimes secrets dont il avait rougi encore plus qu'elle. André était une si noble nature, que son affection s'augmentait de tout ce que souffrait l'être qu'il aimait, et qu'il excusait et comprenait ce qui aurait dû blesser la délicatesse de son culte. Le désespoir de Pierrette, ses regrets pour Savinien éloigné, sa crainte de ne pas être réunie assez tôt à lui, les confidences mêmes de ce sentiment passionné étaient comme autant de suppliants qui venaient frapper à son cœur, et son cœur s'ouvrait toujours. En abnégation et en sacrifice, plus on lui demandait, et plus il donnait.

Aussi, la découverte de son amour pour Pierrette ne l'effraya pas. Il ne le sentit venir que peu à peu. Il se considérait lui-même comme tellement en dehors du bonheur dont pouvait enivrer l'amour de Pierrette, qu'il lui aurait été impossible de croire qu'il trahissait ou trahirait la confiance de Savinien. Il ne trouva pas même que son affection filiale pour Savinien se fût affaiblie d'un battement de cœur, en songeant que celui-ci avait cueilli d'avance tout ce qui aurait enchanté sa vie. Non ! il souffrait comme un martyr, mais il n'en idolâtrait pas moins son maître. Il se voyait chassé à jamais du paradis de l'espérance, et peut-être, seulement parce que Pierrette avait rencontré Savinien avant lui, mais il n'en eût pas moins donné tout son souffle pour que pas un nuage ne passât sur le ciel de ces deux amants.

Voilà pourquoi, s'oubliant sans cesse, il ne s'était jamais trahi. Il lui aurait même été impossible de se trahir. Plus il comprenait qu'il aimait Pierrette, plus il voulait son bonheur, là seulement où elle pourrait le trouver, dans son union avec Savinien. C'était une douce et poétique figure que celle de cet enfant plus intelligent et plus courageux que bien des hommes, noyant sa vision dans ses larmes solitaires, se dévouant sans cesse pour celui qui lui était préféré, et consacrant toutes ses forces à rebâtir l'édifice d'un bonheur qui ensevelissait le sien.

On comprend maintenant pourquoi André, exagérant la tâche que lui avait donnée Savinien, était là à toutes les heures, s'exposant toujours, travaillant toujours contre lui-même, accomplissant avec enthousiasme un sacrifice inconnu. On comprend combien il avait été plus torturé encore que la jeune fille, pendant la nuit du voyage, et avec quel empressement il s'était élancé au bord de la Mare pour la secourir, et avec quelle épouvante il voyait cette mystérieuse adorée chargée d'un crime presque involontaire, mais en même temps presque impardonnable. La générosité coulait avec le sang dans ses veines; mais il ne faudrait pas croire qu'il n'éprouvât point mille morts par heure, comme s'il avait lutté.

Nous n'avons pas besoin de dire qu'André s'affligeait sincèrement du retard que la fatalité de tant de circonstances allait apporter à ce mariage. En conseillant à Savinien de ne pas voir Pierrette, il n'avait songé qu'à l'impression foudroyante que cette rencontre pouvait faire sur la jeune fille.

Lui, au moins, — et Dieu sait s'il en gémissait dans la tendresse infinie de son sentiment, — lui, depuis la nuit de la Mare obscure, n'inspirait à Pierrette qu'une aversion relative. Mais on ne meurt pas de cette aversion comme du saisissement de l'épouvante. Il résolut donc de mettre tout en œuvre pour essayer de parler à Pierrette et pour la préparer à tant de bonheur imprévu.

André était sorti avant Savinien. Il traversa la grande rue du bourg. A l'endroit où l'allée montante du château débouchait sur cette rue, André s'entendit appeler par la persienne fermée d'un pavillon ordinairement désert, et placé à côté de la grille sur la rue. Il ne connaissait pas la voix, mais elle était doucement timbrée.

— Vous êtes l'ami de M. Savinien, lui dit-on, il s'agit de lui. Ouvrez la grille : entrez sans être vu du bourg par la porte du pavillon.

André n'hésita pas au nom de Savinien : il entra dans une pièce carrée obscurcie par les persiennes fermées de trois côtés, et il eut besoin d'une minute pour reconnaître M. de Montarcher.

Il ne lui avait jamais parlé, mais il s'inclina respectueusement, car il savait ce que Gaétan valait. — Ceux qui ont un ami commun ne sont pas étrangers l'un à l'autre, dit M. de Montarcher; Savinien me répétait souvent que vous étiez le sein le plus robuste sur lequel il pût s'appuyer. Vous avez devancé votre âge par le dévouement et l'intelligence.

André salua de nouveau; il ne pouvait pas démentir son dévouement, et ce n'était pas l'heure de nier son intelligence, puisqu'on pouvait avoir besoin de lui.

— Je suis au courant de tout ce qui s'est passé entre vous et Pierrette, continua Gaétan; j'ignore pas quel service vous lui avez rendu et quelle influence vous pouvez avoir sur elle. — Mes services se bornent à peu de chose, et je n'ai d'influence que parce que mon affection est profonde. — Je n'ai pas à apprécier ici la conduite de Pierrette; mais pour que vous compreniez la suite de ce que j'ai à vous dire, rappelez-vous bien que je sais tout. Tout ! répéta en insistant Gaétan; je sais qu'elle a perdu la tête et que vous lui avez sauvé la vie.

André trembla. Quelque loyal que fût Gaétan, était-ce un témoin de plus du déshonneur et du crime de Pierrette ! Faudrait-il désorienter aussi ce jugement si clairvoyant et si amical ? Pour s'en assurer, André lui posa cette question :

— Depuis combien de temps êtes-vous à Pont-l'Abbé,

monsieur le comte? — Depuis ce matin seulement, répondit Gaétan sans hésiter.

Gaétan ne pouvait donc rien savoir, et dans l'intérêt de Pierrette, André devait tout nier.

— On a fait bien des suppositions odieuses sur le compte de mademoiselle Pierrette, mais, à coup sûr, ce n'est pas un ami comme vous qui les croira et qui les répétera. — Allons au fait, répliqua Gaétan sans se troubler. Êtes-vous allé, oui ou non, à la ville dans la nuit du 15 août? — J'y suis allé, dit André déconcerté par cette date précise. — Pierrette était-elle avec vous? — André ne répondit rien, mais une vive émotion se peignit sur sa figure.

— Faut-il tout vous dire? continua Gaétan : la visite au tour, la scène avec la Sèche, l'intervention de Thomas? Et enfin, faut-il arracher aux flots sombres de la Mare obscure le secret qu'ils gardent et qu'ils garderont, si vous consentez à me comprendre? — Monsieur, répondit André avec un tressaillement douloureux, si vous étiez un juge, vous me feriez trembler; mais vous êtes un ami et j'espère.

Gaétan lui répondit :

— Espérez! cependant, pour que tout réussisse, j'ai besoin de vous. Parlez-moi en toute confiance! Savinien, qu'il ne faut pas prévenir sous peine de le tuer; Pierrette, qui a horreur d'elle-même et qui ne pense qu'à la tombe; un scandale dont nous ne serions plus les maitres, et qu'il faut éviter à tout prix : tels sont les obstacles à combattre. Croyez-vous qu'il soit possible de déterminer Pierrette à ce mariage? — Jamais! répondit douloureusement André. — Si cependant ce mariage pouvait la réconcilier avec elle-même? — Je vous dis, monsieur de Montarcher, que Pierrette se tuera quand elle aura revu Savinien! — Et moi je vous dis que Savinien, que nous aimons avant tout, n'est-ce pas? mourra de douleur, s'il ne revoit pas Pierrette. — Entre ces deux alternatives, il n'y a que le temps, si Dieu nous permet de couler sans qu'il amène une catastrophe, il n'y a que le temps qui puisse nous devenir une raison d'espérer. — Le temps n'est pas un espoir quand chaque jour qui vient est plein de dangers. — C'est le seul qui nous reste cependant.

— André, me croirez-vous, si je vous jure que j'ai un moyen infaillible de rendre Pierrette au bonheur, après son mariage, et si je vous supplie de lui arracher ce consentement? — Les preuves, monsieur, donnez-moi les preuves, reprit André d'un ton incrédule. — Je ne puis pas vous les donner. Je n'ai de garantie de ce que je vous avance, que mon affection connue pour Savinien, que mon estime pour votre jeune courage et que ma parole d'honnête homme. — Cependant, si je ne la convaincs pas, il me sera impossible d'obtenir d'elle cette promesse.

— Ah! s'écria Gaétan, pourquoi faut-il que ce secret que je dois vous taire soit un de ceux qui ruineraient toutes nos espérances, si seulement il se répandait dans l'air sans qu'aucune bouche le prononçât? Pourquoi m'est-il interdit de vous demander conseil, à vous si sage et si aimant? Mais écoutez, André, la tête de Pierrette doit se perdre entre toutes les idées confuses et désespérées qui l'assiègent : laissez-lui prendre les résolutions les plus extrêmes : laissez-lui croire qu'elle calmera sa conscience par des expiations insensées. Mais au nom de Savinien, obtenez d'elle qu'elle vive jusqu'à ce mariage. Je vous jure encore sur l'honneur qu'elle ne pensera plus à mourir après. — Hélas! il y a en elle, à cette heure, un déchirement secret qui est plus fort que l'amour, répondit André d'une voix triste. — Ne me croyez pas, André, mais faites comme si vous me croyiez. — J'essaierai, monsieur, mais j'ignore si je pourrai seulement la voir. — Pourquoi? — Parce que, si j'étais près d'elle, je l'épouvanterais comme le fantôme affreux de cette nuit! répondit André en essuyant une larme. — Noble cœur! voilà le prix de ton dévouement. — Le prix me sera payé, s'il est vrai qu'il dépend de vous, comme j'avais cru qu'il ne dépendait que de Dieu de lui rendre un peu de calme. — Oui, répondit Gaétan, rendons-lui la joie, rendons-lui l'amour, et après,

nous, qui aurons tout fait pour elle, éloignons-nous, ne reparaissons plus; permettons au temps de verser dans son âme des flots d'oubli! qu'elle ne se rappelle plus jamais ni de ce qu'elle a souffert, ni de ce qu'elle a perdu, ni de nous, qui, hélas! avons tout vu ou tout appris! Voilà comment on aime ses amis, voilà comment vous les aimez, j'en suis sûr, André!

André n'avait jamais compris cette dure nécessité de ne plus revoir Pierrette, mais il était trop héroïque pour ne pas l'accepter.

— Restez-vous ici, monsieur de Montarcher, lui dit-il, et pourrais-je revenir près de vous pour vous consulter? — Je ne reste pas : soyez tranquille pourtant, tout s'arrangera comme si j'étais là; il importe que nul ne soupçonne ma présence ici. Vous voyez de quelle précaution je me suis entouré. Pour tout le monde je n'aurai pas quitté Paris, ni l'Assemblée, ni la politique. Que Savinien lui-même ne soupçonne rien! Adieu! n'allez pas croire au miracle pourtant! Vous verrez plus tard combien tout cela était simple et d'une prévision facile. Quand allez-vous essayer de voir Pierrette? — J'y allais lorsque vous m'avez appelé, monsieur! — Et vous y allez avec les mêmes intentions? — Non, je croyais qu'il était prudent qu'elle ne vit pas encore Savinien. — Soyez entre eux deux pour la soutenir, si elle chancelle quand elle le verra!

André s'éloigna; malgré sa confiance dans la sagesse de M. de Montarcher, il lui semblait que Savinien, que Pierrette, que lui-même, s'avançaient vers une catastrophe inconnue.

Cependant les augures étaient favorables : en traversant le bourg, il entendait, dans l'ouverture de toutes les fenêtres, les femmes qui parlaient en travaillant à l'aiguille de la soudaine fortune de Savinien, et qui s'en réjouissaient; elles ne paraissaient se douter en rien de la funèbre aventure de Pierrette, elles annonçaient au contraire que le mariage allait avoir lieu et que ce serait une belle noce, les deux fiancés étant si riches!

Au bruit de tous ces fuseaux tournant dans l'embrasure des portes, de tous ses fils criant en traversant la toile et de toutes ces langues de femmes jasant, il arriva vers la maison de Jérôme. Un rassemblement de voisins encombrait le portail. Les serviteurs passaient dans la cour effarés, Savinien faisait dans le fond des gestes de désespoir. André accourut hors de lui-même et éperdu d'inquiétude : — Qu'y a-t-il, au nom du ciel? s'écria-t-il. — Il y a, répondit Thomas qui se trouvait dans le groupe, que mademoiselle Pierrette vient de tomber morte sur son escalier.

XVI.

A l'heure où André était chez Savinien, le père Jérôme, revenant de l'enterrement de la Sèche, attendait chez lui la visite du notaire, qui ne pouvait pas manquer d'arriver, pensait-il, pour lui apporter ce testament convoité depuis tant d'années. Jérôme comptait sur l'héritage. Il lui était dû.

Jérôme, en se voyant si riche, se félicitait encore plus de n'avoir pas donné sa fille à un bohémien comme Savinien. Seulement, comme il avait été un peu inquiet de cette maladie de Pierrette qu'il attribuait au travail dont il l'avait surchargée, il se disait qu'il pouvait bien se permettre une servante de plus à présent, et qu'il soulagerait généreusement sa fille. Jérôme attendait donc le notaire dans cette disposition parfaite d'un homme qui a un surcroît de fortune à recevoir et qui médite une bonne action. Mais, à la place du notaire, ce fut Thomas qui entra.

Thomas venait-il pour déconcerter des espérances qu'il avait peut-être devinées, ou tout simplement pour produire une effet de surprise? Il venait parce qu'il était inquiet de Pierrette et qu'il aurait sans doute une occasion de la voir dans la maison. — Père Jérôme, je vous apporte une grande nouvelle. — De quoi s'agit-il? répondit Jérôme d'un ton indifférent, car il ne doutait pas de son triomphe, et il voulait triompher avec modestie. — La Sèche est morte, vous savez?

Thomas n'avait aucun remords, parce qu'il n'avait jamais pensé que la Sèche eût pu mourir du coup qu'elle s'était donné lorsqu'il lui arracha l'enfant des mains. D'ailleurs, sa nature était trop grossière pour qu'il pût se reprocher une nuance de brutalité dans une chose qu'il avait faite à bonne intention.

— Parbleu! je viens de la voir mettre en terre! — Mais elle a laissé des nippes, et on dit qu'il y a gras dans sa paillasse. — Vraiment? — Plus de pièces d'or dans cette paillasse que je ne fais entrer de grains de blé dans une sache. — Ah! et qui t'a dit cela? reprit Jérôme, que cette communication charmait. — Le notaire... je viens de le rencontrer. — Le notaire? répondit Jérôme, qui se rapprocha davantage de Thomas. Et t'aurait-il parlé du testament, par hasard? — Mais comment! père Jérôme, vous n'êtes pas plus étonné que ça? Vous trouvez naturel qu'une besace soit si productive! Vous soupçonniez quelque chose, voyons! — Non! — Ah! c'est un de vos meilleurs tours! Vous la caliniez, vous la dorlotiez, vous l'embrassiez comme du pain! — Je te promets que ce que je faisais était par charité pure; il faut que ceux qui ont la main pleine l'ouvrent à ceux qui l'ont vide, répondit Jérôme, qui proclamait déjà des sentences convenant à un propriétaire aussi bien posé qu'il allait l'être. Mais répète-moi encore, le notaire... — M'a dit le nom de l'héritier, et je vous félicite.

Jérôme tâcha que son regard ne fût pas trop superbe, et se modéra au point de ne pas sauter par tendresse au cou de Thomas.

— Oui! reprit celui-ci: c'est plus adroit que si vous aviez hérité vous-même. — Que dis-tu là? interrompit Jérôme, qui devint alternativement blème et pourpre comme un verre qu'on remplirait de lait d'abord et de vin ensuite. — Je dis, répondit Thomas, que la fortune étant à votre gendre vous profitera tout comme si elle vous appartenait. — Mon gendre? es-tu devenu fou? Est-ce que je rêve? Est-ce que la Pierrette est mariée? — Dam! c'est tout comme! — Enfin, explique-toi, malheureux qui m'empoisonnes le sang! — C'est Savinien qui hérite! répondit mystérieusement Thomas. — Savinien! reprit Jérôme écumant de fureur, Savinien *le Grêlu!* Ah! la misérable drôlesse! Ah! la voleuse de la confiance publique! Ah! l'effrontée! qui est venue s'asseoir si souvent à cette table, mangeant de tout, mettant sa main sale sur tout, qu'elle me soulevait le cœur! Ah! si je la tenais encore! Ah! si je pouvais aller la fouetter dans sa bière!

Thomas s'effraya presque de la fureur qu'il avait excitée. Il ne savait point si elle n'irait pas jusqu'à l'apoplexie. — Allons! calmez-vous, père Jérôme, et envisagez la chose du bon côté. — Si je savais que tu es venu par exprès pour me conter une histoire si impossible... — Quand je vous dis que j'ai rencontré le notaire et qu'il venait de lire le testament. — Ce testament, je l'attaquerai; je le ferai déchirer en mille morceaux, comme je voudrais pouvoir déchirer la vieille peau! — Mais pour l'attaquer, qu'étiez-vous donc à la Sèche, père Jérôme! On a bien prétendu que vous étiez son galant, mais cela ne donne pas de droit. — Tu vas te taire! tu vas ne pas répéter une chose que tu ne crois pas! répondit Jérôme en s'avançant d'un air menaçant. Mais la carrure et l'air tranquille de Thomas le retinrent. — Voyons! reprit-il, tu as un but en venant ici: ce n'est pas seulement pour me corner ces mauvaises nouvelles aux oreilles que tu es arrivé. Qu'est-ce que tu veux? — Je voudrais voir mam'zelle Pierrette, reprit simplement Thomas. — Et après? — Et après lui raconter tout cela qui la rassurerait. — Elle n'en saura rien ni par toi, ni par d'autres, elle n'en saura rien de si tôt. Je n'ai pas besoin de lui faire regretter encore plus ce Savinien! Il ne sera pas plus mon gendre étant riche qu'il ne l'a été gueux! — Père Jérôme, vous n'avez pas votre judiciaire habituelle. Vous ne comprenez pas que Savinien est un magnifique parti maintenant. — Je ne dis pas, mais je l'ai chassé, et je n'ai qu'une parole. — Vous ne comprenez pas qu'il prendrait mam'zelle Pierrette sans dot, et que, gardant la dot, c'est comme si vous héritiez. — C'est possible, reprit Jérôme, qui était déjà convaincu aux trois quarts, et qui, en homme avisé, se faisait pour se persuader lui-même des raisonnements bien supérieurs à ceux de Thomas. — Vous ne comprenez pas enfin que Savinien et votre fille, n'entendant rien aux affaires, vous prieront de tout arranger et gouverner, et que vous serez vraiment maître de toute la fortune de la Sèche? — Tout cela peut être vrai, mais ce qui l'est aussi, c'est que, par fierté, Savinien à présent refusera d'épouser Pierrette. — Je ne crois pas. — Et pourquoi? — Je vous ai dit tout à l'heure, par manière de rire, un mot qui est vrai tout de même, à ce que je crois, quand je prétendais qu'ils étaient presque mariés, répondit Thomas, qui ne pensait pas faire une indiscrétion en divulguant une chose qui lui paraissait si simple, et qui voulait, dans un intérêt amical pour Pierrette, combattre en ses derniers retranchements une résistance qu'il ne savait pas la vaincue.

— Presque mariés! dit Jérôme, que cette nouvelle aurait tellement exaspéré la veille encore, mais qui l'accueillait avec joie, à cette heure, comme une espérance donnée à son avarice. — Dam! vous savez bien comment cela se passe entre deux jeunesses qui s'aiment. Je pense que... ils se sont vus, quoi? — Et qui te l'a dit supposer? — Mam'zelle Pierrette avait une mine éveillée comme une fille qui a passé par la lumière. — Eh bien! reprit Jérôme, que cette conversation embarrassait à la fin et qui voulait la rompre, ce n'est pas une raison pour que Savinien pense encore à elle. — M. Savinien est un brave garçon, et, aussitôt qu'il saura son sort, il arrivera au pays. — De sorte qu'il faudrait lui écrire. Ce n'est pas facile! — Ma foi, non! rapport à ce que vous ne voudrez pas avoir l'air de revenir. — Après tout, dit Jérôme, quand on a eu tort, il est permis de l'avouer. — Vous reconnaissez donc... — Que je n'aurais pas dû maltraiter un garçon qui a si bien mené son affaire de longue main. Ce n'est pas pour rien, vois-tu, qu'il demeurait près de la Sèche. Il n'y avait que les rainettes de la Mare pour les voir et les entendre, répondit Jérôme, enchanté de faire peser sur un autre les soupçons qu'on avait eus longtemps sur lui. — Il y aurait bien un moyen meilleur qu'une lettre, repritThomas. — Et lequel? — Mes affaires m'appellent demain au... et je pourrai parler à Savinien de votre part, sans vous compromettre. — Ce serait un vrai service, ça! — Pour agir ainsi il faudrait que j'aie vu moi-même mam'zelle Pierrette! reprit Thomas, qui, ne trouvant pas sa conscience assez satisfaite encore, voulait être sérieusement utile à la jeune fille, et la voir pour le lui dire. — Ah! la voir! ne la voit pas qui veut depuis quinze jours! Au surplus, je connais bien l'esprit des filles. Tu peux être sûr qu'elle ne te démentira pas dans ce que tu diras à Savinien. — Ni vous non plus, n'est-ce pas, père Jérôme? — Jamais! — Même si la Sèche avait fait à l'hôpital un autre testament pour révoquer le premier? — Oh! la Sèche ne devait pas être prodigue de testaments; il n'y a rien à craindre de ce côté là! répondit Jérôme sans hésiter. — Eh bien! alors, j'irai de confiance : mais dites toujours à mam'zelle Pierrette que c'est moi qui ai fait la commission.

Il avait à peine descendu trois marches qu'il revint très-empressé. — Vous avez bien raison, père Jérôme, Savinien se doutait de la chose. — Et pourquoi, crois-tu?... — Parce qu'il est là dans votre cour! — Savinien! — Regardons par la fenêtre. — Monte-t-il ici? — Ce n'est pas à vous qu'il en veut, c'est à elle.

C'était Savinien en effet. — Troublé, comme nous l'avons dit, par les paroles d'André, il avait voulu éclaircir lui-même les doutes qui commençaient à lui arriver.

Mais le courage lui manquait pour entrer. Jérôme et Thomas le virent passer plusieurs fois devant l'escalier de la galerie. Il n'y avait personne dans la cour à ce moment.

Savinien contemplait avec émotion ce toit qui recouvrait sa compagne. Il lui semblait que son regard aurait dû traverser la muraille qui les séparait et descendre dans le sein de Pierrette, et son souffle lui arriver, de même que la fraîche brise qui annonce au voyageur sur la mer le voisinage d'une terre aimée. Mais, comme ce magnétisme n'agissait pas, il se détermina à entrer, et au bout de la galerie il frappa à la porte. Nul pas ne retentit dans l'intérieur, nulle voix ne lui répondit. Alors les craintes que lui avait suggérées André lui revinrent. Il eut peur de ce qui arriverait et n'osa plus frapper, et il se retirait résolu à arracher une explication complète de leur mutuel confident.

Mais Jérôme ne voulait point perdre de temps. La familiarité de la démarche de Savinien lui prouvait que leur intimité n'avait pas été exagérée par les dires de Thomas. — Eh bien ! reprit celui-ci, voulez-vous toujours que j'aille lui parler de votre part, père Jérôme ? — Non ! je parlerai moi-même. — Appelez-le ! — Pierrette entendrait son nom. Je veux que notre entretien ait lieu auparavant, et faire en sorte que le contrat puisse être tout prêt.

Et Jérôme descendit et mit la main sur l'épaule de Savinien. Il se retourna. Il fut très-surpris en voyant derrière lui le père Jérôme, qui l'abordait le chapeau bas, et Thomas, qui s'éloignait en lui faisant des signes qu'il ne comprenait pas.

— Monsieur Savinien, dit Jérôme, je suis heureux que vous veniez vous-même. J'ai dit de vous autrefois de mauvaises paroles qui ont porté malheur à ma maison. La petite se meurt depuis que vous avez quitté le pays par ma faute. — Pierrette se meurt ! interrompit Savinien pâle d'effroi. — De regret et d'absence ! oui monsieur Savinien, et, si vous n'étiez pas devenu si riche, je vous prierais bien de la prendre à cette heure ! — Tout ce que j'ai à Pierrette, reprit Savinien : personne n'a le droit de dire que ma richesse me séparera d'elle, comme la vôtre vous avait séparé de ma misère. Mais les longs discours sont inutiles. Qu'a-t-elle ? — Elle a le mal d'amour ; et j'aurais bien été vous chercher à genoux pour la guérir ! — Monsieur Jérôme, pensez-vous que je puisse la voir sans préparation ? — Laissez-moi vous causer d'abord de mes excuses pour le passé et de l'arrangement du contrat. J'ai fait des pertes depuis vous. Dieu m'a puni de plusieurs côtés parce que je ne m'étais pas chrétiennement conduit. Les brebis sont mortes dans l'étable. La gelée a pris les vignes. J'aurai bien du mal à réunir la dot. — Nous parlerons mieux de tout cela quand j'aurai posé mes yeux sur Pierrette, interrompit Savinien avec un demi-sourire. — Ne vous faut-il que cela pour vous contenter ? — Oui ! tout ce que vous voudrez après ce bonheur ! — Je crois que, si elle vous voyait, la petite pourrait avoir un saisissement. Regardez-la, sans qu'elle vous aperçoive, derrière ce rideau. Je vais l'appeler. Il ouvrit la fenêtre et appela, en effet. Thomas était encore dans la cour, occupé à causer avec un bouvier.

Pierrette parut sur la galerie et répondit à son père. Elle était un peu pâlie, mais sa beauté devenue plus idéale. Elle marchait lentement. Sa taille se pliait encore, comme si le cher fardeau y était toujours. Le fardeau qu'elle portait était plus lourd que l'autre !

Savinien se contint, mais sa main trembla tellement qu'elle lâcha le rideau qui le cachait. Savinien apparut, mais Pierrette n'avait pas le regard dans cette direction. Alors Thomas, croyant lui faire un grand bien, désigna d'un geste la fenêtre où était Savinien.

Thomas, ayant une partie du secret de la jeune fille, exerçait sur elle, sans le savoir, une sorte d'influence motivée par l'effroi. Elle suivit le geste et elle vit. Quand elle eut vu, elle poussa un grand cri, recula sur elle-même et

tomba évanouie. C'est à ce moment que les voisins accoururent et formèrent ce rassemblement.

Lorsque Pierrette revint à elle-même, au milieu des assistants troublés, elle porta la main à ses yeux de même que pour en chasser une vision, rentra dans sa chambre et déclara qu'elle ne pouvait voir personne.

XVII

Savinien se retira la mort dans l'âme. Ce n'était point la surprise qui avait causé à Pierrette une si foudroyante émotion. Elle était retombée sur elle-même en reculant, comme quelqu'un qui a peur. Comment était-il possible de supposer que lui, si idolâtré encore dans la dernière lettre qu'elle lui avait écrite, il ait pu lui inspirer tout d'un coup une aversion pareille ? Mais comment admettre aussi que ce cri poussé par elle ne fût en même temps de l'épouvante et de l'horreur ?

Il alla trouver André. Celui-ci, malgré toute sa prudence, se sentait embarrassé pour répondre. Il se fût plutôt tué que de rien laisser soupçonner ; mais il lui était impossible cependant d'encourager Savinien à des tentatives qu'il savait devoir être mortelles pour la jeune fille. Sa conversation fuyait le point précis où Savinien la ramenait sans cesse. Elle se perdait dans les généralités et dans les ambiguïtés qu'éclairèrent bientôt les lueurs d'une jalousie incertaine.

Savinien se disait bien qu'il était impie de supposer que l'âme loyale de Pierrette, cette âme dont les émanations d'amour lui étaient arrivées si pures et si vraies dans toutes ses lettres, eût pu se laisser remplir par un souffle étranger. Il se répétait qu'elle était passionnée noblement et vertueusement ; la jeune fille qu'une nuit d'hiver avait jetée si intrépide dans ses bras, sous le toit de sa maison de la Mare obscure, qu'un amour aussi entier et irréfléchi ne pouvait point faillir dans un sein fervent, que la pudeur même de Pierrette, cette pudeur qu'elle lui avait sacrifiée avec tant d'ivresse, garantissait son sentiment contre toute altération, et qu'enfin ce cœur était un diamant qu'aucune respiration ne pouvait ternir.

Il se répétait tout cela ; mais, en même temps, il s'alarmait du sens mystérieux des réponses d'André. A moins de supposer la folie, il n'y avait que le sentiment d'une faute impardonnable qui pouvait la tenir ainsi éloignée de lui et la rendre effarée et convulsive en sa présence. Ce cri qu'elle avait poussé était bien celui d'une conscience troublée et pleine d'angoisses ; c'était bien ainsi qu'une femme devait se renverser en face de l'amant qu'elle a trompé, et qui croit toujours en elle ! Mais sur qui ses suppositions peuvent-elles s'égarer ? Quel est l'ennemi mystérieux qui s'était posé entre la vertu et lui, entre la certitude et lui, entre le bonheur suprême et lui ? Tous ses doutes restaient doutes. Aucun écho ne répondait dans cet abîme de ténèbres où il laissait tomber ses gémissements et ses épouvantes.

Pendant deux jours, presque à toutes les heures, le malheureux revenait et interrogeait vainement ces fenêtres et cette porte toujours fermées. Le père Jérôme, dévoré par une rage intérieure, et ne voulant pas la laisser deviner, ne parvenait pas à donner un prétexte plausible à cette solitude outrageante.

Pierrette ne lui répondait rien à lui-même ; elle se disait malade et n'entr'ouvrait sa porte qu'avec épouvante ; quand le médecin était venu la voir, elle s'était dérobée avec tant de frénésie à ses questions et à ses regards, qu'il avait renoncé à ses visites, ne découvrant aucun symptôme de mal réel et craignant par sa persistance de la pousser à la folie.

Quand Jérôme prononçait devant elle le nom de Savinien, il la voyait saisie d'un tremblement convulsif ; elle cachait sa tête dans ses mains et semblait ne plus rien comprendre. Lorsqu'on lui parlait de sortir, elle disait que le grand air la tuerait, qu'elle connaissait bien elle-même toutes ses extravagances, et que le temps et la solitude seraient son seul remède. Voilà par quelles consolations Jérôme pouvait rassurer Savinien. Pierrette n'était point malade, pensait celui-ci : elle n'avait besoin que d'un médecin d'âme ; lui seul pouvait être ce médecin, et aucune supplication ne parvenait à la décider à l'admettre.

Savinien écrivit dix lettres. Tantôt la complicité de Jérôme et de toute la maison inventait des prétextes pour les laisser dans la chambre de Pierrette, tantôt, afin de leur donner de prix par une sorte de mystère, on les jetait dans sa chambre à travers le volet. Rien ne réussissait. Les lettres restaient où elles étaient tombées, et Pierrette n'y posait pas les yeux.

Cependant, le troisième jour, les suppositions jalouses de Savinien prirent un corps. Il avait remarqué que Thomas, fort troublé aussi de la résolution de Pierrette, rôdait sans cesse dans la cour. Le signe que Thomas avait fait à Pierrette, et par lequel il lui avait montré Savinien, l'intérêt réel qu'il portait à son état, excitèrent sa défiance. Savinien, avec sa bonté habituelle, accueillait toujours comme autrefois Thomas, quoiqu'au fond il ressentît pour lui l'espèce de pitié que l'intelligence a toujours pour la force brute. Il le suivit donc, et n'ayant plus conscience de l'inconvenance de ses questions, il lui parla ainsi : — Thomas, vous connaissez ma situation désespérée auprès de Pierrette, je m'intéresse à elle plus qu'au salut de mon âme. Quel que soit le remède à ce qu'elle souffre, je le lui appliquerai. Dites-moi tout comme vous le diriez à Dieu : N'avez-vous point eu de rapport avec elle pendant mon absence ?

Thomas fut touché par la franchise et par l'abandon de cette demande. D'ailleurs il voulait continuer son expiation à sa manière ; il répondit en essuyant une larme avec sa main rude :

— C'est vrai que j'ai eu du goût pour elle ! Un jour, j'avais bu une bouteille de trop, et il y a bien des mauvais conseils dans le vin, monsieur ; je l'ai attirée au moulin, et je dois dire que j'ai eu la pensée de lui faire violence. Mais sa vertu était plus forte que mon vice ! Je me sentais faible auprès d'elle comme un oiseau qui voudrait arrêter une meule. Je ne lui inspirai que dégoût et horreur ! Je ne vous dis pas de me pardonner, monsieur Savinien ; je ne me pardonnerai jamais à moi-même ; mais ma vie est à vous, avec aveu, vous pouvez me la prendre : je ne me défendrai pas.

Savinien s'éloigna : comme le disait Thomas, ce brutal agresseur ne pouvait lui avoir laissé que du dégoût. La fièvre donna un autre cours à sa jalousie. Seulement, cette fois-là, il fut plus clairvoyant : ses soupçons s'étaient arrêtés sur André. — Mon enfant, lui dit-il, pardonne-moi ce que je vais te dire, mais Pierrette se meurt, et, si une injure à ta pure amitié pouvait la sauver, tu l'excuserais, n'est-ce pas ? Voyons ! dans la longue intimité où tu as vécu avec elle, quand chaque jour tu recevais ses confidences, quand tu plongeais tes regards dans cette jeune intelligence que je t'avais chargé d'éclairer, quand tu étais là ; avec elle, pendant que je me tenais si loin, quand tous les deux vous ne parliez que d'amour, André, dis-le-moi comme à ton frère, ne l'aurais-tu point aimée ?

L'enfant resta héroïque. Quoique son âme tout entière eût envahi son visage, pas une de ces lignes ne remua.

— Je n'avais des yeux que pour mon maître, répondit-il ; toutes les paroles qu'elle disait, je les lui renvoyais dans l'espace : je ne me suis pas aperçu qu'elle fût belle et je n'ai jamais senti que je fusse autre chose qu'un enfant. — Je ne soupçonne rien de ta loyauté. Tu aurais été entraîné sur cette pente de l'amour, que je ne serais pas en droit de te faire un reproche. Je n'ai pas d'autre ambition que le bonheur de Pierrette. Toute ma fortune appartient à celui qu'elle choisira. Tu ne l'as pas aimée, toi ! Mais elle, ne m'aurait-elle point oublié, en te voyant sans cesse ?

André sentit la pâleur de la mort qui montait pendant que Savinien lui parlait ainsi : mais il fut assez fort pour commander à la pâleur de ne pas arriver jusqu'à son front, et il répondit : — Elle vous a été fidèle comme le soleil l'est à la terre, et elle vous aime comme la terre aime le soleil !

Savinien ne poursuivit pas plus longtemps, et il eut honte de ses soupçons. — Eh bien ! continua-t-il, quand ce ne serait que pour me rapporter son dernier soupir, il faut que tu la voies ; il faut que tu lui dises que je n'ai plus de Dieu, que je n'ai plus de conscience, et que je n'attends plus pour mourir que l'heure qu'elle me dira elle-même ! il est impossible de la voir, je le sais bien, mais tu la verras, André, j'en suis sûr ! — Je la verrai ! répondit André.

. . . .

Avant de raconter cette entrevue, nous allons revenir sur nos pas et suivre les traces de Pierrette, depuis le jour où elle était tombée près de la Mare obscure.

Elle se réveilla dans sa chambre, comme elle s'y était réveillée à toutes les aurores de sa paisible jeunesse. Qui avait veillé sur elle ? qui l'avait transportée dans son lit ? Elle était seule ; tous les vestiges des témoins avaient disparu. Cette solitude l'effraya plus que la foule. Ceux qui l'avaient assistée étaient partis emportant son secret. Quels étaient-ils ? Où se retiraient-ils, ceux qui l'avaient vue ? Elle se rappelait avoir reconnu André, au moment où elle allait se précipiter. Mais il était accompagné. O terreur ! et de qui ? Elle n'eut pas d'abord la perception nette de son crime. Elle se sentait réduite, pour ainsi dire ; une partie de son être était mort en elle. Tout à l'heure, elle respirait par deux bouches : une des deux s'était fermée. Tout à l'heure elle avait deux cœurs : un de ces cœurs ne battait plus. Tout à l'heure elle était double : à présent elle était une. Tout à l'heure, enfin, elle portait dans ses bras quelque chose dont le poids répandait en elle une volupté idéale : maintenant ses bras ne portaient rien. Voilà ce qu'elle comprit au commencement.

Lorsqu'elle se souvint... lorsqu'elle retrouva dans un rêve ce moment suprême où ses mains s'étaient dénouées et avaient laissé tomber l'enfant, où l'eau, subitement entr'ouverte, avait englouti la vision de son âme avec un bruit pareil à un gémissement ; lorsqu'elle se rappela que c'était là volonté qui avait fait cela, alors elle poussa un tel cri, que les bœufs effrayés lui répondirent dans l'étable.

C'était donc elle ! elle qui, quelques mois auparavant, sentait réellement, sous la main de Dieu, toutes les vertus germer dans son sein, comme la terre sent germer la semence qu'on lui jette ! elle qui, en laissant naturellement marcher ses pieds, était toujours sûre d'aller dans le chemin des bonnes intentions, des sacrifices joyeux, des saines pensées, des devoirs aimés ! elle qui n'avait jamais passé, non pas une journée, mais une heure sans faire un peu de bien ! elle dont toutes les fibres étaient si impressionnables au sentiment, et se pliaient sans cesse sous une sensation vibrante d'amour ! elle, la Pierrette de seize ans, de la couleur et de la pureté des roses non respirées ! C'était donc elle qui soudainement, sans y avoir songé une minute d'avance, — car elle en serait morte d'épouvante, — avait commis ce plus lâche et ce plus dénaturé des crimes ! C'était donc elle qui s'était mise au rang des mémoires les plus exécrées et qui s'était fait une ressemblance entière avec les figures les plus odieuses !

Elle ne pouvait pas le croire ! Elle portait les mains autour d'elle, et ce n'était que lorsque ces mains n'avaient rien rencontré qu'il lui était évident qu'elle ne sortait pas d'un songe d'épouvante. Elle était meurtrière, plus que meurtrière ! meurtrière de son enfant ! infanticide !!!

Mais enfin, comment cela était-il arrivé ? Elle le vit mieux dans l'escorte funèbre qu'elle traînait après elle. Elle avait fui sous ce vertige de la peur. C'était la honte qui avait tout commis. Sa seule pensée, — déjà bien criminelle, — n'avait été qu'un suicide! On l'avait arrêtée lorsqu'elle allait rejoindre ce gage donné à sa propre mort. Qui l'avait arrêtée? André! c'était André qui avait fait son crime. Sans André, elle se serait noyée; sans André, elle arriverait déjà vers Dieu avec son enfant, vers Dieu qui pardonne les vertiges de l'épouvante! Mais André était survenu! Il avait changé le désespoir en crime. Il l'avait sauvée matériellement, en perdant son âme. Il avait mis l'intervalle de tout son avenir entre le corps de son enfant déjà englouti, et le sien qui allait déjà le rejoindre. Il l'avait faite... ce qu'elle était.

Dès lors, services immenses rendus, affection si inviolable et si éprouvée, fraternité si douce, tout disparut. Il ne resta plus qu'un ressentiment presque instinctif. André lui fit horreur!

Quant à Savinien, elle n'y songea même pas dans le premier moment. Le remords avait pris en elle toute la place de l'amour. Plus tard, elle y pensa comme à un juge, comme à celui qu'on a dépouillé, comme à un malheureux assez abandonné du ciel pour avoir aimé une heure une femme semblable à elle. Dans les premiers moments, disons-nous, elle ne trouva pas Savinien dans son cœur. Elle eut la suprême tentation de se tuer d'abord. Mais bientôt elle écarta cette idée: nous dirons pourquoi.

Cependant rien ne semblait l'avoir trahie. Son père, lorsqu'il entra dans la chambre, ne lui fit aucune question. Il crut à la fatigue du travail, et il se reprochait bien des choses. On n'avait que peu de soin à lui donner. Elle ne demandait que du repos. Elle était presque toujours seule et malgré ses insomnies, dans lesquelles un fantôme d'enfant passait, malgré le déchirement éternellement nouveau de son regard, malgré les sinistres projets se croisant comme des éclairs dans sa tête, elle se remit physiquement en peu de jours. Elle s'en réjouit presque par la pensée qu'elle donnerait plus de pâture à la douleur. Si elle avait pu étendre son âme, elle l'aurait étendue, afin d'en livrer une plus grande surface. Le remords était devenu pour elle une âcre volupté, qui la captivait et l'engourdissait dans les ténèbres de sa chambre. Elle avait besoin de vivre pour cette volupté.

Une nuit, cependant, elle faillit ne pas résister à l'appel mystérieux de la mort. Sa fenêtre et ses volets s'étaient ouverts sous le vent du midi. Elle s'avança et s'accouda sur le bord. De même que des nuages s'effondraient au ciel, de même que des avalanches sous les rafales de simoun. Ils semblaient se lever et se baisser aussi prompts que des paupières sur le regard clair et jaune de la lune. Pierrette voyait vaguement. Devant ses yeux, toute la lumière de l'astre triste s'était concentrée, par hasard, sur un point qui la reflétait et la réverbérait plus éclatante. C'était la Mare obscure: miroir étincelant, cette nuit-là, de cette reine du firmament. Tous les détails apparurent à Pierrette, ainsi que dans une évocation magique. Les saules se détachaient, échevelés par le vent, sur le fond blanc du ciel; les vagues bouillonnaient comme dans une mer; parfois la jeune fille croyait voir rouler entre ces déchirements des flots une tête et un corps qui ressemblaient à ceux de son rêve. Et toujours entre les roseaux renversés, elle voyait ses petits bras qui se tournaient de son côté et semblaient l'implorer. Elle entendit aussi un murmure de voix qui l'appelaient et qui semblaient lui crier: « Mère! mère! » Pierrette fut sur le point de s'élancer et de courir avec ses pieds nus vers cette couche qui l'aurait bercée dans ses replis. Jamais la séduction du trépas ne lui arriva plus forte. Elle y résista: sa conviction était faite, son projet arrêté. Non-seulement le suicide n'était point une peine pour elle, il devenait presque une ivresse; et il fallait qu'elle fût punie, punie jusqu'à faire boire par la torture ou par la honte la dernière goutte de son sang! Si la miséricorde divine daignait descendre sur elle et son enfant, mort sans nom et sans baptême, ce ne serait sans doute qu'après cette expiation.

Mais quelle expiation pourrait être assez terrible pour toucher Dieu! Renoncer pour jamais à Savinien! A cette heure, ce serait peu de chose; mais elle sentait bien que si elle se reprenait à vivre, son amour renaîtrait, et que renoncer à Savinien serait renoncer à tout! N'importe, c'était un crime de penser même fugitivement à Savinien. Il fallait chercher autre chose!

La honte était le dernier des supplices pour elle. En s'en imprégnant, en s'en inondant, elle arriverait au paroxisme le plus déchirant de la douleur. Elle devrait livrer ainsi au public non-seulement sa honte, mais son crime. Les rares témoins qui avaient assisté à la scène de la Mare ne diraient rien d'eux-mêmes, mais si on provoquait officiellement leur témoignage, ils seraient bien forcés de le donner. Cette provocation, c'est elle-même qui la ferait. Elle irait se dénoncer à la justice. Elle espérait bien qu'on ne la condamnerait pas à mort, la mort étant trop douce. Elle se rêvait un long avenir de réclusion, de larmes et de prières. Elle n'aurait d'autre terme que sa vie, la chaîne douloureuse qu'elle aspirait à porter.

Pierrette s'était arrêtée à cette résolution, lorsque, par surprise, on lui fit voir Savinien. Cette apparition soudaine la renversa. Savinien, c'était quelque chose de bien plus sinistre à envisager que son remords éternel: c'était une souffrance qu'elle avait départagée; c'était le reproche vivant d'avoir fait peser aussi sur cet innocent un poids de malédictions, et de l'avoir entraîné à jamais dans les limbes de son malheur! D'un autre côté, pour lui épargner un si écrasant fardeau, se condamner à lui mentir toujours, à ne rien lui dire de ce qui l'accablait, c'était un effort au-dessus de sa faculté de souffrir.

Et si en le revoyant plusieurs fois elle allait se remettre à l'aimer! Si elle allait se laisser aller à cette émotion d'autrefois, dont elle sentait revenir à grands flots les influences et les dominations! S'il y avait un jour où elle oublierait! où, dans les bras de son amant, elle ne se rappellerait plus de son enfant tué par elle! Si tant de baisers parvenaient à sécher ses larmes! Mais non, les larmes ne sécheraient pas, le souvenir resterait; jamais l'ivresse ne s'emparerait plus d'elle tant que ce trouble éternel demeurerait en elle! Dans cette lutte entre le bonheur et le remords, entre l'amour et l'anéantissement, il y avait peut-être une autre expiation plus terrible que la première! Elle y rêvait sans cesse depuis qu'elle avait revu Savinien. Pour combiner cette trame de désolation, il lui fallait le recueillement et la solitude. C'est ainsi qu'elle avait refusé toute espèce d'entrevue et qu'elle n'avait lu aucune lettre. Le remords, son égoisme, comme l'exaltation de la joie. Pierrette ne songea pas une fois, en arrangeant un plan funèbre, qu'en même temps que la sienne, elle condamnait la vie de Savinien.

Cette séquestration volontaire dura pendant trois jours, elle fut interrompue par ce que nous allons raconter.

Comme nous n'inventons rien et que nous ne faisons que réunir les lambeaux d'une histoire qui vient à peine de se terminer, nous n'avons pas besoin d'excuser la vulgarité, et pour ainsi dire, l'allure bourgeoise des événements que nous traduisons. La réalité se présente rarement avec les apparences de l'imprévu. Les gazettes sont pleines d'aventures semblables à celle que nous réunissons ici. L'intérêt ne pourrait naître que de leur analyse et non de leur nouveauté. Racontons et analysons donc, si nous pouvons.

On a dit quelque part: Qui sait aimer sait mourir. Or, André savait aimer. Le sacrifice de sa vie, sur laquelle une ombre immense et indéfinie descendait d'un amour si malheureux et si impossible lui aurait coûté peu de chose, en supposant que ce sacrifice pût aider, ou seulement donner une chance lointaine au bonheur de Savinien et de Pierrette. Lui aussi, de son côté, formait un plan. Parvenir bientôt à parler à Pierrette, et la décider à épouser Savinien, telle était la double impossibilité qu'il avait à résoudre, puisque M. de Montarcher lui avait juré qu'une fois le mariage fait tout serait sauvé, et puisqu'il avait promis à Savinien qu'il réussirait à voir Pierrette.

Pierrette avait un asile à peu près impénétrable, sinon à la violence. Toutes les tentatives faites, toutes les combinaisons avaient échoué. D'ailleurs, il avait deviné qu'il inspirait maintenant une répulsion profonde à la jeune fille. Ainsi non-seulement il fallait pouvoir l'aborder, mais l'aborder après une circonstance qui aurait modifié ses dispositions à son égard. Le projet d'André était d'une intrépidité et d'une abnégation antiques. Mais André ne faisait point ses premières preuves de courage et de dévouement.

On se rappelle que, lors de la scène du moulin, le chien de garde de Jérôme était revenu blessé. Des chiens hydrophobes couraient le pays. Un des dogues de Thomas avait été abattu en pleine rage. Quelques symptômes équivoques s'étaient déclarés depuis sur César, le chien de Jérôme. Celui-ci aimait César, et se contenta de le faire enfermer. Mais le bruit de ces craintes avait circulé dans la maison et était parvenu jusqu'à Pierrette.

Le soir donc du troisième jour, ainsi que nous l'avons dit, André était arrivé auprès du père Jérôme et lui avait parlé ainsi : — Vous savez que je ne suis point fou. Je vais cependant vous demander une chose extravagante, et il faut que vous me l'accordiez : lâchez César dans la cour, ce soir à dix heures. — Lâcher César ! répondit Jérôme, mais c'est exposer tout le village. — Il s'agit du mariage de mademoiselle Pierrette, et je ne puis pas vous en dire plus long. Ah ! encore une chose cependant, il faut que vous me promettiez, quelque bruit que vous entendiez cette nuit, de ne pas descendre dans la cour, et il faut aussi que vos domestiques restent tranquilles. — Pour ça, je t'en réponds, mais je ne puis pas comprendre... — Il est impossible que vous compreniez. Voyons, père Jérôme, voulez-vous oui ou non ce mariage ? — Si je le veux ! répondit Jérôme. — Eh bien ! rapportez-vous-en à moi. Il n'arrivera de mal à personne, excepté à César, que je serai peut-être obligé de tuer. M'accordez-vous encore cette permission ?

L'avare hésita un instant.

— Mais, malheureux, reprit-il, tu vas t'exposer ! — Quand on est prévenu d'un danger, il est plus qu'à moitié paré ! — Et puis, ce chien me coûte gros... — Le départ de Savinien vous coûterait davantage. — Fais ce que tu voudras. Mais depuis quelque temps la maison et les têtes de tous ceux qui y entrent sont ensorcelées.

Jérôme s'éloigna.

César fut lâché dans la cour. C'était un chien noir, à poils ras, de moyenne taille et de race paysanesque si vigilante et si sûre qu'on trouve dans une partie de la France. André s'était déjà familiarisé, comme nous l'avons vu, à la lutte contre les chiens. Petit, souple et fortement musclé, son intrépidité égalait son adresse. Dix heures sonnaient à la paroisse de Pont-l'Abbé, quand il ouvrit la barrière de la cour de Jérôme. César, irrité par sa longue captivité et par sa maladie, se précipita sur la barrière avec des aboiements furieux. André le laissa aboyer longtemps, et multiplia exprès ses efforts pour ouvrir la barrière. Aucune lumière ne parut aux fenêtres. Mais il ne regardait que du côté de l'appartement de Pierrette. Était-elle trop absorbée par sa douleur pour entendre ces mugissements qui exposaient quelqu'un ? André attendit encore. Cependant, voyant que rien ne paraissait, il comprit que l'heure d'un sacrifice nécessaire était venu : il se recommanda à Dieu, il ouvrit et entra ; César se jeta sur lui par un bond de panthère. Il l'évita, mais pas assez vite pour qu'il ne sentît pas son souffle sur son bras, et quelques secondes après le sang qui coulait lentement sous sa blouse. Alors, pendant qu'il tenait en respect le chien avec son couteau, il appela Pierrette avec un accent réel de détresse. Il mit toute sa vie et tout son espoir suprême dans ce cri. Il ne s'était pas trompé : ses conjectures étaient justes. Une forme blanche traversa

la galerie et descendit dans la cour, et une douce voix effrayée qu'il n'avait pas entendue depuis longtemps, essaya d'apaiser l'animal furieux. André ne se donna pas le temps de sentir la pulsation de son cœur qui se soulevait à cette voix, et, prompt à son tour comme un léopard, il courut sur le chien, et, avant qu'il eût flairé en remuant la queue la robe de Pierrette, il le traversa d'un coup de couteau.

— Oh ! c'est affreux ! affreux ! s'écria Pierrette. Avez-vous été blessé, André ? — Je n'en sais rien, mademoiselle. — Et que vouliez-vous, mon Dieu ? reprit-elle. — Vous voir ! J'en ai acheté le droit, n'est-ce pas ? Vous m'écouterez bien pendant un quart d'heure, maintenant. — Pas avant que vous n'ayez regardé si vous êtes atteint. — Parlons d'abord : j'aurai assez payé ma blessure quand vous m'aurez permis de vous parler. Vous le voyez, je ne suis pas généreux et j'use de mes avantages. — Venez, dit-elle.

Et ils montèrent par la galerie. Pierrette, qui ne voulait point laisser voir sans doute l'asile de sa douleur, s'arrêta dans le grenier qui précédait sa chambre, et, posant à terre la lampe qui l'avait conduite, elle se laissa tomber sur le foin et fit signe à André de s'asseoir. — Mais il resta debout devant elle.

A la lueur de la lampe, il la regarda presque involontairement, et il vit qu'elle tremblait. L'horreur subsistait toujours. Avait-elle donc oublié déjà ce qu'il venait de faire pour elle ?

Les préambules étaient inutiles. — Mademoiselle, dit-il, voulez-vous que Savinien meure ? — Mieux vaut mourir que savoir ! répondit-elle. — Oui ! mais mourir avec une injure incompréhensible, faite par celle à qui l'on a donné son âme ! mourir en pleine lumière du bonheur et être repoussé dans la nuit par la femme vers qui l'on arrive, fou d'ivresse et de joie ! Mourir d'une trahison infâme de la destinée et sans découvrir le sens de cette trahison ! Ou bien apprendre un malheur courageusement supporté d'abord, et suivi d'une catastrophe à laquelle la volonté humaine n'a pas consenti, apprendre cela et pardonner, lequel vaut le mieux, mademoiselle ? — Ne me parlez pas ainsi ! Les innocents ne peuvent pas comprendre quelle blessure le crime fait au cœur ! Vous venez de braver un péril affreux pour me voir. Que me voulez-vous ? — Je veux vous répéter que Savinien meurt. — Et moi, dit-elle, que fais-je donc ? — Je veux vous convaincre que, si vous vous croyez le droit d'être insensible à son désespoir, je viens d'acheter, moi aussi, le droit de vous imposer en quelque sorte le consentement à ce que je vous demande. — Et vous me demandez ? — De recevoir Savinien. — Oh ! répondit-elle en se cachant la tête, pas encore, pas encore ! c'est plus que je ne peux donner. — Cependant, dit-il sans hésiter, je ne veux pas que mon sang ait coulé pour rien. — Votre sang ! fit-elle effrayée. — Il était à vous, je vous le rends. — Et vous vous croyez peut-être généreux, parce que vous venez de payer cruellement, comme vous le disiez, le droit de me contraindre ! reprit-elle avec amertume. Cette blessure était un calcul. Ce n'est pas votre chair qui a été atteinte, c'est la liberté de mon repentir. Ah ! je ne puis pas vous remercier d'un tel courage.

Mais bientôt elle se reprocha ces dures paroles échappées à un mouvement de colère. — Pardon ! reprit-elle. Il ne faut pas, parce que votre pitié insensée m'a réduite à ce désespoir, que j'oublie que vous avez été bon pour moi, que vous venez de l'être encore avec votre abnégation sublime ! O André ! je sens bien que je n'ai plus pour toi cette adoration fraternelle que j'avais autrefois. Mais ce qui me reste d'amitié et de reconnaissance est encore assez puissant pour que je ne sache plus résister à ta prière. Et elle lui tendit la main. Les larmes d'André la mouillèrent.

— Il est donc revenu ? reprit-elle. — Il est revenu. — Et on dit qu'il est riche ? — Autant que vous. — De sorte que rien ne s'opposerait plus... — Rien. — Rien ! répéta-t-elle en sentant comme une pâleur mortelle envahir son visage, rien en effet !

Puis, revenant comme malgré elle à ses questions :

— Et aucun soupçon ne lui est arrivé ! — Le doute ne lui vient pas plus de votre côté que la nuit n'arrive du côté de l'aurore. — Et... crois-tu que ses sentiments soient les mêmes ? demanda-t-elle en hésitant. — Serais-je ici sans cela ? — L'autre jour, quand je l'ai aperçu comme dans un rêve, il m'a paru qu'il était défait et triste. — L'autre jour, cependant, il espérait encore. Maintenant, il n'espère plus.

Pierrette trembla, mais non du même tremblement que tout à l'heure. Au milieu de ses interrogations pressées elle s'arrêta en se disant : — Malheureuse ! voilà que tu redescends dans le chemin d'autrefois ! Eh bien ! ajouta-t-elle après un recueillement de sa pensée, tant mieux, tout sera complet. Et elle se retourna vers André.

— Donnez-moi encore toute la journée de demain. Le soir à six heures je descendrai. — Vous le jurez ! — Je le jure... sur mon enfant mort ! — André frissonna, puis tout d'un coup : — Allons ! dit-il, je puis vivre ; il faut que je vive ! Et il prit une fiole d'alcali qu'il avait mis d'avance dans sa poche, et pendant que Pierrette s'éloignait, il en répandit quelques gouttes sur sa blessure, aux rayons de la lampe qui s'éloignait. Il souffrit atrocement ; cependant, si Pierrette s'était retournée, elle l'aurait vu sourire.

Le père Jérôme attendait, épiant du regard dans la cour par son volet.

André descendait en réfléchissant.

— Elle l'aime encore ! se disait-il. Elle s'est trahie par ses questions. Elle se laissera reprendre aux séductions du bonheur. M. de Montarcher a répondu de tout. L'avenir sera un livre si beau qu'ils ne retourneront pas la page du passé. Quant à moi, je vois clairement mon sort. J'ai appliqué le remède trop tard pour qu'il puisse agir. Je n'ai plus qu'à attendre cette maladie qui fait horreur et qui donne au mourant les instincts de l'animal. Ils seront heureux, et je ne les verrai pas ! Tout est pour le mieux !

Jérôme l'appela lorsqu'il fut au bas de l'escalier. — As-tu réussi ? lui demanda-t-il. — Complètement, répondit André. — Elle consent à revoir Savinien ? — Demain au soir ! — Eh bien ! alors, reprit Jérôme, puisque tu as eu si peu de difficulté, ce n'était pas la peine de me tuer ce brave chien !...

XVIII

Lorsque Savinien apprit que Pierrette consentait à le recevoir et qu'elle s'était laissé convaincre, il fut presque plus attristé par les commentaires qu'il fit douloureusement que joyeux par l'espérance de cette entrevue. Comment ! ce qu'elle avait refusé à ses lettres, à ses supplications, qui étaient certainement montées jusqu'à elle, malgré la fenêtre fermée, elle l'accordait à une simple démarche d'André ! L'empire qu'il avait sur elle était donc bien grand ! Il avait donc pendant la longue absence de Savinien tellement assoupi cette jeune volonté, qu'il en disposait absolument ! Ce rendez-vous, qui aurait dû être spontanément offert à l'amour, n'était permis et promis que par l'intervention d'un tiers ! Savinien ne consentait pas à être heureux par la grâce d'André ! Tant de difficultés imprévues, tant d'embarras évidents chez la jeune fille, cachaient un mystère dont l'inquiétude alourdissait le cœur de Savinien.

Il ne parvint pas à dissimuler entièrement ce ressentiment involontaire, et André, qui venait de sacrifier sa vie pour donner une heure à ceux qui s'aimaient et qui ne pouvaient pas se voir, André qui, en assurant ainsi leur union, avait si héroïquement consenti à disparaître ensuite et pour jamais, quitta Savinien avec la certitude qu'il en était moins aimé qu'autrefois.

Quant à Pierrette, elle se repentait presque d'avoir consenti. Plus le moment de retrouver Savinien s'approchait, plus le souvenir de son enfant se rapprochait aussi, et avec le souvenir le remords, et avec le remords la nécessité de l'expiation. Quoiqu'elle eût absolument pris sa résolution extrême, quoiqu'elle eût calculé sa pensée jusqu'à la minute pendant laquelle elle accomplirait le dénoûment préparé par elle, Pierrette avait peur d'éprouver auparavant un moment d'oubli et de bonheur, qu'elle se serait si amèrement reproché. Et puis, il lui semblait que Savinien allait détendre toutes les fibres de son courage, et que chaque fois qu'elle l'aurait quitté, il lui faudrait remonter une à une ces fibres douloureuses, comme on remonte les cordes d'une harpe quand la chaleur les a amollies. Cependant elle ne pouvait pas reculer. André avait assez payé la parole qu'elle lui avait donnée, et cette apparence même de bonheur entrait dans le plan de son sacrifice.

Elle passa toute sa journée à écrire. Comme elle écrivait lentement encore, c'était un plaisir long et douloureux que de recomposer ainsi, sous sa plume, ce monument écroulé des heures de sa jeunesse, et ce mausolée nocturne dans lequel elle aspirait à rejoindre bientôt quelqu'un.

Jérôme était radieux. Il touchait presque à ce moment si longtemps désiré où la fortune de la Sèche allait tomber des mains distraites de ses enfants dans les siennes. Ce mariage n'était pour lui qu'un prétexte pour ressaisir ce qu'il croyait lui être légitimement dû. Néanmoins il jugeait devoir assister à cette première conversation.

André était arrivé aussi à l'heure dite.

La journée d'août avait été très-chaude, mais le ciel préparait un beau et doux crépuscule, dont le rayonnement et la chaleur devaient se prolonger longtemps pendant la nuit ; une de ces nuits où chaque étoile est une lampe et chaque calice de fleurs une urne versant son parfum et sa fraîcheur ; une de ces nuits faites pour l'amour, pour le traînement silencieux sur l'eau des barques pleines de musiques et de femmes, pour les pas lentement imprimés sur la mousse des terrasses ; une de ces nuits, enfin, si tristes à ceux qui ne savent plus ou qui ne peuvent plus aimer !

Mais le soleil brillait encore lorsque la porte de la galerie s'ouvrit ; Pierrette parut. Elle ne croyait trouver que Savinien : elle s'arrêta un instant surprise en voyant aussi son père et André qui l'attendaient.

L'avait-on donc amenée par feinte à une conférence presque officielle, et serait-ce devant tant de témoins qu'il faudrait s'engager ! Elle eut alors un mouvement d'hésitation, mais il ne dura pas longtemps, et elle fut tout entière à l'impression que lui causait Savinien.

C'était donc lui ! lui à la fois le juge ! le père ! le complice involontaire de son crime ! lui qui ignorait tout ! lui qu'elle avait tant aimé ! lui vers lequel elle se sentait si souverainement ramenée ! Elle éprouva au dedans d'elle comme un courant d'amour qui sortait en bouillonnant et qui l'entraînait fatalement vers Savinien. L'ancienne influence était revenue. Pierrette eut la force de l'analyser, et elle se confirma dans sa résolution. Pour l'exécuter jusqu'au bout, il était nécessaire de dissimuler. Elle crut, la malheureuse, qu'elle pourrait dissimuler !

Elle descendit, et la pitié et la reconnaissance la conduisirent d'abord à André : elle s'approcha de lui et lui dit à voix basse : — Comment vas-tu, mon pauvre André ? tu n'as pas été blessé, n'est-ce pas ? — Non, mademoiselle. — Ainsi je n'aurai rien à reprocher à ton courage ? — Vous ne voulez pas de moi et de votre père ? reprit André en détournant la conversation. — Je veux de toi toujours ! mais il serait nécessaire que je pusse parler seule à Savinien. — Je vais essayer que cela soit ainsi, répondit André, et il alla trouver le père Jérôme, et l'emmenant au fond de la cour, il lui dit : — Ce n'est point notre place d'être entre eux deux ! — Ah çà ! est-ce que tu crois qu'ils sauront arranger la dot sans moi ? — La dot viendra plus tard, si vous les laissez causer d'abord de ce qui les intéresse plus que la dot. Je suis certain que notre présence pourrait tout gâter. Venez, père Jérôme.

Et il l'entraîna avec lui, mais avant de sortir de la cour, il attacha longtemps son regard sur Pierrette, car il était possible qu'il la vît pour la dernière fois.

. . . .

Pendant ce court entretien, Pierrette marcha à pas lents vers Savinien, et sans lui rien dire, elle mit sa main dans la sienne.

Ce simple geste suffit à emporter les soupçons de Savinien, soupçons qui venaient de s'accroître encore, lorsqu'elle s'était approchée d'abord d'André, et qu'elle lui avait parlé bas.

Par sa seule apparition, toutes les ombres s'envolèrent de cet esprit troublé. Quand son œil put reprendre possession d'elle, son âme reprit aussi toute sa confiance et toute sa sérénité. Puisqu'elle lui était rendue un instant, il saurait bien l'enchaîner à lui pour jamais. Et comme la figure de la jeune fille était toujours la même, comme la douleur, qui n'avait pas eu le temps de creuser des rides sur son front, n'avait fait que l'épurer encore, comme la tristesse descendue sur elle ajoutait seulement à sa beauté quelque chose de plus religieux, de plus pénétrant et de plus doux, Savinien se dit qu'il était impossible qu'elle eût pu le tromper, et que cette pureté de figure lui cachât un mystère ; et il remercia Dieu de lui rendre avec la même forme d'autrefois la même candeur et le même amour.

Il eut l'immense tentation de la serrer dans ses bras et de la reconquérir tout entière aux battements de son cœur. De son côté, Pierrette comprenait que la cour de la maison était un endroit trop public pour ce qu'ils avaient à se dire. Et tous deux, sans se consulter, prirent le chemin de la grande prairie, qui s'étendait de l'autre côté de la Gélize.

Ils marchaient l'un près de l'autre et ne se donnaient pas le bras. C'était une promenade presque officielle devant tous ces voisins qui se pressaient aux portes pour les voir passer. C'était un engagement presque public pris par Pierrette, en face de cette curiosité excitée encore par tant d'aventures et d'ajournements. Aussi était-ce épreuve fut-elle l'une des plus complètes qu'elle pût traverser.

Ils ne se parlaient pas. Ils auraient craint sans doute de profaner les paroles sacrées qu'ils avaient à se dire, en les laissant tomber devant tout ce monde. De même que ces oiseaux qui croient qu'ils sont cachés parce qu'ils ont dérobé leur tête sous une aile, ils espéraient que nul œil ne les suivrait plus, lorsqu'ils auraient dérobé leurs cœurs.

L'endroit où ils arrivèrent était fait pour un recueillement d'amour. Les mots saints qui étaient destinés à arriver jusque sous la voûte du ciel ne pouvaient point dépasser une étroite enceinte qui n'avait point d'échos. C'était un petit bouquet de bois posé dans un arc que formait la ceinture bleue de la rivière.

Le gazon descendait en pente douce à la Gélize. Des massifs de clairs bouleaux s'alignaient des deux côtés de la presqu'île. La transparence et la sérénité du soir glissaient entre le frêle feuillage.

Au delà de l'eau, la prairie s'étendait à perte de vue. Elle n'était peuplée que par quelques vaches, faisant çà et là une tache blanche ou fauve sur le fond vert de la perspective, et par un berger aussi dans le lointain. Pierrette et Savinien étaient absolument seuls : ils se couchèrent sur l'herbe et avant de parler ils parurent, l'un et l'autre, retrouver et respirer le parfum d'un souvenir dans le parfum de cette herbe. C'est qu'il y en avait un là pour eux.

Deux ans plus tôt, sous la même ombre des bouleaux et à une heure semblable, ils s'étaient aimés pour la première fois. La fête patronale de Pont-l'Abbé avait lieu dans cette prairie. Toute la population des environs y débordait. Des marchands forains alignaient leurs petites boutiques d'un arbre à l'autre. Des jeux de dagues, des tirs à l'arbalète, un mât de cocagne, un parquet pour la danse, un tréteau pour l'orchestre, remplissaient la presqu'île de bruit, de fumée et de bourdonnements.

Il y avait deux ans !

Mais tous deux se rappelaient les détails charmants et modestes de cette première entrevue. — Oh ! ma Pierrette, dit Savinien en rompant le silence le premier, que j'ai souffert ! — Ne dites pas cela ici, Savinien ; c'est un lieu consacré ! souvenez-vous ! nous ne pouvons, nous ne devons qu'y être heureux ! répondit-elle en faisant un effort sur elle-même. — Oui ! reprit-il, le même paysage sous nos yeux ! la même heure du soir qui descend dans la vallée ! le même vent qui passe sur les bouleaux ! et la même beauté sur ta figure ! le même cœur dans ton sein ! et dans ton cœur, le même amour ! C'est bien cela ! rien n'est changé ! — Non, rien ! répondit-elle avec un sourire étrange. Savinien, remercions Dieu de ce que deux fois de suite, à deux ans de distance, il nous a fait nous trouver ici, avec une part égale de bonheur ! — La meilleure prière de la reconnaissance, c'est l'amour ! dit-il. — Savez-vous, continua-t-elle, que c'est une exception bien rare ! Tant de choses auraient pu arriver pendant votre absence ! Vous auriez pu m'oublier dans vos préoccupations... — Ne parle pas ainsi, Pierrette !... — Et moi j'aurais pu mourir de ma tristesse. Au lieu de cela, je ne me suis jamais senti plus de confiance dans l'avenir ! — Oh ! il ne te manquera pas, ma bonne Pierrette. Le destin nous comble. Tu es plus belle, et je t'aime encore plus !

Pierrette le regarda avec émotion.

— Et puis, continua-t-il, tu sais que je suis devenu riche ! La Sèche est notre mère à tous deux. Chose étrange ! C'est Jérôme à présent qui m'imposerait ce mariage, si tu n'étais pas le trésor de mon espérance ! Nous n'aurons plus de ces inquiétudes matérielles qui pesaient sur tous nos projets. Tout n'a-t-il été retardé que pour être meilleur ! Mais qu'as-tu, ma Pierrette, dit-il en lui prenant les mains ? Pourquoi as-tu mis tes mains devant tes yeux ? Et pourquoi y a-t-il des larmes sur tes doigts ? — Ne me demandez pas ce que sont ces larmes, Savinien ! Ne savez-vous plus leur nom ? — Larmes de joie ? larmes d'amour, n'est-ce pas ? Elle fit un signe, trop oppressée pour répondre.

— Pierrette, reprit-il en baisant ses mains mouillées, il faut que tu saches tout ce dont je m'accuse ! Pendant que j'étais si loin de toi, les yeux de mon âme ne t'ont pas quittée une minute. Je te voyais avec l'ombre de l'absence sur le front, mais tu portais en toi mon souvenir, et pour te reposer, tu n'avais qu'à t'appuyer sur ton cœur. Le jour où te donnais des prétextes pour passer dans tous les lieux où nous avions été ensemble, et les ombres des feuilles, les accidents de la lumière, les senteurs des plantes, les bruits des champs te rendaient mes paroles, mes traits et mes regards. Chacune de ces choses t'aurait donné mon souvenir, quand même il t'aurait été importun. Mais il était le bien venu, et tu me restais tout entière. La nuit j'occupais encore plus ta pensée, je revenais, amant mystérieux, caresser ton âme sous la forme du rêve et faire revivre notre amour, s'il avait pu s'endormir ! — Oh ! c'est bien vrai ! interrompit Pierrette, emportée par la réalité. — Et c'était presque une bénédiction que cette absence, parce que chaque heure qui coulait, au lieu de rouler vers nous des vagues d'oubli, nous entraînait que davantage dans le courant du souvenir ! — Oui ! dit Pierrette, nous y plongions sans cesse, et en remontant, nous rapportions légèrement l'image que nous aimions ! — Tu m'étais fidèle, comme l'eau de la Gélize est fidèle à sa pente, et je n'ai pas eu une inquiétude ! — Je crois bien ! interrompit-elle. — J'ai promis de tout te dire et de m'accuser ! Pardonne-moi, chère Pierrette, je n'ai pas été aussi tranquille depuis mon retour.

La jeune fille sentit comme une lame froide lui traverser le cœur à ce soupçon. Cette impression fut aussi douloureuse qu'elle aurait pu l'être autrefois, car elle était revenue entièrement, depuis quelques minutes, à l'ivresse de son amour. Elle avait oublié !... Mais subitement, son crime, et la nécessité de l'expiation, lui revinrent et la courbèrent sous sa destinée. Alors, comprenant par l'amour retrouvé que le coup qu'elle préparait à Savinien serait trop cruellement mortel, et que, puisqu'elle devait le laisser seul sur la rive de la vie, il serait plus généreux à elle de le laisser avec des regrets même navrants, elle s'empara presque avidement de ce moyen que Savinien lui offrait lui-même, et pour qu'il fût moins malheureux par la suite, elle eut le courage d'essayer de se laisser flétrir.

C'est vrai, continua-t-il. Il faut que je sois bien sûr de ton indulgence pour te dire cela ! Mais quand j'ai éprouvé cette longue résistance de ta part à venir me rejoindre, j'ai cru... j'ai cru... qu'un remords te retenait... — Un remords ! interrompit-elle avec un effroi impossible à rendre. — Un remords ! répéta-t-il. J'ai supposé, — et cette supposition était un blasphème dont le ciel m'a puni par la douleur dont elle déchirait mon cœur, — j'ai supposé que tu m'avais trompé et que tu n'osais plus me revoir... — Eh bien ! fit-elle, pâle comme l'écorce du bouleau. — O mon amie ! ô seule croyance de mon âme ! Pierrette, dis-moi que tu excuses cet égarement de ma folie ! — Je n'ai pas à l'excuser ! répondit Pierrette. — Si ! une semblable pensée est une injure : efface-la avec ton pardon ! Mais... reprit-elle avec l'hésitation du poignard qu'on fait entrer dans son propre sein, dans le cas où cette supposition aurait été juste ?... — Que dis-tu, Pierrette ? — Si je mentais tout à l'heure en disant que votre souvenir m'était resté ?... — Tais-toi ! tais-toi ! Pourquoi jouer à ce jeu mortel ? Tu me le dirais, je l'aurais vu, que je ne le croirais pas ! Non ! je crois à ton œil limpide, je crois à ta voix d'ange, je crois à ton cœur... — Ne croyez à rien ! reprit-elle précipitamment ; je vous ai trahi !... — Toi ! toi ! Pierrette ! — J'ai été la plus odieuse des femmes... — Alors, reprit-il en se levant subitement, alors, à toi mon pardon, car je t'aimerai jusqu'au dernier jour. Mais à lui, quel qu'il soit... à lui... la mort ! — Non, ce n'est pas cela, dit-elle, puisqu'elle n'avait plus été maîtresse de ses paroles. Une nuit, j'ai...

L'aveu était sur ses lèvres, mais elle s'arrêta brusquement. Savinien l'aimait avec tant d'ivresse, qu'il lui pardonnerait peut-être encore jusqu'à ce crime... Et il fallait qu'elle fût punie ! punie !...

— Maintenant je ne vous demande plus qu'une chose, reprit Savinien tout à sa vengeance. Dites-moi son nom : je ne pourrai oublier que lorsque je saurai son nom ! C'est moi seule qui suis coupable ?... — Pierrette, ce lieu est sacré, ainsi que vous le disiez tout à l'heure. Rappelez-vous-le ! Il y a deux ans, vous m'avez juré que quelque chose que je vous demandasse ici, vous me l'accorderiez ! Ce que je demande, ce que j'exige, c'est le nom que vous taisez?

Pierrette s'était engagée dans une question sans issue. Mettre la jalousie au cœur de Savinien, c'était redoubler l'amour. Il n'y avait que deux manières de trancher la situation : ou apprendre tout à Savinien qui pardonnerait comme elle venait de l'éprouver, qui lui interdirait ensuite l'expiation, mais qui conserverait toujours dans l'âme un irrémédiable regret ; ou ne rien lui dire, lui laisser croire au bonheur et à l'innocence, et ensuite se dérober à lui, sans qu'il pût deviner pourquoi. De ces deux solutions laquelle serait la moins acceptable pour Savinien? La seconde, certainement. Il pleurera moins sa femme morte que criminelle. Et enfin en se donnant pour victime volontaire, elle parviendrait sans doute à fléchir Dieu. Elle allait donc entrer toute entière dans l'amour et dans les prémices du bonheur, pour que le sacrifice fût plus grand et plus méritoire.

— Mon ami, répondit-elle en feignant un sourire, c'est bien ! l'épreuve est complète... — L'épreuve ? — Je voulais savoir jusqu'où vous m'aimiez. Je le sais maintenant. — Mais laquelle dois-je croire, de celle qui avouait tout à l'heure avec l'accent de la vérité sur les lèvres, ou

de celle qui nie à présent avec le secours de la foi ? — Croyez en celle que vous avez toujours crue, et qui vous a donné tant de motifs d'être rassuré par son amour et par sa loyauté. — Je ne doute plus maintenant, répondit-il ; laisse-moi te le dire, cependant, cette épreuve était bien inutile... — Et si j'ai un moyen de vous la faire oublier ? — Emploie-le, guéris-moi, Pierrette ! — Allons ! se dit tout bas la jeune fille, pas de faiblesse, mon cœur ! brise-toi ! saigne jusqu'à la mort, car tu es condamné ! L'heure est venue !

Puis elle reprit à voix haute, en essayant encore de déguiser ses angoisses sous une physionomie heureuse : — Le moyen, c'est de ne plus retarder le terme que vous fixerez vous-même, le terme où... nous serons... unis...

Il attribua cette hésitation à une susceptibilité de pudeur, et il s'écria, ivre de joie : — J'ai de l'or maintenant pour faire des miracles ! La maison sera digne de toi dans huit jours ! — Dans huit jours ! répéta-t-elle sourdement, c'est long !

Huit jours pour tromper, pour mourir, pour renoncer à ce jeune amour qui revient inonder son sein ; huit jours d'agonie au milieu du bonheur de ceux dont on prépare le désespoir ! — Mais il ne comprit pas, il la remercia au contraire de cette impatience en lui serrant la main.

— J'ai un plan, Pierrette : j'achèterai tout ce qui me sépare de la maison de la Sèche : je ferai un clos entre les deux habitations. — Comme ce sera beau ! répondit-elle avec une expression de regret et de désir. — Je sèmerai du gazon autour de la Mare obscure qui deviendra un lac. Il y a encore un peu de jour, allons-y : tu me donneras tes idées. — La Mare obscure ! répondit Pierrette épouvantée. Jamais ! jamais ! Savinien la regardait avec stupeur.

Mais, craignant de s'être trahie, elle reprit plus calme : — Je voulais dire que j'aime mieux que vous me laissiez la surprise. Huit jours ! quel quantième sera-ce dans huit jours? — Le 13 septembre ! Si le treize est une date qui t'effraie, nous retarderons. — Non ! le treize est une date dont on se rappellera d'ailleurs elle convient. - Il n'y a que toi pour transformer ainsi les jours ! — D'ici au treize, vous me verrez souvent, n'est-ce pas Savinien? — A chaque instant ! — Nous n'avons pas été assez ensemble la première fois. J'ai toujours cru que c'est ce qui avait empêché notre mariage. — Comment cela ? — Oui, si vous aviez été plus avec moi ; vous ne vous seriez pas occupé de politique, et rien ne serait arrivé, rien, pourtant ! — Tu as raison... mais ne regrettons pas. — Ainsi, vous viendrez tous les jours ? — Soir et matin ! — Et par moi seule ? — Pour toi seule, puisque le monde, c'est toi — Vous le promettez, Savinien ! — Peux-tu en douter ?

La pauvre fille aurait voulu essayer de vivre toute une vie pendant ces huit jours que Dieu lui laissait. Elle voulait savourer et sentir toutes les heures de ces jours et toutes les minutes de ces heures. Savinien se leva.

— Vous me quittez déjà? dit-elle d'un ton de reproche. Elle était devenue avare du temps de Savinien.

— Je pensais que, comme tu étais encore faible de ta maladie, il était peut-être prudent de rentrer.

La vérité est que le bonheur rendait le cœur de Savinien si léger qu'il avait besoin de marcher avec sa joie. Il voulait aussi donner des ordres d'avance pour que tout fût prêt pour le 13. Elle prit le bras de Savinien, mais, au lieu de le conduire vers le bourg ; elle revint à l'endroit où la Gélize, en fuyant sur elle-même, courait vers la grande prairie. Comme ils traversaient une prairie qui dépendait encore des communaux de Pont-l'Abbé, ils entendirent une vache qui poussait des cris de détresse. Les bêtes se gardaient toutes seules et personne n'arrivait. Ils approchèrent aux cris. La pauvre vache léchait son veau couché mort sur l'herbe. Toutes les secondes elle s'interrompait pour appeler. Il y avait un son navrant dans ce cri de l'animal qui invoquait un secours qu'il comprenait ne plus pouvoir donner. Ce grand œil noir interrogea profondément les arrivants. Pierrette crut même en voir sortir une larme.

— Oh ! dit-elle en s'éloignant à pas pressés, ceux qui prétendent que cette mère n'a pas une âme en manquent eux-mêmes ! Elle comprend, elle aussi, tout ce qu'il y a de désespérant à perdre son enfant, et encore elle n'a pas comme...

Pierrette n'en dit pas plus long, mais elle entraîna Savinien. Ils retournèrent au bord de la Gélize : mais là, un autre simple spectacle devait de nouveau remuer l'âme de Pierrette. Devant eux, et suivant en dehors le lit de la rivière colorée du chaud crépuscule, deux papillons volaient ensemble. Ils se perdaient comme une poussière d'or dans les volutes infinies de leurs cercles de joie. Un d'eux souleva la tête d'un roseau. Le roseau, qui s'était incliné sous le vent quelques minutes plus tôt, laissa tomber sur le papillon, en se relevant sous le choc, quelques-unes des gouttes de l'eau dans laquelle il s'était plongé. L'eau coula sur ses ailes et les rendit humides. Il essaya plusieurs fois de se soulever, mais le poids était trop lourd et l'aile impuissante. Bientôt l'insecte las de la lutte et n'ayant plus de force, ne résista plus, et de même qu'une fleur détachée de la rive, glissa lentement dans la Gélize pendant que son compagnon volait toujours.

Pierrette vit là une confirmation et une annonce de sa destinée. Elle aussi elle allait voler pendant quelques heures avec Savinien sur le beau fleuve de l'amour. Elle se réchaufferait aux rayons du crépuscule de ses derniers jours. Puis la nécessité et le remords briseraient son aile, et elle tomberait, et Savinien continuerait leur beau voyage dans l'azur.

La goutte d'eau qui mouillerait son aile et qui la ferait sombrer, c'était une des larmes de son repentir.

— Savinien, dit-elle, souffre-t-on beaucoup lorsqu'on se noie ? — Beaucoup. Mais pourquoi me dis-tu cela ? — Oh ! pour peu de chose, ami ! pour ce pauvre papillon !

XIX.

La nouvelle du mariage s'était répandue. L'événement donnait encore raison à Jérôme : on trouvait qu'il avait été bien inspiré en retardant cette union, puisque ce retard avait assuré à Savinien la fortune de la Sèche. Le secret de Pierrette était resté impénétrable : personne n'avait parlé.

Thomas arriva un matin chez Jérôme. Il supposa que la meilleure manière de prouver de nouveau son repentir serait d'être un des témoins pour le mariage de Pierrette. De la sorte, si quelque soupçon sur sa brutale violence transpirait plus tard, il serait étouffé par sa participation à la cérémonie nuptiale. Thomas était irréfléchi et impatient dans ses bonnes comme dans ses mauvaises inspirations. Il ne doutait pas que sa demande ne fût accueillie.

Cependant Jérôme lui répondit : — Je ne peux rien promettre à moi seul. Je ne manigance plus rien à cette affaire. Je les laisse tous s'arranger à leur guise. — Allons, père Jérôme, c'est un honneur que vous ne me refuserez pas ! Dans le pays, je passe pour être un peu coureur. Ce rôle fera du bien à ma réputation, et je m'établirai plus à mon aise ensuite. — Je te le répète, mon garçon, que je ne suis l'auteur de rien. Consulte la Pierrette. Ça la regarde. — Vous voyez bien que je tiens à cette espèce d'alliance avec votre famille. Je ferai même un sacrifice à cette intention. — Un sacrifice ? — Oui ! je vous laisserai moudre un an pour rien, si vous m'accordez cette amitié-là.

Jérôme fut touché.

— Je te promets pour ma part, sauf l'approbation de Pierrette ; elle te permettra ça d'emblée, bien sûr. Au surplus la voilà : fais ta demande.

Pierrette frissonna en voyant Thomas. C'était encore une de ces causes involontaires de son désastre. Elle appréciait maintenant la bonne intention de la Sèche. Si

Thomas ne lui eût pas arraché l'enfant, tout était sauvé. D'ailleurs il lui faisait peur ; les services rendus depuis n'avaient remédié à rien.

— Mam'zelle Pierrette, dit Thomas en la saluant le plus bas qu'il put et en l'attirant à l'écart, voici l'occasion de me témoigner si vous avez de la rancune, oui ou non ! — Vous êtes parvenu à me faire tout oublier, répondit-elle en se contraignant. — Voilà donc la chose ! reprit Thomas. M'est avis qu'en vous assistant dans ce mariage, je vous prouverai qu'il ne me fait plus mal au cœur... — Cela importe peu ! reprit dédaigneusement Pierrette. — Pour vous, oui mam'zelle, mais pour ma satisfaction à moi-même, cela importe beaucoup : je viens donc savoir si vous consentez à ce que je sois votre témoin. — Mon témoin ! vous ! jamais ! — Songez que je l'ai déjà été ! — Une menace ! reprit-elle : je n'ai peur de rien. Les grandes extrémités vous donnent du courage, voyez-vous ! Faites ce que vous voudrez, vous en ferez toujours moins que moi ! — Mam'zelle Pierrette, dit Thomas qui se retenait encore, est-ce que le pardon n'est pas doux à donner ? Soyez bonne ! je ne serai tranquille, moi, que quand j'aurai obtenu ça de vous. — Non ! dit-elle, c'est impossible ! Mettre à côté de Savinien celui qui a voulu lui voler son bonheur ! Faire intervenir dans cette cérémonie sainte l'homme qui a tenté de profaner... — Votre vertu ! parlez-en, mam'zelle ! interrompit-il, cédant à son ressentiment. — Ah ! reprit Pierrette, j'oubliais encore que je suis déshonorée à vos yeux. Insultez-moi, vous en avez le droit ! mais celui qui m'insulte une seconde fois, après qu'il a été pardonné, se déclare bien cruellement mon ennemi, et il a mauvaise grâce à venir me demander un service ! — Oui, c'était un service, mam'zelle Pierrette. Vous refusez : c'est bien.

Il sortit, mais il avait une telle colère sur le visage, que Jérôme lui-même en fut frappé, et qu'il questionna sa fille. Elle dut lui répondre par des équivoques. . . .

Les jours passaient. Pierrette les regardait passer sans épouvante, mais non sans regrets. Elle les remplissait de tous les tristes charmes des heures de l'amour qui doivent être les dernières heures de la vie. Elle ressemblait à une de ces malheureuses captives de la Terreur, qui, condamnées à mort, employaient les instants suprêmes à aimer. Et même, ces appréhensions certaines, cette chute du sablier de sa vie qu'elle avait sous les yeux, cette odeur de tombeau qui lui arrivait déjà, lorsqu'elle passait avec son amant sous les roses et dans les foins fauchés, donnaient à ses pures caresses une pression plus tendre. Elle était plus amoureuse parce qu'elle savait qu'elle allait être glacée dans peu de moments. Elle s'appuyait davantage sur le bras de Savinien parce que ce bras si fort n'aurait pas la force de la retenir bientôt. Elle trouvait plus de transparence et plus de douceur aux rayons du jour, parce que dans l'horizon qu'elle voyait seule se levait déjà la nuit qui allait tomber sur elle. Enfin elle savourait davantage parce que la saveur allait manquer.

Une fois que sa détermination fut irrévocablement arrêtée, sa conscience lui permit de se livrer à son amour. Elle savait qu'elle avait le moyen de payer sa dette : elle était donc presque tranquille avec elle-même en attendant la minute où l'impitoyable créancière se présenterait. C'était pour avoir quelques heures de calme devant elle qu'elle avait établi ce pacte avec son remords.

Jamais Pierrette n'avait été plus belle. La jeune femme était plus charmante que la jeune fille. La douleur avait donné à sa figure l'expression poétique qui lui manquait auparavant, de même qu'un pinceau rêveur ajoute une dernière couche à un portrait aimé. Pierrette se plaisait à reconnaître elle-même qu'elle devenait plus belle, et qu'idolâtrée encore mieux par Savinien elle aurait à couper en plus grand nombre les racines qui l'attachaient à la vie. Pourtant il y avait des moments où elle hésitait, non point par amour, — car elle s'était héroïquement dévouée à son infortune, — mais par pitié pour Savinien. Elle se demandait si elle n'offenserait pas davantage la clémence du ciel en portant un coup affreux et prémédité à cet être si parfait et si heureux qu'en restant sur la terre pliant sous son fardeau. Sa résolution faiblissait surtout lorsque Savinien lui avait dit un mot qui laissait voir qu'il embrassait une plus grande étendue d'avenir dans son bonheur ; lorsqu'il lui parlait de sa maison qu'il arrangerait pour elle, du bien qu'ils pourraient faire tous les deux, et de cette fête éternelle qui serait leur vie. Alors Pierrette mettait sa main devant ses yeux, et pour reprendre courage, elle invoquait comme un spectre le fantôme de cette aurore livide durant laquelle son crime s'était accompli ; et lorsque la vision avait repris sa place dans ses pensées, le courage avait aussi repris sa place dans son âme.

Ce qu'elle aurait payé des dernières heures même qui lui restaient, c'eût été le moyen d'ôter au cœur de Savinien son amour, sans pour cela lui rester odieuse, mais plus elle cherchait, moins elle trouvait, et chacun de ses efforts aussitôt avortés ne faisait que la rendre encore plus chère et qu'augmenter d'avance l'impardonnable douleur qu'elle préparait.

Le soleil se leva dans un ciel pur, au matin du 13 septembre. Savinien se mit à genoux à la porte de sa maison agrandie et presque élégante maintenant. Il supplia Dieu de faire descendre une longue bénédiction sur le toit qui allait abriter sa femme, et il souriait d'avance à la journée sereine qui s'annonçait. Mais un bruit sinistre vint interrompre sa prière. Ce bruit arrivait de loin et dans la direction de la maison du père d'André. C'étaient des cris mêlés de sanglots qui semblaient sortir d'une poitrine haletante. Savinien accourut. André était étendu sur son lit. Pâle et les yeux fermés, une écume sanglante ruisselait de ses lèvres. De temps en temps ses cris, qu'il ne pouvait pas retenir, retentissaient en déchirements lugubres. Lorsque l'accès était passé, sa figure s'éclairait un instant et semblait sourire à un martyre volontaire, et ses yeux s'ouvraient. Les voisins et les amis entouraient la couche où s'éteignait cette noble vie, et assistaient avec un mélange de compassion et de crainte à ce spectacle étrange et horrible. Le père, qui voulait s'élancer sur son enfant, était impitoyablement retenu par les bras robustes qui formaient une barrière entre lui et cette agonie. Le médecin se penchait sur le malade, et contemplait avec stupeur ce problème aussi insoluble pour lui que pour les autres.

Savinien, dans tout le désespoir d'une amitié vraie, le prit à part et l'interrogea. — Nous pouvons parler haut, répondit le médecin. André connaît son mal. C'est l'hydrophobie.

Savinien fit un geste d'horreur et de consternation.

— Mais comment, reprit-il, cette épouvantable exception dans les souffrances humaines est-elle tombée sur lui ? — Il le sait sans doute, mais il n'y a aucun moyen de lui arracher son secret. Des chiens enragés ont couru le pays. André ne songeait jamais à lui ; il aura sauvé quelqu'un, et il en meurt. — Et combien de temps encore ?

À ce moment, les cris revinrent. Le médecin put répondre, sans crainte d'être entendu : — Trente-six heures au plus. — Et vous n'avez aucun espoir ? — Aucun : c'est là un des mystères que Dieu ne nous éclaire pas.

André avait conservé toute connaissance ; quand l'accès fut passé il parla lui-même à Savinien : — Ne m'approchez pas, dit-il, je ne suis plus un homme : je suis une contagion. Mon cœur aime toujours, mais ma bouche mord. — André ! s'écria Savinien, mon cher André ! est-il possible qu'un pareil malheur?... — Pourquoi en parler? interrompit-il. Je vivrai encore ; si mes amis se souviennent de moi. J'ai essayé du remède, mais il était trop tard sans doute. C'est donc aujourd'hui que vous vous mariez, monsieur Savinien ? — Peux-tu croire, André, qu'avec une aussi atroce inquiétude nous songions encore... — Je vous en supplie! répondit André qui avait pâli de nouveau. — Quand tu seras guéri... — Oh! dit-il, je ne me fais pas

illusion ! Ne retardez pas d'une heure. Faut-il donc, ajouta-t-il en se parlant à lui-même, que je meure pour rien! — Que dis-tu ? reprit Savinien avec une épouvante indicible. — Je dis que je mourrai de désespoir si vous n'êtes pas unis. Et puis, promettez-moi une chose... vous savez... on ne refuse rien à ceux qui ne comptent plus que par minutes ? — Demande ce que tu voudras! Mon Dieu! voilà le cœur qui m'aimait le plus qui va cesser de battre! — Et elle ! répondit André. Elle est la première en tout, ne l'oubliez jamais! je voulais vous faire promettre, reprit-il après un silence, que vous ne lui apprendrez pas pourquoi je ne serai pas près de vous à l'église... Ne lui dites, en aucune circonstance, de quelle maladie je suis mort, ça lui ferait de la peine peut-être... Tâchez de me supposer absent le plus longtemps possible! Ce ne sera bien qu'une absence, car je vous reverrai tous! Cela est promis, n'est-ce pas? — André, tu nous demandes une chose impossible des sacrifices. Notre place est ici aujourd'hui, et non ailleurs... — Je vous répète que je veux être obéi. Demain à cette heure je serai encore vivant peut-être. Revenez, monsieur Savinien, si ce n'est pas trop exiger de vous, revenez me donner des nouvelles de M. de Montarcher. — De M. de Montarcher? — Oui, vous en aurez, sans doute! Et maintenant, adieu! c'est l'heure où vous devez vous préparer. Soyez heureux! Le jour est clair : il fait bon aimer et il fait triste mourir! Ne pensez pas à moi, je vous en prie! ne conduisez pas la noce dans notre quartier! Je voudrais bien ne pas pousser ces cris affreux, mais ils sont plus forts que ma volonté. Tenez! les voilà! Mon Dieu!... si Pierrette... allait les entendre!

Savinien s'éloigna la mort dans le cœur. Il ne chercha pas à approfondir ce secret, dont le sens devenait religieux et solennel. Il avait juré à André qu'il lui obéirait; il obéit. . . . .

Depuis deux jours on avait fait de grands préparatifs chez le père Jérôme. Comme il était convenu qu'il ne donnerait pas de dot, il ne lésina point sur les dépenses de la noce. Des cuisinières venues de la ville voisine faisaient s'exhaler par les larges fenêtres de la grande chambre du bas des nuages d'encens homérique. Elles épuisaient toutes les combinaisons possibles pour rôtir, griller, mariner, déguiser le bœuf, le veau, le mouton, les dindons, les oies, les porcs et les poissons de la Gélize. Tout Pont-l'Abbé assistait d'avance par l'odorat à ce repas qui devait durer trois jours. C'était dans la maison un tapage à étourdir les plus turbulents. Les marmites chantaient, les assiettes se brisaient, les tourne-broches variaient leur harmonie, les victimes égorgées dans la basse-cour rouge de sang poussaient leur dernier gémissement sous les mains des sacrificatrices ; les tailleuses, occupées dans une chambre d'en haut à compléter le trousseau de Pierrette, remplissaient la fenêtre de leur babil et de leurs chansons ; les ménétriers, les violons et les fifres, préludaient dans les cabarets depuis le commencement de la semaine. Les tambours de ville battaient en l'honneur de la fille du conseiller municipal. Les garçons tiraient leurs pistolets de noces; les enfants couraient de la maison si vite restaurée de Savinien à la maison de Jérôme, qui s'était rhabillée à neuf aussi.

On avait fait des changements à l'extérieur; la cour, sablée de ce sable rouge des montagnes si réjouissant à l'œil, avait vu disparaître tous les vestiges de fumier et d'écurie. Une large tente, ouverte tout autour, recouvrait une immense table en fer à cheval. La galerie de Pierrette s'était entrelacée, à tous ses barreaux, de fleurs et de feuilles. Les bâtiments des étables et des granges s'étaient cachés sous des murs de feuillage, de gazon et de lierre arrachés aux chênes des bois. Les chiffres de Pierrette et de Savinien s'y enlaçaient de mille manières. Les décorations et les apprêts étalaient la profusion et le luxe campagnard.

Le père Jérôme s'était réfugié dans sa cave. Il disposait d'avance les différents vins qui devaient arroser les nappes. Le vin ordinaire était servi dans des pots; le vin de la côte se présenterait dans des bouteilles, et ce flot rouge coulait depuis deux jours des tonneaux. — On avait invité tous les *gros-bonnets* des environs, toutes les jolies filles, tous les robustes danseurs.

Le 13, au matin, les chars-à-bancs, les carrioles, les tombereaux même avaient amené toute la noce par les routes et par les chemins vicinaux. Ils jetaient à chaque instant une nouvelle vague d'arrivants à la porte de Jérôme; ils encombraient la rue et l'assourdissaient d'un bruit continuel de grelots. Les cloches sonnaient pour la messe. Les tambours roulaient devant la mairie. Les jeunes filles des villages voisins se reconnaissaient et s'appelaient de loin. Personne ne pouvait entendre les cris du pauvre André.

A dix heures, Pierrette parut sur sa galerie. Elle souriait. Elle souriait sous sa couronne menteuse de vierge: souriait sous ce soleil qu'elle ne devait plus revoir! Sa résolution était suprême, inflexible: elle allait mourir!

Quelques jours auparavant elle avait repoussé le suicide parce qu'il lui apparaissait comme une perspective trop facile, parce que, ne laissant rien sur la terre, il lui en aurait trop peu coûté de quitter la rive. Mais à présent elle s'était remise à aimer : toutes les palpitations de son cœur la portaient vers Savinien; l'avenir lui arrivait comme une barque sur laquelle elle n'avait qu'à poser le pied. Devant elle, le voyage était charmant et sûr : le bonheur soufflait dans la voile. Il n'y avait pas une menace à l'horizon. C'était l'heure !

C'était l'heure d'écouter cette voix de son enfant qui l'appelait du fond d'un autre monde; c'était l'heure d'apaiser ce sanglot du remords éternel dans sa poitrine, et d'offrir religieusement à Dieu, pensait-elle témérairement, tout ce qu'elle abandonnait d'extase involontaire ici-bas, et de se punir elle-même, puisque la société ne la punissait point; c'était l'heure de se précipiter dans ce gouffre où elle avait d'avance jeté son âme, et puisqu'elle avait imprudemment cueilli trop tard quelques-unes des gerbes de l'amour, d'emporter avec elle sa moisson de regrets. Dans sa pensée d'expiation, le suicide ne fut pas un instant un nouveau crime, mais un châtiment; une faiblesse, mais une force ; un attentat, mais une vertu.

Elle réfléchit longuement : elle devait faire pour que le coup fût moins épouvantable à Savinien. Fallait-il tout lui dire dans une lettre qu'il trouverait après elle, lui expliquer ses angoisses, et à quelle nécessité elle cédait, et à quelle inspiration, — crue divine, — elle se soumettait ? Non ! de la sorte il pleurerait à la fois sa femme et son enfant, le coup serait double. Savinien ne serait pas moins anéanti par ce malheur et par cet abandon, et Pierrette, quoique chargée d'un crime dans son souvenir, qui apparaîtrait toujours comme l'amie la plus regrettable qu'il eût pu perdre ! Il fallait au contraire que cette mort fût un accident ; un pied imprudemment posé sur le bord de la Mare; quelque hasard lugubre qui quelquefois creuse deux tombes : une par aventure; et une autre, quelque peu après, par désespoir; un malheur si subit et qui vous prend au milieu de tant de joie qu'on n'y croit pas d'abord, et quelquefois aussi, quand il revient ensuite assiéger la mémoire dans sa réalité, il ne revient qu'amorti par le temps.

Elle avait tout prévu, funérairement : cette journée tout entière serait donnée aux transports de la jouissance immatérielle de l'âme, dans l'union après l'amour. Pierrette aurait la force de ne pas interrompre Savinien lorsqu'il lui déroulerait avec extase le plan de leur bonheur; de ne se trahir par rien; de commander à ses soupirs et à ses regards, et même à sa dernière heure, et même à sa dernière minute, d'accompagner son beau fiancé avec un sourire. Elle ne s'attendrirait auprès de personne; elle ne laisserait pour adieux que le charme de ses paroles heureuses, que ses espoirs, que ses regards tournés vers l'avenir et pleins de confiance; et pas une larme ne viendrait ternir la sérénité de ses regards, et pas une hésitation ne ferait trembler sa voix. Enfin, quand la cérémonie se serait accomplie, suivant l'usage, quand elle aurait dansé et recueilli tous les vœux et écouté tous les hommages, quand elle aurait incrusté dans tous les yeux l'image de sa beauté, quand on l'aurait reconduite dans la maison de son époux enivré d'amour, on passerait devant la Mare obscure: alors, si le courage lui manquait à Pierrette, elle n'aurait qu'à regarder pour se souvenir; alors elle prierait Dieu une seconde fois; elle dirait à Savinien quelques-unes de ces paroles qui semblent douées d'un sens prophétique et qui vibrent éternellement dans l'âme, puis le pied lui glisserait sur l'herbe à la place profonde qu'elle connaissait; puis des vagues étourdiraient ses oreilles et entreraient dans sa tête; puis tout serait dit, et elle aurait rejoint son enfant et Dieu.

Lorsqu'elle parut avec sa robe blanche et son voile de dentelles, il y eut un frémissement d'admiration. Jamais une fiancée de village n'avait uni tant de beauté à tant de pudeur, tant de bonne grâce à tant de réserve.

Savinien s'approcha : il l'aida à descendre l'escalier. Elle se pencha et lui dit tout bas : — Et André, je ne le vois pas...

Savinien pâlit, puis il répondit en détournant la tête : — Il m'a prévenu; il ne pourra pas venir, il a horreur de la foule. — Oh ! il manque à ce jour; vous le lui direz, Savinien.

On partit pour la mairie et pour l'église, mais à chacune des interrogations sacramentelles, Pierrette répondit si bas qu'on ne découvrit sa réponse qu'au mouvement de ses lèvres. Il lui sembla qu'elle mentait devant le ciel en déclarant accepter pour époux celui qu'elle allait si vite rendre veuf.

Jérôme triomphait. Il se défiait de l'argent qui peut disparaître. Il avait obtenu que Savinien achetât et payât dans la semaine une très-belle propriété qui était à vendre dans la commune.

Après la messe, il s'en alla tout seul voir les terres qu'il connaissait de reste. Il marchait en conquérant sur ce sol qui était à lui. Jérôme s'était créé d'office le fermier de Savinien. Il ne paierait qu'un loyer dérisoirement médiocre. Et encore le paierait-il ? Les enfants ne se nourriraient guère que de leur amour. Tout se réduirait à quelques provisions envoyées et à un peu d'argent de poche. C'était véritablement lui qui héritait. Cette terre était son épouse : il la couvrait de ses regards.

Le dîner fut très-long. C'était la vraie cérémonie pour les nombreux convives. Les hommes parlèrent d'abord politique. Les circonstances étaient pressantes et sérieuses. La fortune de Savinien l'avait fait admettre par les plus difficiles. — Mais la politique ennuyait les femmes et les jeunes gens. Lorsque le vin de la côte eut circulé, la verve gauloise, éternellement la même, inspira sur la mariée des plaisanteries plus ou moins grivoises. A travers les fumées du vin, on ne voyait plus l'auréole d'involontaire tristesse qui entourait le front de Pierrette, et on enviait tout haut Savinien. Il fallut qu'elle épuisât ce calice, plus amer encore pour elle que pour tout autre. Elle se tourna vers Savinien. Il crut qu'elle se réfugiait en lui. Hélas ! elle se réfugiait dans l'heure, qui avançait toujours !

De temps en temps elle regardait l'ombre qui s'allongeait dans la cour, des franges de la tente. Après le dîner, viendrait la danse, et après la danse... Elle en était venue à ses derniers bonheurs. Elle ne s'appartiendrait pas un instant avant d'appartenir à la mort. Elle n'appartiendrait pas même à Savinien, elle ne pourrait pas même consacrer à se recueillir avec lui, les dernières minutes de sa vie, ni savourer ses regards qu'elle allait regarder ni ces mots d'amour qu'elle voulait emporter au ciel. Non! ce serait un refrain d'adulation banale qui frapperait ses oreilles jusqu'au moment suprême; son cœur ne se retirerait pas en elle, et elle ne pourrait pas écouter les dernières gouttes de son amour y tomber et y retentir. La valse serait la musique qui chanterait sur la pierre de sa tombe.

Par instant, elle fut tentée de puiser dans la coupe qu'on remplissait sous sa main et qu'on vidait à sa santé cette ivresse qui lui donnerait au moins l'étourdissement et l'oubli; mais elle eut horreur de cette tentation, et elle repoussa la coupe.

Il fallait avoir l'esprit sain pour le voyage qu'elle allait faire; il fallait être pure pour le regard divin qui se poserait sur elle, il fallait continuer à sourire, afin de n'éveiller aucun soupçon. — Et Pierrette souriait toujours!

L'ombre s'allongeait, et quand la nuit fut venue, on demanda les violons. Le cortège tumultueux se mit en marche au hasard, les filles aux bras des garçons, les mères se ressouvenant qu'elles avaient été jeunes, et retrouvant leurs anciens amoureux blanchis; tous avec cette légère titillation que donne la demi-ivresse. Des fallots et des torches couraient sur les côtés du long ruban qui serpentait dans la rue. Des coups de pistolets tirés par intervalles jetaient une traînée de lumière sur les groupes chancelants. Les ménétriers répandaient en avant leurs airs les plus joyeux. Au-dessus de cette agitation et de ces bruits, la lune s'était levée paisible dans un ciel serein.

Pierrette et Savinien cherchaient à s'isoler dans tout ce tapage, mais ils n'y parvenaient pas, et une interpellation partie de loin les mettait continuellement en scène. — Veux-tu, dit Savinien à l'oreille de Pierrette, que nous nous échappions par cette ruelle? Les lumières sont toutes en avant; elles vont tourner, et on ne nous verra pas.

Pierrette frissonna. Cette fuite avançait sa mort. Elle avait compté sur quelques heures de vie encore. Elle n'avait pas embrassé son père; elle n'avait pas dit tout ce qu'elle devait dire, mais elle ne pouvait refuser par aucune raison. Elle prouva qu'elle consentait en s'appuyant davantage sur le bras de Savinien.

Ils s'enveloppèrent pour ainsi dire dans l'ombre d'une maison, et ils allaient entrer dans la ruelle, lorsqu'ils furent découverts. On les entoura avec des trépignements d'impatience. — Voyez-vous les amoureux qui veulent tromper la société! — Monsieur Savinien, votre femme est à nous jusqu'à minuit. Si vous consentez à changer de rôle avec moi, dansez avec elle, mais je prendrai votre place ensuite.

Tous ces propos s'entre-croisèrent à la fois. Ce fut presque une émeute autour des fugitifs. Ils ne purent pas y résister.

L'endroit choisi pour la danse était un quinconce de marronniers sur la place du Pont-l'Abbé. On avait entrelacé les arbres avec des guirlandes, supportant tous les quinquets du bourg. En haut, les rayons de la lune, filtrant à travers les feuilles, corrigeaient et argentaient cette lumière fumeuse. Dès que les mariés parurent, l'orchestre, établi sur un large tréteau, joua sa fanfare la plus triomphante. Pierrette fut obligée de danser. Savinien la regardait, caché à l'ombre d'un arbre. Il baignait ses yeux dans les ondulations légères de sa robe blanche; dans le balancement régulier de ses épaules sous le rhythme de la valse; dans le dessin de sa silhouette pure qui se détachait sur le sable, quand elle s'arrêtait, et que, se tournant vers lui, elle se profilait dans la lueur; il saisissait au vol le parfum de ses cheveux et de ses fleurs, et dans sa contemplation et dans sa reconnaissance, il se répétait à chaque instant : — Mon Dieu! qu'elle est belle!

Mais la pensée de Pierrette, où allait-elle pendant qu'elle répondait à son valseur! Elle allait au cimetière, dont on pouvait voir de là les croix noires et les pierres blanches s'estamper et briller sur leur monticule; — au cimetière, où elle serait déposée dans vingt-quatre heures, si on retrouvait son corps! Elle allait vers la justice de Dieu qui lui rendrait son enfant perdu, et après l'enfant, dans plusieurs années, son amant abandonné!

Cependant le coup de minuit avait jeté dans l'air sa vibration douze fois mélancolique. L'humidité tombait du ciel étincelant. C'était le moment choisi pour reconduire la mariée à la maison de Savinien.

— Maintenant voilà la plus belle heure de votre vie. Voici la plus belle nuit où vous ne dormirez guère, quoique vous y fassiez beaucoup de doux rêves. Réjouissez-vous, Savinien! réjouissez-toi, Pierrette! Ainsi murmurait le chœur en variant les formules.

Pierrette prit la main de son mari, et ils s'en allèrent seuls auprès de Jérôme, qui dormait à moitié sur une chaise. — Mon père, dit-elle, bénissez-nous. Je vous bénis, moi! Embrassez bien votre pauvre fille qui passe à un autre service. Embrassez-la comme si vous ne deviez plus la revoir. — Pourquoi que tu me parles comme ça? dit Jérôme troublé malgré lui par cette voix émue. — Parce que vous m'embrasserez mieux, cher père!

Ce fut presque le premier baiser que Jérôme donna avec des lèvres paternelles.

— A présent, dit Pierrette en se relevant et en prenant le bras de Savinien, à présent, répéta-t-elle convulsivement, partons!

Dans la maison de Savinien, M. de Montarcher était entré avec la femme de charge qu'André avait amenée auprès de Pierrette, au bord de la Mare, le matin du 16 août. Personne ne savait sa présence à Pont-l'Abbé, et personne ne l'avait vu entrer dans cette maison.

Près du vieux saule qui inclinait ses branches sur la Mare obscure, à l'endroit où l'eau était la plus profonde et la plus trouble, quatre hommes venaient d'arriver depuis quelques minutes.

— Attendons, dit l'un. — C'est triste! reprit le second. — Le devoir n'est jamais triste, fit le troisième. Le quatrième ne dit rien, mais il indiqua par un signe à ses compagnons qu'ils devaient se tenir cachés sous l'ombre épaisse que jetait le vieux tronc.

La noce arrivait, musique en tête.

Savinien et Pierrette avaient obtenu d'être assez isolés pour parler sans témoins. — Savinien, disait-elle, m'aimes-tu? répète-le moi encore! répète-le moi toujours! — O mon ange! est-ce que toute ma vie n'est pas une éternelle offrande à l'amour? Je ne parle pas : je t'aime! Je ne pense pas : je t'aime! Je ne prie pas : je t'aime! — Encore! encore! Savinien. Si tu savais comment cette parole descend et roule harmonieuse dans les échos de mon cœur! Je voudrais qu'il te fût possible de mettre dans une phrase, tous les serments, toutes les caresses de la voix que les amants ont échangés depuis que le monde existe, et entendre cette phrase infinie jusqu'à ma mort. — Et moi, je voudrais réunir dans la mienne tous les baisers qui ont passé sur tes lèvres humaines, afin que mon baiser durât toujours. — Ah! interrompit Pierrette avec effroi, voici la Mare obscure! — Oui, la maison blanchie; la Mare rayonnante sous les lames de la lumière : le jardin qui va grandir autour pour l'encadrer. N'aimerais-tu plus cela, Pierrette? — Mais, reprit-elle, tout est triste sous la lune, Savinien, la jeune fille te dit adieu.

Il la regarda avec surprise.

— Oui, la jeune fille va cesser d'être et revivra sous la forme d'une créature qui sera toute à toi! Aussi elle te dit adieu, des bords de sa jeunesse qu'elle quitte. Adieu, mon Savinien!

Il y avait tant d'idolâtrie dans l'accent de cette parole que Savinien sourit.

— Donne-moi ta main, dit-elle : on ne nous voit pas! et elle l'appuya sur son sein frémissant, sur ses yeux et sur sa bouche, comme pour s'imprégner de lui tout entière...

En même temps, tenant sa main, elle lâcha son bras. Ils étaient à deux pas du vieux saule; lieu, hélas! déjà choisi par elle.

— Oui, je te dis adieu, mon Savinien! car la Pierrette d'autrefois n'existe déjà plus. Celle qui va te revenir ne t'aime pas davantage que celle qui part! Adieu, sois heureux! Ton front est mon ciel! penche-le toujours sur moi à quelque place que je dorme!

Savinien commençait à ne plus comprendre. Mais Pierrette, qui craignait de l'avoir épouvanté, releva le tête avec une telle expression d'amour, qu'elle le rassura entièrement. Elle ajouta même, pour détourner des soupçons qu'il ne pouvait pas avoir, elle ajouta avec le ton d'une enfant aimante et qui veut braver un danger que la protection qui l'entoure empêche d'être sérieux : — Savinien, je vais te donner aussi un bouquet de noce! cette pauvre fleur qui boit l'eau comme je bois l'amour...

Et elle se mit à genoux. Savinien la tenait toujours par la main. Elle se pencha sur le bord du talus. Au-dessous du talus était le saule; au-dessous du saule la Mare.

Elle s'avança pour cueillir une plante aquatique qui levait sa tête sur le bord. Mais l'herbe était humide, et Pierrette glissait peu à peu et si insensiblement que Savinien ne s'en apercevait pas.

Cependant, après une pression plus forte et presque désespérée, elle abandonna la main de Savinien, qui poussa un cri. Alors les hommes cachés sous le saule se découvrirent et la reçurent dans leurs bras, et celui qui avait une écharpe dit tout haut :

— Au nom de la loi je vous arrête, sous la prévention d'infanticide.

XX.

Des quatre personnages dont nous avons parlé, le premier était le juge de paix, le second son greffier, le troisième un agent de police, le dernier était Thomas. La dénonciation avait été faite par lui. C'était une nature de fer. Bonnes ou mauvaises, les impressions y retentissaient fortement et le faisaient bouillir jusqu'à ce qu'il eût agi.

Quand il fut repoussé par Pierrette dans la démarche tentée auprès d'elle pour être son témoin, son ressentiment fut d'autant plus implacable que son intention avait été généreuse. Il jura qu'il se vengerait et qu'il humilierait à son tour celle qui venait de lui témoigner tant de mépris.

Dans le temps il avait laissé parler André sur un enfant placé en nourrice et qui était mort; il avait fait semblant de croire, mais il l'avait vu.

On se rappelle que, revenu de la ville un peu avant Pierrette et André, il n'avait plus reparu. Mais, lorsqu'il entendit la carriole sonore s'arrêter près de la Mare obscure, il accourut, se cacha derrière le buisson qui encadrait la masure de la Sèche, assista à toute la scène et partit quand on emmena Pierrette.

Presque chassé par Pierrette, il ne pensa pas que sa dénonciation serait une lâcheté : il se dit seulement qu'elle satisferait son besoin de vengeance. Il donna à la justice des renseignements si précis, que les soupçons se fondèrent et qu'on ordonna une enquête.

Le juge ne put arriver que le soir. Thomas, par pitié pour son voisin Jérôme, voulut lui éviter ce spectacle. Il connaissait le chemin; il savait qu'on passerait près du saule que le sentier dominait; il obtint qu'on n'arrêterait la jeune femme qu'au moment où elle entrerait dans la maison de son mari.

Telle était la nuit de noces qu'il avait préparée à Pierrette! Comme il voulait qu'elle sût de quelle main le coup était parti, il resta après l'arrestation.

Le premier mouvement de Pierrette fut une malédiction contre ceux qui l'arrachaient à la mort. Le second fut un élan de compassion, — non pour elle-même, — car toute expiation lui semblait juste, et elle trouvait que la honte publique était un vêtement qui convenait à son crime, — mais pour le malheureux Savinien.

Celui-ci se précipita d'abord sur les hommes qui mettaient la main sur Pierrette; mais, lorsqu'il entendit ce mot d'infanticide, et qu'il ne la vit pas se révolter contre cette accusation, toutes les idées se troublèrent dans cette tête si saine, toutes les émotions se paralysèrent dans ce

cœur si vibrant, et il écouta longtemps sans comprendre. La stupeur l'avait foudroyé.

Ce scandale inouï, cette substitution de la criminelle à l'heureuse fiancée, donnaient un même tremblement à tous les groupes joyeux qui arrivaient. Ils se penchèrent au dessous du tertre pour contempler cette accusée immobile entre ses accusateurs, et cet homme si envié, qui avait fait en une seconde une effroyable chute dans un enfer sans fond. Les ménétriers, qui étaient en tête et qui ne savaient rien, continuaient leur monotone musique. La lune jetait sur cette scène d'effroi le même rayon calme et souriant qu'elle répandait tout à l'heure sur l'autre scène de joie et d'amour.

Ce silence de mort fut rompu après quelques minutes par le magistrat, qui s'adressa en ces termes à Pierrette :

— Madame, je comprends tout ce que cette surprise et cette incertitude sur votre destinée ont d'affreux. Il faut que nos soupçons, graves et presque convaincants, soient confirmés ou détruits sur-le-champ; et nous allons procéder à une enquête. Nous entendrons tous ceux qui auront un renseignement à donner.

On se transporta dans la maison même de Savinien.

Les flambeaux allumés pour l'amour, éclairèrent sur une table devant laquelle le juge s'assit, ces recherches sur la mort. Pierrette, plus blanche que sa robe, se mit à genoux devant Savinien, dont le regard n'avait plus la réverbération de l'intelligence, et embrassa longtemps ses mains qu'il ne retirait pas. La foule était entrée fiévreuse d'impatience, de colère et d'intérêt. La chambre nuptiale s'était transformée en prétoire de tribunal.

Le juge interrogea Pierrette : il répéta dans ses questions ce que lui avait appris Thomas. L'interrogatoire fut long; cette histoire de honte et de larmes fut reprise sanglot par sanglot.

Pierrette avoua tout. Quand on fut arrivé à la scène de la Mare, elle dit seulement non, qu'elle n'était pas coupable, mais qu'après avoir eu la pensée de se tuer, elle avait perdu connaissance et s'était réveillée dans son lit. Elle était vraie et elle fut touchante. En racontant la scène du tour, elle remercia même Thomas qui avait essayé de lui rendre son enfant. Mais les détails sur ce qui s'était passé entre la Sèche et Thomas parurent frapper le magistrat, et il en prit note.

L'auditoire, qui ne savait pas encore que Thomas était le dénonciateur, lui en voulait déjà de sa lutte avec la pauvre Sèche.

— Thomas, dit le juge, quand vous êtes venu me faire cette dénonciation....

Ces mots n'étaient pas achevés qu'un long murmure contre Thomas éclata dans la foule.

— Silence! reprit le juge. Thomas resta impassible.

— Mam'zelle Pierrette, dit-il, sait pourquoi je l'ai dénoncée. J'ai essayé plusieurs fois de lui faire du bien, mais elle m'a repoussé avec tant de mépris, que j'ai voulu me venger, et que je me venge... pour la vérité!

— Je reprends ma question, interrompit le magistrat : pourquoi ne nous aviez-vous point parlé de cette lutte entre la Sèche et vous? — Parce que je n'aime pas à me vanter. — Comment! vous vanter d'avoir maltraité une vieille femme, à ce point qu'elle en meurt! — J'arrachais l'enfant de Pierrette à une voleuse qui voulait en tirer parti, répondit Thomas. — La mort ayant été le résultat de cette lutte inégale, nous vous arrêtons comme prévenu d'homicide sans préméditation.

Des signes de satisfaction accueillirent cette déclaration.

— Voilà comme vous me récompensez tous! s'écria Thomas. Et il se retourna furieux vers le public; mais des gendarmes, qui avaient suivi le juge, et attendaient à la porte, s'assurèrent de lui et l'emmenèrent.

— Constatez l'arrestation de Thomas, dit le juge au greffier, et écrivez ses dernières paroles. — Maintenant y a-t-il quelqu'un ici qui puisse éclairer encore la justice?

Personne ne se présenta, mais on disait de tous côtés :

— Sauvez-la! sauvez-la! c'est l'orgueil et l'honneur du pays. Il y a quelque chose que personne ne sait, sans doute, mais qui la fait innocente! Ainsi, cette opinion publique si redoutée de Pierrette se prononçait pour elle, malgré ses aveux mêmes. C'est que les circonstances de drame et d'imprévu accompagnant cette arrestation avaient fait taire toutes les envies et toutes les susceptibilités. C'est que la foule a surtout un cœur, et que ce cœur vibre passionnément pour la haine ou pour l'amour.

A ce moment, la porte de la seconde chambre s'ouvrit, et M. de Montarcher parut avec la vieille femme qui l'accompagnait. Son entrée imprévue fit une immense sensation. Il était évident, à son attitude sérieuse et émue, qu'il apportait une solution. Pierrette tressaillit comme avertie par un pressentiment. Savinien, pour la première fois depuis une heure, laissa voir sur sa physionomie que la compréhension lui revenait. Si une chose avait pu augmenter la popularité de Gaétan auprès du public, c'eût été son intervention dans un débat qui l'attendrissait. Ainsi qu'il l'avait dit à André, il était sûr de calmer toutes les terreurs de Pierrette, si elle se décidait à épouser Savinien. Il avait tenu la parole donnée. Il était arrivé et attendait dans la maison de Savinien. Il n'avait pas su prévoir les incidents, les hasards et les dangers, chemin que Pierrette suivrait au retour. Il savait qu'il apportait une bénédiction dans les plis de son manteau, et il se préparait à répandre une douce et inépuisable quiétude dans des seins amis. Aussi, quand il entendit les cris et le tumulte, il se reprocha de ne pas avoir prévu le désespoir de Pierrette et cette déplorable complication en paraissant plus tôt. Il écouta sa fièvre à travers la porte, et il entra au moment où il jugea qu'il avait le plus de chance de réussir dans ce qu'il voulait.

— Monsieur de Montarcher, dit le magistrat, qui partageait l'émotion et la surprise, auriez-vous une révélation à faire? — Décisive, monsieur, répondit Gaétan; mais me serait-il permis de vous demander une dérogation aux habitudes de l'enquête, et non pas de dire un mot tout bas à Savinien et à Pierrette, mais de leur faire voir quelque chose avant toute explication. — Faites, monsieur, reprit le magistrat.

Gaétan s'avança alors; il prit par la main Pierrette et Savinien, et sembla les unir de nouveau en réunissant leurs mains, ensuite il fit signe à la vieille de s'avancer.

— Pierrette, dit-il en se retournant vers la jeune femme, ne vous laissez pas renverser par la joie, vous qui avez été forte contre la douleur! Savinien, n'ouvrez plus complètement vos yeux pour regarder un avenir où il y a autre chose que du désespoir. Pierrette, votre enfant n'est pas mort! Savinien, votre femme n'est pas coupable!

Pierrette sentit ses jambes fléchir sous l'émotion, sa voix se perdit dans une exclamation confuse, et son œil contempla Gaétan avec ce même regard que la mère de Lazare eut autrefois pour le Sauveur, lorsqu'il ressuscita son fils.

Gaétan entr'ouvrit alors la mante qui cachait sa vieille domestique, et entre ses bras repliés il fit voir un bel enfant endormi.

Pierrette se précipita sur lui comme une lionne sur sa proie; elle le dévora de baisers, elle le roula sur son sein, le serra à l'étouffer, et entre-coupa ses caresses de ces mots jetés dans le délire de son ivresse maternelle: — C'est lui! c'est lui! je le reconnais. voyez. c'est tout Savinien! Maintenant vienne le châtiment, vienne le supplice, j'ai assez de bonheur pour tout braver! Et cependant, ajouta-t-elle, maintenant je voudrais bien vivre!

Puis tout à coup tombant à genoux: — Merci, Seigneur! merci, Dieu des mères! — Et elle passait le petit à Savinien qui le lui rendait avec des transports.

La vue de l'enfant produisit son effet immanquable sur la foule. Tous les yeux pleuraient.

— Monsieur de Montarcher, dit le juge, il importe à présent que nous sachions par qui cet enfant a été retrouvé, et que nous puissions établir son identité. — Rien de plus simple, monsieur le juge de paix. Dans la nuit du 15 au 16 août, je revenais de Paris après la prorogation de l'Assemblée. J'arrivai à la ville où j'avais fait venir un cheval pour être plus tôt chez moi. Le jour naissait lorsque je parvins à la place où la route passe à cent pas de la maison de Savinien. Un homme à pied ne voit pas la Mare obscure; mais un homme à cheval la domine et l'embrasse tout entière. J'allai vite: Pierrette a dû entendre les sabots de mon cheval. — J'ai entendu, interrompit Pierrette. — Je vis alors une forme que je ne distinguai pas tomber dans la Mare, puis une autre brusquement arrêtée: c'était André qui était survenu et avait sauvé Pierrette, comme elle vous l'a dit. Je sautai à bas de mon cheval et je courus vers la Mare obscure. Pierrette, évanouie, avait déjà été emportée par André et la brave femme que voici; mais le cercle causé par la chute récente d'un corps frissonnant encore sur l'eau. J'avais remarqué l'endroit; je plongeai: je frémis en reconnaissant que ce que je retirais était un enfant. Je devinai tout. L'enfant vivait encore. Je l'emportai. Je fis venir une femme qui avait déjà un nourrisson. Quelques gouttes de lait réparèrent les ravages de l'eau. Voici maintenant les preuves de l'identité, si vous en voulez d'autres que ma parole: Pierrette, quel signe de reconnaissance aviez-vous attaché à votre enfant? — Votre parole suffit à prouver, monsieur, comme votre courage suffit à sauver! interrompit le magistrat. Mais permettez-moi encore une question. Pourquoi avez-vous attendu jusqu'à aujourd'hui pour apprendre à l'inculpée que son fils vivait? — Parce qu'il aurait fallu légalement prévenir aussi Savinien et que cette révélation était un tel malheur, que je n'ai cru devoir la faire qu'au moment où elle serait adoucie par un bonheur acquis. Il s'interrompit, et voyant que le juge ne disait rien, il ajouta: — Pierrette est libre, n'est-ce pas? — Elle ne peut point l'être! Son enfant sauvé diminuera sans doute la peine qui doit l'atteindre, mais ne change rien à l'intention de son crime. — Et quelle considération pourrait donc l'innocenter alors? — La preuve que Pierrette n'avait plus sa tête lorsqu'elle a voulu elle-même attenter à ses jours. Tous ces actes sont de la folie. Il faut qu'André les atteste. Nous allons faire venir André.

— André agonise!

Pierrette devina; elle chancela, non pour elle, mais pour le martyr d'une amitié héroïque. Tous les assistants frémirent aussi à cette nouvelle. André était aimé: l'enfant avait montré le caractère d'un chevalier d'autrefois.

Tout à coup il se fit un immense tumulte à la porte. C'était André qui arrivait. Il arrivait étendu sur un matelas porté sur un brancard. Malgré les recommandations faites, le bruit de l'arrestation de Pierrette venait de lui parvenir. Le groupe qui veillait près de lui n'en parla qu'avec des demi-mots, mais ils suffisaient à éclairer une vigilance comme celle d'André. — Je puis la sauver! s'écria-t-il. Les minutes qui me restent contiennent la vie des deux créatures que j'aime le plus au monde. Laissez-moi les leur donner! Laissez-moi aller parler au juge!

Le médecin n'osait rien refuser à des instances si fondées et à une maladie si désespérée. Il permit qu'André fût transporté à la maison de Savinien.

Le juge se leva respectueusement devant cette action sublime d'André qui entrait. Les assistants se précipitèrent d'enthousiasme pour baiser les mains du mourant. Pierrette lui tendit son enfant.

— N'approchez pas! dit-il: je suis hydrophobe. Puis voyant que les paysans ne comprenaient point, il ajouta: — Je meurs de la rage.

Alors, les uns s'éloignèrent, les autres arrivèrent suivant qu'ils avaient plus de terreur que d'admiration.

Le brancard fut apporté au milieu de la chambre. André

parla. Savinien, au-dessus de lui, paraissait boire ses paroles. Pierrette le regardait et mettait tout son cœur dans son regard, comme pour l'envoyer à André.

Il raconta tout : la circonstance suprême, l'amitié, l'amour partout, cet amour caché et sacrifié toute sa vie, mais s'exhalant harmonieusement et se mêlant au dernier soupir, le firent éloquent. Il rassembla en faisceaux toutes les preuves d'idolâtrie pour son enfant que Pierrette avait données pendant le long voyage et le retour. Ensuite il peignit la honte qui avait égaré la tête de Pierrette quand elle les avait vus revenir au bord de la Mare. — Il n'y a là qu'un suicide, dit-il en terminant. Pierrette n'a jeté l'enfant qu'afin que la mère ne pût pas reculer. Le châti-ment du suicide n'est point de ce monde! C'est moi qui suis le coupable... c'est moi qui ai fait l'assassinat... mais, moi... je meurs!!! Il expira en effet, en même temps que ses paroles expiraient sur ses lèvres.

Le juge, cédant alors à l'universelle émotion, s'écria : — Pierrette est libre.

Pierrette et Savinien étaient inanimés aux pieds d'André, renversés chacun sur une de ses mains, comme deux statues auprès d'un tombeau.

Ils vivent tous deux dans une autre pays, loin de la Mare obscure : ils n'ont pas eu le temps encore de sécher toutes leurs larmes.

Thomas est condamné à six mois de prison.

FIN.

Le Mans. — Impr. du Temple et Vialat.